陆永建 /著

审美的印记

海峡出版发行集团 | 海峡文艺出版社

图书在版编目(CIP)数据

审美的印记/陆永建著. —福州:海峡文艺出版社,2019.11
ISBN 978-7-5550-1866-7

Ⅰ.①审… Ⅱ.①陆… Ⅲ.①随笔—作品集—中国—当代 Ⅳ.①I267.1

中国版本图书馆 CIP 数据核字(2019)第 130643 号

审美的印记

陆永建 著

责任编辑	任心宇		
出版发行	海峡文艺出版社		
经　　销	福建新华发行(集团)有限责任公司		
社　　址	福州市东水路 76 号 14 层	**邮编**	350001
发 行 部	0591—87536797		
印　　刷	福州雄胜彩印有限公司	**邮编**	350011
厂　　址	福州市晋安区新店镇健康工业区 10 号		
开　　本	700 毫米×1000 毫米　1/16		
字　　数	240 千字		
印　　张	19	**插页**	10
版　　次	2019 年 11 月第 1 版		
印　　次	2019 年 11 月第 1 次印刷		
书　　号	ISBN 978-7-5550-1866-7		
定　　价	56.00 元		

眼光日月　足迹山河

——《审美的印记》序

范迪安

宋代文学家白玉蟾有诗《盱江舟中联句》："倏忽僧千兔，寻常涸百螽。眼光摩日月，足迹遍山河。"诗人观景抒怀，既有眼前的高山流水，更有远处的天高云阔，开阔眼界纵横千里，敞亮胸襟动静开阖，所谓"欲书先散怀抱，然后书之"，应是为文求艺的上乘境界。

陆永建新作《审美的印记》就体现了这种自觉的审美追求和从容的艺术风度。本书分为"砚边漫笔""书坛钩沉""文苑散步"三辑，主要围绕文学艺术进行品读赏析和评论研讨，研究视角多元，赏论风格明晰，态度真诚严谨，辞采行云流水，可谓万象缤纷而各显精彩，百态卓越而共成佳境，既是一份精彩的艺术美学记录，更是一段明媚的生命行旅吟咏。阅读这些评论文章的过程，正是品读和分享作者丰富的审美体验的过程，如同渐行渐进一片流光溢彩的艺术林苑，更如展开一场开阔坦诚的精神对话，在差异的融通间互鉴，在碰撞的激发中升发。可以说，《审美的印记》不仅为观察与理解艺术对象开拓了新路，更为认知与体会生命性灵敞亮了明窗。

我与永建是同乡，深知他家学深厚，教养严正，对文学艺术有着深厚的情感和执着的追求。他自幼习书，勤勉刻苦，多年来笔耕不辍，坚持创作研究，领域涉及文学写作、文艺理论批评和绘画、书法、篆刻、摄影、收藏等多种艺术门类。于他而言，艺术探索与文化耕耘不是一时兴起的兴趣爱好，而是长期执守的情怀使命，如激荡性情蓬勃的潮浪，如照耀灵魂飞扬的光亮，是涵养性情、锤炼品德、精进修为的追求与理想。所以他的创作研究，从不拘泥一域或偏守一隅，而是始终坚持以包容开阔的姿态，在承古继今、借鉴中西的融会贯通中，努力追求审美经验的丰盈充实，不懈探求艺术创研的跨界整合。这本书，就集中展现他所理解的“美”的境界，是“胜日寻芳泗水滨”的斑斓多彩，而这“审美的印记”，便是闲庭花开、叠石疏泉的景色记录，具有寻常处觅落英缤纷的引人入胜。

当然，“美”不仅是丰富多彩的，也是深邃无穷的，缤纷的外象中，往往蕴含着奥秘的义理。就艺术的审美属性而言，可以说“艺术是相通的”，但具体到艺术美的形态，则“美”必然是千姿百态的。不同艺术类别的表现形式、意象符号和内涵神韵不尽相同，如音乐以旋律和节奏形成优美的声韵，绘画以颜色和线条组成炫美的图像，文学以文字和语言构成奇妙的意象……艺术之美如此旖旎多彩而交错纷繁，因此，对不同艺术美的品味、欣赏和论析便具有很大的差异区别，审美主体不仅要对“美”保持丰富的感受和敏锐的发现，更要具备鲜活生动的创作实践与深厚扎实的理论知识，才能准确把握和深入研析审美对象独特的审美特征、美学规律和人文内涵。永建是具备这样条件的人，如前所述，他视野开阔而涉猎广泛，习书法工篆刻，写文章研绘画，对于音乐舞蹈、电影电视、文物典藏等也颇有研究。重要的是，他的涉猎广泛，并非走马观花的浅尝即止，而是发自内心、见诸性灵的勤学深耕。多年来，他始终坚持在生活中思考，在思考中创作，在创作中提升。不仅熟悉文本解读、读者对话、新历史文化批评等文艺理论研究方法，而且对语言学、阐释学、符号学等人文社会科学理论也多有研习，常能举一反三而由此及彼，融通互鉴而交洽转换，将创作实践推进至理论研究，由感性经验上升为理性思考。因此，这本书更深刻体现出他所探研的“美”的内涵，是“黛色浅深山远近”的广奥深远，这“审美的印记”，又是静影沉璧、明池映月的真义淬炼，具有倏忽间观星河流转的丰盈深广。

阅读《审美的印记》是一种美的享受。这种享受，不仅源于陆永建个人丰富的审美经验分享，更源于其“眼光日月”的胸怀视野之开敞辽阔，“足迹山河”的实践探索之扎实稳健。他启发和鼓励所有尊重艺术价值、追求艺术创新的人，保持丰盛饱满的生命活力和跋涉攀越的奋进动力，在艺术创造的征途上，一步一个印记地淬炼“大道真溟滓”的从容与洒脱，追求并最终实现“浮生但刹那”的智慧和旷达。

是为序。

2019年10月20日

（本文作者系中国美术家协会主席，中央美术学院院长）

目　录

第一辑　砚边漫笔

第二辑　书坛钩沉

第三辑　文苑散步

山水画《闽江之源》

53×182 cm　2013 年

花鸟画《春风挹紫气》

68 × 138 cm　2014 年

第一辑　砚边漫笔

武夷山咏墨

——谈朱熹的艺术思想

金秋，重游武夷山。

在朱熹纪念馆，有幅木匾，上刻“静我神”三个大字，这是朱子的亲笔题字，为该馆增添了不少书卷味，也把我带进了另一个天地。

朱熹是中国文化史上的一位巨人。他是宋代理学之集大成者，同时还是一位书法家。

宋初，继承唐末五代的书法是书坛的主流。之后，一些有个性的书家渐渐不满足于这种似是而非的古法，而直取魏晋之精髓，由此独特的古法新变、推陈出新的书风迅速盛行。朱熹的书法思想就是在这种书风中应运而生的。也正因为他学问高深渊博，所以这些因素往往融为艺术上的有益成分，自然地流溢于字里行间，使他成为一代书家，其书法与道德、理学相容。

朱子此幅书法作品所表现的书风，可见他取法晋唐，与宋代苏轼、黄庭坚、米芾等诸大家迥然不同，虽遵循欧阳询、虞世南的轨迹，继承颜真卿的遗意，但他用笔寓含蓄于矫健，秀丽中存清劲，引而不发，坚实遒劲，结字严谨，不乏典则，与朱子本人力正风教、秉性刚直、提倡居敬的立身态度相契。朱子善评诸家书法，曾说：“蔡襄之前有典则，乃至米芾、黄庭坚诸人以来，便自欹放纵、世态衰下，其为人亦然。”此评是否正确暂且不论，但从中可见朱子对书艺的审美标准是重典则的。宋人自苏、黄、米、蔡之后大多讲变化，追求放纵恣肆，主张表现个性，较少典型楷则。然而，朱子却追求古雅，对“宋四大家”进行诋毁。曾说：“书学莫盛于唐，然人各以其所长自见，而汉、魏之楷法逐废，入本朝来，名胜相传，亦不过以唐人为法，至于苏、黄、米而欹倾侧媚，狂怪怒张之势极关。”

朱熹在书法艺术上过于注重典则，反对个性解放，这主要是由他的哲学思想和审美感受所决定的。审美感受的特点是审美对象的特点的反映，这种反映在朱熹身上主要表现为绝对精神和伦理道德观念的综合体现。

朱熹认为，理是宇宙的最高原则和最终根源，“宇宙之间一理而已”。这就是说，理是一个最高范畴，是唯一的存在和永恒循环往复的运动，是天地万物以至三纲五常的创造者。

在朱熹看来，理是个抽象概念，它创造一切是通过一个中介——“气”来完成的。“天地之间，有理有气”，“理与气，此绝是二物，但在物上看，则二物浑沦，不可分开各在一处”。朱熹提出“理一分殊”学说，即所谓“万个是一个，一个是万个”。这里含有一个和个别、一分为二的辩证法的合理成分。由此可见，“理一分殊”是朱熹哲学思想体系的骨架。这就是说，在万物万理之上，还存在一个主宰者“理一”（即太极），而“理一”又体现于万物、万理之中。

格物致知是朱熹认识论的核心。他认为“所谓致知在格物者，言欲致吾之知，在即物而穷其理也”，即认识的主体是人的心知，认识的对象是万物之理，认识的方法是格物，认识的目的是穷理，以达到伦理道德修养的最高标准。

可见，“理”是朱熹哲学思想体系的基础。理的展开，使其学说更完备，更有思辨性。

朱熹的艺术哲学思想便是由此展开的，他提出“文皆从道中流出”。这个命题中的“道”，主要有两种含义：一是绝对精神，即“太极”和“理”；一是伦理道德观念。前者是宇宙原理，属哲学范畴；后者是道德准则，属伦理范畴。

“文皆从道中流出”告诉我们，艺术的终极根源是“道”，艺术本质上是道的“流行发见”，艺术美的最深层的意蕴、最高的模式也就是“道”。朱熹在谈到艺术的审美理想时就用“气象近道”形容艺术理想美的极致。他认为，从根本上说“文便是道”：“道者文之根本，文者道之枝叶，惟其根本于道，所以发之于文皆道也。”

“文皆从道中流出”还意味着，不仅艺术的内容、本质是由“道”决定的，而且艺术的形式美也是从“道”里流出，为“理”所决定的。而“理”凭借“气”“流行发见”。艺术的实际构成是“气”。如朱熹评书画为“本之精神”（即所谓“精神”，正是“气之精英为神”，“凝在里面为精，发出光彩为神”）。艺术美的实际形态也是“气”之体现。如他推崇的“英风逸韵”包含的两种风格。前者指峻健飞动的格力，属于“气”的阳刚形态，如“气力雄壮”“势若飞动”“才雄气刚”等都是；后者指平淡含蓄的韵趣，属于“气”的阴柔形态，如“萧散淡然”“平淡简逼，然有出尖之趣”等。因此，朱熹在审视书法作品时，极力反对“放纵”，推重钟繇“平整古雅”的楷书实为达到一种理想的“和谐”，即“中庸”。总之，朱熹在谈艺术本源时，推论逻辑根源多言“文道”，分析实际问题则多言“文气”，后者往往能突破其唯心主义格局而表现为唯物主义的合理因素。

在审美感受中，朱熹把“道”看作“宇宙原理”时，这个“道”相等于柏拉图的“理式”和黑格尔的“理念”，它也是世间万物的本源，既包括伦理之道，也包括事物的规律，这个“道”是周延的。等朱熹把“道”看作“伦理之道”时，这个“道”就只是精神本体的一部分，这个“道”是不周延的，既有“载道之文”，又有“害道之文”。

在这种情况下，朱熹把宣传封建伦理道德放在压倒一切的位置，表现出理学家过分强调艺术的政治、伦理的功利目的。但这种强调并不意味着对艺术的否定，相反，在某种意义上却肯定和强调了艺术，只不过这种肯定和强调的角度不是纯艺术的。

（刊于《西山书画》1994 年 2 月 25 日，《闽北纵横》1997 年第 2 期，《海内外文学家企业家报》2000 年 3 月 30 日，《闽北日报》2001 年 9 月 12 日。获“武夷颂”全国征文比赛二等奖）

潇洒与悲歌

——宋章惇的书法艺术

千百年来，家乡浦城传诵着不少章惇的佳话。譬如：章惇少闻鸡练笔，博学多才，文采飞扬等。章惇长大后，不仅成为一代政治家，同时还是著名的书法家。《宋史》有章惇传，《宋人书法》《三希堂法帖》等都刊有他的作品，台北故宫博物院还存有他的尺牍。

自从王羲之的兰亭序问世后，书法的两大功效得到了充分的体现，即汉字作为表达思想的符号，具有实用价值；同时，汉字作为书法艺术的研究对象，又具有审美价值。历史上许多书法家力求通过信札这种形式，把这两者有机地结合起来，达到内容与形式的和谐统一。章惇的《会稽帖》就是宋人信札的书法艺术珍品。

章惇生于 1035 年，那时的书法界大兴帖学，宗法二王，追踪魏晋的书风遍及全国。在这个大背景下，章惇也不例外。宋黄伯思在《东观余论》中评论章惇的书法作品时说，近百年来，书法家中唯有章惇能表达笔意，虽然精巧方面不如唐人，但笔势上超过了唐人，意境在初唐四大家中的褚遂良、薛稷之上，暮年愈妙，神采像王羲之。明赵崡在《石墨镌华》中也说，章惇用卧笔，间作渴笔，游丝法迹既苍劲有力又飘逸潇洒。

章惇的潇洒不仅表现在字里行间，而且贯穿了他的整个人生。《宋史》记载，章惇与苏东坡曾是好友，一天，他们相约去游南山，走到仙游潭时，潭下绝壁万仞，章惇横木空架，挽苏东坡一同在绝壁上写字。苏胆小畏惧，不敢过独木桥。章惇稳步过桥，垂索挽树，在石壁上书写："苏轼、章惇来。"写毕，苏对章说："君他日必能杀人。"章问："何也？"苏说："能自判命者，能杀人也。"果然不出苏东坡所料，三年后，章惇支持王安石变法，把苏东坡一贬再贬，一直贬到天涯海角。昔日的好友成了政敌。

宋元丰八年（1085）三月，哲宗继位。这时哲宗年方10岁，由宣仁皇后听政。五月，章惇知枢密院事（宰相）。章惇支持王安石变法，而且毫不顾忌，以勇往直前的风格，争辩于宣仁皇后帘前，终遭打击，黜知汝州。其后的七八年间，他被保守派数度弹劾。

元祐八年（1093），哲宗亲政。有志于改革的哲宗于第二年改年号为绍圣，意为绍述先帝遗业，也就是要恢复改革。为此，首先起用章惇，为尚书左仆射兼门下侍郎，地位显赫。章惇雄心勃勃，大展拳脚，成就了一番闪光的事业。他不遗余力地推行新法，扫除推行新法的绊脚石。以"诋毁先帝，变易法度"的罪名，对已死的司马光等人，剥夺赠谥；又以朋党之罪，对当时障碍变法的大臣包括他的好友苏轼在内进行排斥，重的贬去岭南，轻的贬在近地。由于他重拳出手，终使新法中的一些重要法度如《青苗法》《免役法》得到推行。在这场政治斗争中，他像行笔一样天马行空，挥毫泼墨，但也有矫枉过正、株连过众之嫌。

对外政策，他更是纵横驰骋，睨视敌方，一改屈服妥协的政策。一方面以"浅攻耕"的战略战术，使虎视眈眈的西夏陷于被动而不易集中兵力进犯过境。另一方面则在泾原、鄜延、环庆邻近西夏的边境筑成巩固的防御工事。元符元年（1098）十月，在章惇的部署下，由渭州知州、浦城人章楶直接指挥，取得平夏大捷，击败西夏30万大军，使之不能成军而屡向宋朝廷请命求和，从而使宋朝西部边境局势得到暂时稳定，边界百姓得以安居。

哲宗去世后，潇洒的章惇在继承皇位的人选上出错了牌，犯了严重的路线错误。哲宗一去世，朝廷内就发生激烈的继位之争。章惇坚持礼律，要立简王或申王，皇太后一意孤行要立端王。面对显赫的至高无上的皇太后，章惇厉声抗争，并一针见血地指出，端王“轻佻不可以君天下”。但是，章惇还是败下阵，端工还是当上了皇帝。端王就是历史上有名的花花公子似的徽宗皇帝。历史证明了章惇的预言，这个穷奢极欲的徽宗，在靖康二年（1127）被金兵俘虏，死在五国城（今黑龙江依兰），北宋的江山也被他葬送了。

徽宗即位，章惇虽败阵，但虎威仍存。徽宗送给他一份假人情，封他为申国公，任他为山陵使，就是负责把哲宗的灵柩运送到墓地。也许霉运落到章惇的头上，灵车陷在泽地中，过了一夜才起行。反对章惇的大臣大肆鼓噪，借此大做文章，弹劾他这是不恭。徽宗得此奏章，即把章惇贬为越州知州。不久，又贬为武昌军节度副使、潭州安置。这时，有一个右正言叫任伯雨的人，翻章惇的旧账，说他想追废宣仁皇后。于是，皇帝把他再一次贬到雷州，任司户参军，后又徙睦州（今浙江建德）。章惇终于心力两废，在崇宁四年(1105)，病死于睦州。

政和年间（1111–1118），章惇被追赠为观文殿大学士。但绍兴五年（1135），高宗看到任伯雨告章惇诋诬宣仁皇后的奏章，为了维护皇权，再算旧账，又去掉章惇的追赠，贬为昭化军节度副使，并严规“子孙不得仕于朝”。

但历史永远记住了潇洒而悲歌一生的章惇。

（刊于《福州日报》2006年6月29日）

虚怀若谷 高屋建瓴

——李岚清的“另类篆刻”情怀

癸巳岁末，正是莺啼新风的时节，李岚清先生的系列艺术活动在福州举办。此次活动内容丰富，形式多样，包括在福建博物院举办的“福海艺缘·李岚清篆刻书法素描艺术展”、在福建师范大学举行的《大众篆刻与保卫汉字》演讲，以及福州“左海印吧”成立仪式和“海峡两岸篆刻艺术传承与发展研讨会”等。艺术活动是李岚清先生常年躬身实践艺术成果的璀璨汇聚，更是他全部生命智慧思考的敞亮对话，不仅为人们带来了充沛饱满的精神享受，更继承发展了中华优秀传统文化，并传达张扬了新时代文化气象和当代人文精神。可以说，李岚清先生的艺术探求是丰富而多元的，他对中国传统篆刻艺术的创新和推广，做出了重大贡献，成为中国篆刻史上一个典型的时代标识，这也是此次李岚清系列艺术活动选择篆刻为主题的主要原因。

艺术展开幕当天的榕城细雨绵绵，西湖碧水涟漪，在榕书法美术界代表集聚一堂，共享这一精神盛宴。5年前，我曾参加过李岚清先生在福建博物院的篆刻作品展，李岚清还让工作人员送了一本他签字的《原来篆刻这么有趣》给我。这次活动全程从简高效，井然有序，这是李岚清一贯低调谦逊的作风。展出分“大众篆刻”“诗印书情”和“我为大师画素描”三部分，李岚清亲临现场，为参观者讲解指点。八十高龄的他，谈起热爱的篆刻艺术来，格外神采奕奕，精气飞扬。面对博大精深、奥妙无穷的篆刻文化，李岚清始终怀抱谦谦学子般的虚心恭诚，坚称自己只是一个“篆刻的业余爱好者”，唯一值得称道的是年幼时便“情根深种”、直至古稀之年仍未消泯舍弃的一片热爱篆刻的赤诚情怀。在他看来，篆刻艺术是中华文化的至臻瑰宝。篆刻以汉字中的篆书为创作内容，以玉石为承载方式，以笔法刀工为表现形式，兼具实用性和艺术性的独特审美特征，在为人们带来丰盛的审美愉悦与艺术享受的同时，还能陶冶情操，传抒心志，张扬个性。李岚清曾多次坦言自己重拾童趣研习篆刻，是为了“寻求一种有意义的乐趣”，他将篆刻“作为表达我的志趣、理念、情感的另一种载体和有趣的方式，不仅通过字义来表达，也尽可能通过字形来表达”。这种“艺术趣味论”的观点，实则是关于艺术本体的非功利认知，即艺术首先是艺术家情趣意志的感性选择，是主体生命与外在世界的交流与对话，是一种独立而又具有鲜明个性特征的创造。基于这样的理解，李岚清视篆刻为一种真性情的歌咏，他追求“刀石相生”传达的“物我融通”，他渴望“气韵生动”张扬的“天人合一”。所以，他戏称自己的篆刻是“另类篆刻”，既不盲从派别潮流，也不限制章法格局，“觉得什么有意思就刻什么，怎么好看就怎么刻”，真正做到了自在随性、从心任情。既然无派无师，也就皆可为师；既然无规无则，也就皆可成法。李岚清以扎实深厚的书画艺术修养，开阔豁达的文化胸襟气度，广采众家之长，博纳多方之彩，在借鉴领悟的融会贯通中，独辟蹊径，自成一格。他的篆刻作品刀中见笔，笔中有刀，图文灵活生动，布局虚实疏密，结构欹侧均衡，在或庄重雄浑或健拔奇肆、或潇洒奔放或稚趣可爱的多样风格中，展示了“鸢飞鱼跃，活泼玲珑”的烂漫风采，体现了奇巧活泼与灵妙趣味的审美魅力。

从本质上说，艺术创造是艺术家的主体行为，是个性风采的淋漓展示。但从艺术发展史来看，艺术创造又不能仅仅局限于个体的沉吟，应该具有绵远沉邃的深度和磅礴浩瀚的气度，才能具有穿越时空震撼心灵的永恒魅力，这应该成为艺术工作者的共识，也应该是艺术与时俱进的发展方向。如果说，迈入篆刻之门是源于对艺术张扬性情的共鸣体验，那么，持之以恒地求索篆刻之道和身体力行地创新篆刻推广，就充分体现了李岚清对篆刻艺术文化内涵和时代使命的深刻理解。他指出，“我认为篆刻不仅是艺术，更是我国的一种独特文化。对我来说，我更把它看作是一种文化”，是可以“让人们正视和热爱中国文字的文化艺术精髓，从而对汉字文化产生自豪、自尊、自信和自觉”的独特艺术创造。变化多端、灵巧丰富的篆刻图文形态，具有融万千气象于方寸之间、化事理人情于曲直内外的深厚文化精粹；“气韵生动”“情理相通”的审美意境，蕴含着“虚实相生”“阴阳合一”和“汇通天地”的深广人文内涵。中国美术馆馆长范迪安赞誉李岚清的篆刻作品“开拓了文艺表现的时代主题”，主要在于李岚清不仅把篆刻当成个体生命意趣的感性选择，更将篆刻视为民族继承延续和开拓创新的文化精神，如何让传统篆刻艺术面向大众、推广社会，甚至走出国门、对话世界，是他真正关心的主旨，成为他不懈求索的动力。

带着弘扬中华民族优秀文化、推动传统文化现代化转型的高度责任感，李岚清对篆刻的印材、工具、内容、形式、技法等方面进行全方位的突破创新：他刻的1000多方印章中，除了600多方石材和近300方木质材料外，还有陶、瓷、紫砂、砖、木、金属等各种材料，尤其是将古老漆器艺术和篆刻艺术相结合创新的“漆艺篆刻”，外形光彩艳丽，雕刻灵巧便利，“不但篆刻家可为之，书法家、画家，有一定文化基础者皆可为之”。此外，他还尝试将各种艺术形式融合相生、参差互鉴：在主题内容上，不仅雕刻诗词、名章等传统形态，更“试图刻一点别人不常刻的东西”，如“CHINESE SEALS（中国印）”取英文为印，十二生肖肖形印以卡通画入印，莫扎特印章更融合表现乐谱、谱架、音符和琴键等象征符号；另一方面，在表现形式上，不仅大胆加入题记、随感等其他形式，还不断丰富边款内涵，其边款常有自己创作的诗词歌赋，如为齐白石刻的《独此一格》的边款：

淡墨简笔有深意，单刀破石味无尽。一目了然皆齐璜，可学可赏不可仿。辛卯春，李岚清。

为吴冠中刻的《冠中印象》的边款：

国画西画水乳融，古意新风各有趣。真景虽美画更美，踏破青山难寻觅。具象抽象相交映，点线之间显神韵。浓彩淡墨味无尽，吴公教我赏风情。作于二〇〇九年二月廿六日在中国美术馆参观吴冠中先生捐赠画展是日。辛卯春，李岚清刊。

此外，他的边款还有不少心得体会、短评故事，如《让高雅音乐走向大众》的边款：“让高雅音乐走向大众，音乐使生活更有情趣，思维更有创意，工作更有效率，领导更有智慧，人生更加丰厚。李岚清作，壬辰岁末。”《用风能向大海索取淡水精盐》的边款为：“我国是淡水资源严重短缺的国家。然而我国不少沿海地区，无论是陆地还是海上都有丰富的风力资源，况且我国又是风电装备的制造大国，因此应当利用风电淡化海水并利用残渣制造精盐和其他盐化工产品。这样不但可以解决淡水短缺问题，又可以把大量盐池改为其他开发，此乃一举几得的大事也。李岚清，壬辰春日。”

毫无疑问，李岚清的探索是成功的，他的每一方篆刻作品都是一个崭新的创造，是诗、书、画、文、篆、印等艺术形态的交融辉映，更是创作者人生经历、艺术感悟和生命体验的璀璨篇章。这种整合多元艺术形态的有益尝试，实现了他自己所说的“试图把篆刻的地位再提高一点，让它当一次主角，当当‘红花’，让其他文化艺术来给它当一次配角，当当‘绿叶’”。更重要的是，这种探索对于篆刻艺术的推广是史无前例的。身为一名党和国家领导人，李岚清身体力行从事篆刻艺术的创作和研究，无疑起到了重要的文化示范与带领意义。同时，他还将实践进行理论总结和提升，针对篆刻艺术的现代化转型，提出了“大众篆刻”理念，全方位思考和探索篆刻艺术的大众化、现代化和产业化，并陆续出版了《漆艺篆刻——让篆刻走向大众》《原来篆刻这么有趣》等专著。他提出以操作便捷而美观大方的漆器乃至木器边角料替代传统玉石材料，以现代电动刻刀、激光刻字机等科技手段替代专业刻刀等创新方式，从根本上解决了篆法、章法、刀法、印材等影响篆刻艺术普及的瓶颈问题。他建议开发印信礼品、印章标识和印章纪念品，以及构建“印吧”文化空间等篆刻产业规划，有效帮助篆刻艺术从小众艺术和高雅艺术走向大众文化和商业市场，使篆刻艺术在传统艺术的现代化转型中，更贴近时代和生活，更面向大众尤其是新时代年轻群体，从“旧时王谢堂前燕”，真正“飞入寻常百姓家”，焕发新的生机与活力。

可以说，“大众篆刻”理念的提出，是具有扎实可行的操作性和持续发展前瞻性的开拓创新，是在突出篆刻的历史文化认知和多重现代审美双向功能基础上，对中国传统篆刻艺术的一次跨时代推进。在李岚清先生的关怀重视和鼓励支持下，2006 年，金石篆刻列入“国家级非物质文化遗产名录”；2008 年北京奥运会采取了“中国印”标识，使中国的篆刻艺术闻名世界，成为篆刻史上的里程碑；2009 年，中国篆刻列入“人类非物质文化遗产代表作名录”，国家对篆刻艺术的相关法律政策、资助项目也陆续出台……这一系列成果，不仅对于篆刻艺术面向大众与市场、屹立世界面向未来，产生了重要的作用，而且对于整个中国传统艺术的现代化转型都具有重大的启示意义。在当代中华文化处于经济全球化和世界一体化的快速发展进程、面对世界多元文化冲突与融合的丰富机遇和巨大挑战中，这种发掘中华民族优秀文化基因，探寻并确立适应当代文化动态、协调现代社会需求的大胆探索和发展创新，必将成为我们提高文化自觉、增强文化自信、繁荣社会主义先进文化的强大助力。

（2013 年 12 月 17 日在“海峡两岸篆刻艺术传承与发展研讨会”上的发言稿，个别地方会后作了补充修改）

绿荫下的诗意

——读梁征的诗

中国是一个诗歌的国度，自春秋时期《诗经》出现以来，数千年诗歌传统缔造的盛景巍然大观，如浩渺星空光华璀璨。人们以诗咏情，以诗言志，欣赏和热爱诗歌的不在少数，但真正执着坚持诗歌创作并潜心诗艺探索的人却为数不多，潜心以诗意审美建构独立的精神世界者更是寥寥无几。在电子信息飞跃发展的现代社会，在铺天盖地的声光电影冲击下，诗歌更容易被当作闲情逸趣的信笔涂鸦而非深刻严谨的艺术创造，这直接导致了现代诗歌艺术日渐萧条的现象。

正是在这样的意义上，每一位真诚而纯粹执守诗歌艺苑的有心人，都值得我们重视并尊重，这也是我阅读梁征先生诗集的第一感受。从20世纪70年代末创作第一首诗开始，梁征先生笔耕不辍地从事诗歌创作已近40年，他坦言自己对诗歌有着一份难舍的“痴情”。这份执着情愫，在我看来，与其说是个体的旨趣选择，不如说是主体内在生命与诗歌审美艺术的碰撞交融。正如纪伯伦所说：“诗是迷醉心怀的智慧。”——在缤纷万象的文学园景中，诗歌无疑是审美特征最独特的一种文学体裁，它通过精致凝练而富有层次的语言组合，打造弹性张力的想象空间，在充满节奏和韵律的美感体验中，抒发情怀意绪，表达感受领悟，挖掘思索探求，充分体现了以简约包蕴丰盛、以有限容纳无穷的艺术感染力。显然，诗歌这份“迷醉心怀”的独特魅力，吸引并激荡了梁征的心。他是一个情感丰富、感受细腻而体悟敏锐的人，对于这个花开花落、人来人往的世界，他始终怀抱着质朴而纯粹的大爱，正如著名评论家谢有顺所说：“他工作、生活于一地，就对此地怀有深情，投注心力，为其歌咏，做此间山水意中人。”对故园旧地的深沉感念和对人事物象的深切感怀，潜移默化地塑造着梁征的情感结构并激发了他的创作欲望，于是他孜孜以求并寻找到了最适合充分表达这份情感的艺术方式——诗歌。他的诗作，总是涌动着赤诚的情感力量，或昂扬热烈：“海天高悬起一颗燃烧的启明 / 跨越了灰黑的夜径 / 尽情炫耀梦的清醒 / 带着自己的血和梦歌唱 / 无边无垠地歌唱”（《东山晓旭》），或沉静深广：“听见自己的心发出温暖的悲鸣 / 心底的经幡 / 安详地飘扬着”（《天马悬梯》）……以情感书写诗歌，以诗歌张扬情感，在诗歌的情感世界中观照现实，慰藉情念，寄寓怀想，这就是梁征数十年如一日坚持诗歌创作和诗艺探索的初心。

早在《文心雕龙》中，刘勰就直言赋诗作文一定要“信情貌之不差，故每变而在颜”，意即只有真情的外化才能呈现美妙景观并产生动人情怀。梁征的诗歌便是如此，普通平凡的生活万象和亲切熟悉的人事诸端，就是他诗歌创作的源头活水，更是他笔墨潇洒的现实支撑。《寻找雪峰》中，他在久居榕城的人文风物里体验风情，笔下的闽都十邑飞扬灵动；《木兰春涨》里，他从工作地莆田的自然山水间寻找灵感，吟咏的莆阳风光尽得妙趣盎然。而他其余大部分诗作则取材更加广阔，从“炫耀着幻化出青春骄傲的红晕”的客家姑娘，到“手捧豆油灯”的客家母亲，从“爱我和我爱的”父母，到淳朴的乡亲和诚挚的旧邻，尽是对家乡故土的眷恋，对天地自然的感怀，对挚友亲朋的深情厚谊。可以说，他的“有情”，归根到底在于他的“有心”，即以心看取观照，以心体会领悟，以心呈现表达。所以他看“树的每个站姿都有悟性 / 岩的每个坐态都有禅意”（《九华叠翠》）。在梁征看来，诗歌虽然是抒情表意之作，但并非呼号嘶喊的直接宣泄，而是恣意潇洒的性情张扬，是主体生命对客观物象吸纳涵养而揉化滋生的新的意念境界，谢冕称之为“一种个人化的、极具现代意识的冥想”，其实就是诗人主体以情感化视角对生命世界的审美化建构。这样的“用心”观照，使现实世界褪去了粗糙芜杂的物态化表象，呈现出一种旖旎缤纷的诗意动态，淋漓地展现了诗人的本我经验和个性体验。

艺术表现情感，依托于不同的承载方式，音乐运用节奏曲调，绘画采取色彩线条，雕塑借助材料质感，不同的表达方式所呈现的艺术效果是不尽相同的。诗歌之所以具有“翻腾的内心之叹息”（法国·普吕多姆）这样深沉的力量，就在于它是以意象作为基本要素结构诗篇并传达诗意。意象作为“某种关联自身与外物的象征物”（海子），是客观物象经过主体审美创造之后物化而成的一种艺术形象，是诗人主体和现实世界发生关系的沟通和连接、融合与渗透。作为一个执着于诗歌创作实践和诗艺理论探索的有心人，梁征特别重视意象的提炼萃取和捶打经营，他的诗歌意象具有鲜明的特点，尤其在擅长的山水诗中，他特别注意对传统诗歌的传承和改造，其诗歌意象往往出古而入今、化典而创新。如“洞庭一望水光晴 / 湖镜如磨远近明 / 听凭记忆将昏睡的警钟敲醒”（《西湖水镜》），“乱云荒驿迷唐树 / 落叶残碑有宋苔 / 在时光之外渲染在无比疼痛中涅槃”（《古囊岈巇》）等，既具有浓郁的古典诗情，又拥有鲜明的个性化色彩，辨识度极高，显示了诗人对古典山水诗的充分领会和自如发挥。众所周知，中国传统山水诗具有高拔的艺术成就，无论是王维“明月松间照，清泉石上流”的意境悠远，还是苏轼的“横看成岭侧成峰，远近高低更不同”的妙然旨趣，都具有璀璨动人的艺术效果，其意象体系具有一定的稳定对应特征。梁征有意在诗歌意念化的抒情结构中，穿插融汇古典诗词意象如“月落乌啼”“杨柳依依”“芳草无痕碧”“落花别样红”等，以人们熟悉的象征代入方式，较好地克服了强调主体“冥想式”表达而导致意象抽象等问题，赋予了诗歌婉转的韵致和氤氲的古意，显得自成一体而别有风趣。

然而，必须注意的是，古今中外的经典诗作，无一不是诗人个体的活力绽放，如果不能以开放的心态对待每一个语词意象，就容易限于知识的缠绕，而难以突破低层次审美的局限，获得诗性解放的自由。梁征敏锐地意识到了这点，所以他对传统诗词意象并非一味因袭，而是强调现时化的个体经验和此在性的主观情态。如《西岩晚眺》一诗中，诗人先是直接援引宋代陈俊卿歌咏莆阳的诗句“红垂荔子千家熟 / 翠拥筼筜十亩阴”，以古典意象方式，具象化呈现了水清岸绿、花盛果香的风光，笔法直描，情感含蓄。却又紧接着笔锋一转写道“那青草的芬芳猩红地诱惑着 / 西岩精舍疲惫的欢歌”，以“青草——芬芳的猩红”和“欢歌——疲惫”这样具有强烈矛盾冲突而鲜明活泼的意象构造，实现了物理时空到心理时空的动态意义转折，从安谧的实景描画转为沧桑的历史感怀，鲜明而强烈地表达了诗人主体独特的生命体验，在纵横迂回和开阖有度间，扩展了诗歌的内在张力。

从整体上看，梁征的诗不尚写实而重抽象和写意，属于具有鲜明个性特征的现代自由体。自由体新诗的节奏不同于旧体诗对格律的依赖，更着重“要由意象、意象的组织来承担相当的部分”（骆一禾、张玞），尤其是中文象形汉字的意象，在诗歌中具有明显的造型作用。而它与古典诗词意象具有相对稳定的象征对应结构最大的区别在于，现代诗的意象往往具有强烈的跳跃性和反逻辑化的抽象性，其隐喻意义往往产生于特定的上下文语境。且来读读他在2015年10月创作的一首诗：“相思 / 已经入骨 / 我慢慢接近红叶沧桑的身体 / 从她的脉络里 / 缓缓放出 / 闪电 / 无声的雷 / 经久不息的火 / 阳光 / 雨露 。”在这里，单独拆解每个语词如“闪电”“无声的雷”“经久不息的火”“阳光”和“雨露”等，似乎并没有什么特别的内涵意蕴。但看似有限的所指一旦被置入全文，便立刻互相联通对接并密织成一张意义的罗网，在“斜着身子 / 以三十度的视角 / 就看清楚了 / 我九十度的孤独”的深沉念想，以及“一种叫命运的东西 / 在季节里 / 随风飘送”的意义篇章中，淋漓地表达了诗人对客家母亲河汀江的真挚感怀，以及对闽西故土的深情眷恋。这里没有古典诗词如“小桥流水人家，古道西风瘦马”这样一个个单独语词意象的独立呈现和连缀铺排，整首诗的语境完全是按照诗人内心情感的逻辑线索叠加在一起，并通过在读者感官和心灵中唤起生动的感受而产生艺术效果。因此与其说语词是意象，不如说词组和句子才是意义的单位，它们之间发生的关系产生出一种新的火花，迸发出具体而独特的直觉体验。这就是彼得·琼斯在评述 H.D. 的《奥丽特》所指出的：“人们去体验的是整首诗，而不是一行美丽的诗句，一个聪明的韵脚，一个精致的比喻”，“与其说它让每个词发挥它的力量，还不如说让整首诗发挥了它的力量”。这正是梁征诗歌创作的追求，他以内心情感意念编织郁郁葱葱的意象，是为了打造一片阳光斑驳的苍翠绿荫，在浓密而不乏灵巧、沉邃而不乏生动的整体结构中，创造独具个性的烂漫诗意世界。

其实，无论是情感表达还是意象经营，都是诗歌的要素特征，是一首诗歌的必要条件，但真正优秀的诗歌并不止步于此，它不仅需要灵敏睿智的审美观察和充盈丰沛的情感体验，需要开阔丰富的想象方式和熟稔精湛的文辞驾驭能力，还需要创作者具有如海子所说的“一个永远醒着微笑而痛苦的灵魂，一个注视着酒杯、万物的反光和自身的灵魂，一个在河岸上注视着血液、思想、情感的灵魂，一片为爱驱动、光的灵魂，在一层又一层物象的幻影中前进”。梁征的诗歌最动人之处，就在于观照世情万象、沉潜心怀灵志的智慧哲思。他借寓有形的风物景观表达群体体验：“一声钟鸣如远雷降临于九鲤 / 无数颗游子悸动的心复活苏醒”《九鲤飞瀑》。他穿越时空密道探求人性意义：“恒山草堂天云石语 / 岁月的一段独白 / 人性的最初倾诉 / 它在时间之上 / 它在生命之上 / 它在孤独之上 / 它在我与非我之上”（《天云石语》）。他抽身事理逻辑考量生命价值：“美有千娇百媚 / 美有千奇百怪 / 生命在绽放时绚丽 / 生命在幽闭时端庄”《古囊崾巇》。寄托无限的天地自然，追问个体有限生命，在自然风物中体悟，在人事代谢中沉潜，在往来古今中探求，梁征的诗歌，往往就是自然风情、个体经验、哲理思索的有机结合，是将语言藏在身后，掩盖在浓郁绿荫中的智慧闪光。这份智慧是生命岁月的累积、酝酿和沉淀，是诗人主体以沉醉而又独立清醒的状态行走人间的精神超越。可以说，阅读梁征的诗，既是风光的游览和人情的领略，又是细细剥开层层语言外衣，探取智慧果实，与诗人进行心灵对话和灵魂思辨的过程。

列夫·托尔斯泰说：“诗歌是一团火，在人的灵魂里燃烧。这火燃烧着，发热发光。”诗歌是可以穿越历史沙尘和照亮现实阴霾的光束。好的诗歌不是抽象的理性论证，而是由新颖独特的意象遵循内在逻辑建构的唯美而智性的王国。因此诗歌创作的过程不只是艺术灵感闪耀绽放的精彩瞬间，更是品格智慧磨砺锤炼的艰辛求索。正如梁征坦言：“尽管我知道写诗难，写出好诗尤其难，但我还是难以割舍对诗的执着。诗之于我，无疑是一种灵魂的淬火。”正是因为对自己乃至对人类心灵世界追求探索的真诚坚持，梁征先生才能以真情灌注诗篇，以新颖构造意象，以诗意探求哲思，让诗歌摆脱个体呢喃的私语，达到心灵敞亮的对话，成为“保持灵魂的清纯”的生命咏唱。

（刊于中国文艺评论网 2018 年 11 月 28 日，《石帆 5》，华人头条 2018 年 12 月 7 日，《文化生活报》2019 年 1 月 5 日）

躬行修笃志　求索著华章

——读叶双瑜《晴耕雨读》

在当代文化研究者看来，科学技术日新月异、知识理论推陈出新、数字信息铺天盖地的现代社会巨变，给人们带来了前所未有的生命体验："一个注满陌生人的拥挤的社区；一个破碎而断裂的世界。"（美国尼尔·波兹曼）在整体激进和浮躁的情绪氛围下，人们一方面希望与时俱进更新知识，另一方面又沉醉于模式化的工业生产和刺激性的消费娱乐中。在对学习型社会形态的普遍认可下，关于学习的内涵认知却十分模糊，学什么、怎么学、如何用……成为当下许多人的困惑。

当我阅读叶双瑜先生的《晴耕雨读》（2016年福建人民出版社出版）时，便有了一种喜悦和充实，这是一种来自于深入学习的丰盛体验。双瑜先生是一个善于学习、勤于思考的领导干部，古今中外的典籍著作、忙碌充实的工作生活，乃至身边的世事人情，都是他学习的场所和对象，诚如书名所言，如农夫晴耕雨读，不敢懈怠。这不仅是他的自况之言，也是他几十年书卷不离、文笔不辍的真实写照，是他"真正把读书学习当成一种生活态度、一种工作责任、一种精神追求"的诠释。于他而言，学习从来不是外显于身的应付手段和炫耀资本，而是内化于心的人生态度和精神追求，通过学习获取的广博知识、探索分析的思考习惯、逻辑辩证的思维能力，赋予了他心怀天下、情系苍生的宏观视野和辽阔胸襟，使他的文章自然流露出一股豁达敞亮的真挚情怀。

朱熹曾说，关于学习的内容与对象，应该是：“无时不可学，无处不可学，无人不可学。”我以为，除了这“三无”之外，还可以再加上一条“无事不可学”，当学习成为生活习惯和生命态度时，就会使生命呈现出相对自在而敞开的状态。在双瑜先生这里，学习就是这样一种随时随地随事的生发，无论是基层调研、工作研究、世态观察，还是人情忆念和艺文赏鉴，都体现出“在实践中学习”的勤勉和坚韧：走访厦门、泉州通关口岸、重点开发区和各大企业以及在三明、南平等地进行商务专题工作调研，深入武平县等革命老区开展群众路线教育实践活动调查，奔走龙岩等地检查行政服务标准化改革……他这个“坐不住”的人，总是在撸起袖子挽起裤脚走遍八闽大地、走入工厂车间、走进田地乡野的“躬行”过程中，考察最真实生动的资料，发现最根本切实的问题，探讨最趋先前瞻的策略。在他的文章中，没有细碎的情绪私语或庸碌的片断记录，而是对外贸易总额测算、生产产值和比增率比较、项目趋势前瞻、载体平台分析，以及各种对政治经济形势、体制机制创新、社会思潮变革的梳理和解析。正是因为具备了科学发展的马克思主义实践智慧，他可以自如运用“厚德载物”“笃行致远”等形而上理论，可以冷静分析“毒奶粉”引发食品卫生安全等热点事件，可以辩证看待郭嘉辅大业、张氏论成才、海通剜目等史传典故，真正达到了习近平总书记所提倡的“在实践中有所发现，有所创造，有所前进”的学习效果。

毛泽东谈到学习时曾指出：“读书是学习，使用也是学习，而且是更重要的学习。”实践的学习不仅需要躬身的调查研究，更需要求索的精神、思考的习惯以及分析判断的能力，才能达到经验的总结提炼和理论的发挥应用。这正是双瑜先生始终坚持并不懈追求的。他在实践中的所见、所感、所闻，总是伴随着深刻的探索和深邃的思考：到厦门、泉州开展外经贸工作调研时，思考着全省外经贸工作面临的新形势和应对的新问题；到长汀考察企业发展，思考“干部作风也是重要的投资环境”；到闽西开展“拉练”工作检查，思考联系基层、密切群众的党风建设……思考在他这里，是态度，是能力，更是一种习惯，所以即使在日常生活中，也处处闪现出思想的光芒。与工作实践的政论风格不同的是，双瑜先生的生活随笔，有一种贴近当下、信笔纵横的杂文气质：从美国老布的粗疏失误，研究党员干部如何加强认真负责的“四风”建设；从女排夺魁，评价社会事业培养人才的重要意义；从高考制度本身，探讨选拔人才的有效方式……短小精练而又观点明晰，切中时弊而又内蕴深刻。高翔先生称赞其文章：“每字每句都凝结着作者对事业的深入思考，对人生的深刻体悟，对党和人民的赤子之心，对同志的真挚友谊。”可谓精确地描述了他文章的分量。

这分量不仅来源于实践的探索和思考的品质，更来自于文字本身所蕴含的风格。双瑜先生的文章，没有繁缛铺排的修辞营造和绮丽精巧的意象堆砌，只有详细扎实的数据、生动形象的资料以及各种科学辩证的理论，由内而外体现出朴实沉稳的冲淡从容，这与他的性情是相融相通的：因为博闻好学，所以善用党史文献、历史典故、民间传说和时政新闻等各类材料，即使在谈“三严三实”等活动时，也不乏国家领导人经典言论、戚继光抗倭传说、自己亲身经历以及《松窗梦语》古史等精彩穿插，从而使论道说理尤显生动深刻；因为认真严谨，所以引文用典特别精准，纵然翻阅《闽西日报》等报纸杂志，也特别注意到一文前后“五梅（枚）拳”的用法不一致，遂亲自查考《上杭县志》等相关史料，认真分析论证二字的来源出处和含义用法，从而让观史评世更得真相妙谛。而他在忆念人事、赏鉴书文时流露出的那份看似水波不兴，实则深涌绵延的情韵尤为感人。如他说自己的母亲：“当母亲得知我和妻儿孙女回家，特地换上了折印清晰的枣红色小花新衣服，头发梳理得整整齐齐，看上去还抹了点油。”寥寥数语勾勒出乡土亲人的简约素朴和厚意深情；他评杨绛先生与众不同的特点是“把人当作书来读”，一语道破其中精粹。所谓“文品即人品”，此时看来，确是恰如其分，双瑜先生的文字正如其为人一样，踏实严谨，从容有度。读他的文章，和与他本人交往一样，似有晓暮高山听流水的沉静，又有晨昏清泉撷秋叶的清宁，平实中有情趣，简朴中含深情。

明代思想家洪应明在《菜根谭》中说：“文章做到极处，无有他奇，只是恰好；人品做到极处，无有他异，只是本然。”优秀的文章从来都是与优秀的人品相连的，撰字著文的过程，实际上就是修养性情的经历。如果说，躬行实践是学习的途径和方式，探求追索是学习的拓展与延伸，那么树业立志，正是学习的本质与内核，也是著述的要义和根本。双瑜先生以对共产主义远大理想信念的坚守和为人民服务根本宗旨的追求，以对自我综合素质的自觉重视和对个体道德素养的严格要求，树立了典范；在坦率真诚、广博明睿的品性修养中，形成了简约质朴、深沉从容的文风。品读他的文章，不仅深受其文字的感染，更感动于这份精神的高洁。

（刊于《文化生活报》2017 年 7 月 30 日，今日头条 2017 年 7 月 30 日，华人头条 2018 年 12 月 18 日）

何处楼台无月明

——读陈元邦散文及其他

德国著名思想家、作家歌德曾说："思与行，行与思，这是一切智慧的总和。"诚然如是，求索的深究使人明哲而睿智，躬行的实践使人沉稳而通达，对于求真求智的人而言，二者不可偏废。元邦在工作之余，以读书写作和书法作为爱好，不断跋涉，在不断向外拓展与向内探寻的不懈努力下，去追求"思"与"行"的完美结合与升华。

元邦一路行走、一路采撷，在闽东工作期间，他走进高山密林的飞鸾岭，亲近畲族素简淳朴的风俗文化；漫步古老静谧的廉村，回首商贾集散的沧桑历史；深入日新月异的寿宁，感受项目建设的火热工地……闽东的山水田野和村庄社区都留下了他坚实的足迹，更蕴含着他深情的关注："对那块土地的眷恋、对那里相识和不相识的人感激与谢意，时时萦绕在我心怀。"这是元邦在《您好闽东》后记中的直白坦言，也是他长期以来对人民、乡土和家国赤诚情怀的真诚流露，更是他辽阔视野、广博胸襟和豁达性情的根本来源。行走，在他这里，不仅是翻山越岭、蹚水踏泥的步履，更是跋涉过程中欣赏的风景、感悟的情思和启发的思索，这就是他在福州工作期间著的《行走间的拾零》《梦境穿过时光》中呈现的丰富图景，从奇崛的雁荡、古朴的周庄、毓秀的九华山等名川胜地，到案头"震中石"的生活随感，从读沃伦·本尼斯的经典品鉴，到关于"最美司机"的聚焦时事，还有怀想家人的忆念亲友……阅读元邦的行旅记录，让我想起诗人北岛在《青灯》中的一句话：“一个人的行走范围，就是他的世界。”元邦的“行走”，早已超越了时空的距离，以充沛的情感和明睿的体验，展示了一个充盈饱满的生命世界。

充盈的生命造就丰盛的文心。在元邦的笔下，无论是气象万千的自然风物，还是简单质朴的世态人情，都在纵横开阖中充满意趣，于行云流水间满溢情怀。它们是《透过窗棂》中雪天山村家长里短的围炉、秋日村妇巧手酿制的米酒、农耕土坯锥房碾出的大米和广袤大山中酸甜苦涩的野果，是《坊巷格局》中错落有致的院落建筑、古典风韵的水榭戏台、古老沉静的天井和根繁叶茂的榕树……一颦一笑都留意，一花一叶皆有情，正如他所说：“这山这川有如秀外慧中的女子，总是让人眷念，让人有投入大自然怀抱的冲动，用眼去欣赏，用耳去聆听，用心去感悟，用情去讴歌。”（《用情讴歌大自然》，《透过窗棂》代序）毫无疑问，元邦是一个“有心人”，更是一个“有情人”，他带着细腻的体验和丰富的感知，从简单平凡的人事物象中发现美好的诗意并探询关于“爱”和“存在”的永恒主题，这就是他“行走”的本质：“其实，每个人都可能成为大自然中一道亮丽的风景。自然之境如此，社会之景也是如此。每个人如果都让自己的心灵变得美好，便可以成为大千世界中人们欣赏和赞美的一道景色。”（《亮丽的风景》）在行走中欣赏奥妙的自然，在行走中体会温暖的人情，在行走中关怀淳朴的人性，这种“生命的行走”，无疑是介入现实人生的直接手段，是与时代和社会融为一体的有效途径，更是拒绝平庸、僵化、媚俗和浮躁，表达自己对人民、对国家高度责任感和满腔热忱的最好方式。

歌德在阐述“思与行”的关系时，明确肯定了“思”的首要意义：“我们的生活就像旅行，思想是导游者，没有导游者，一切都会停止，目标会丧失，力量也会化为乌有。”生活的“行旅”也罢，生命的“行程”

也好，都不仅只是空间距离和地理位置的简单变迁，更应伴随着思想的不断深入与升华，诚如元邦在《行走的拾零》中所言：“用脚行走，只是行走的一种方式。在人生路上行走，不单只是通过脚步行走，而更多的是思想行走。”他在读书阅报间思考法制和权力的制衡，在漫游行旅时思考爱与责任的关系，在日常生活里思考人生道路的选择……他的思考的足迹，如脚下的步伐一般，从未止息。在我看来，元邦之所以能够在深入基层中获得体验，在经典品读中与圣贤交流，在欣赏风景中与自然对话，从平凡生活中获得各种深刻启发，关键是他善于学习和知行合一的能力，这就是英国著名哲学家弗朗西斯·培根所说的：“除了知识和学问之外，世上没有任何其他力量能在人的精神和心灵中，在人的思想想象见解和信仰中建立起统治和权威。”对学习的真诚热爱和不懈追求，使他不满足于书本而持续追索，不限于当下而广泛开拓，不囿于所得而深入探究，从而在“行与思”的协调与融合中，保持着对感性生活的审慎观察和冷峻思考，体现了精神进步与时代发展的高度统一。

一个对生活充满热爱而有情趣的人，总有广泛的兴趣。元邦不仅好撰文，而且喜书墨、在看到美丽之景时会随手拍下，像是信手取来，用艺术的方式记录生活的点滴、表达生命的感悟，与其说是他的爱好，不如说是他陶冶情操和修养品格的追求。读他的散文，常感清雅质朴、温润自然。品他的书法作品，更觉与其性情相应相承。他的笔墨从不刻意求工，也不矫揉造作矫媚，而是崇尚抱朴守拙。其字结构严谨峭拔，章法自然散淡，书风典雅自信，于性情挥洒间，自有一番不骄不躁、不激不厉的舒朗气息。清代书法理论家刘熙载有言：“书者，如也，如其志，如其学，如其才，总之，如其人而已。”此时看来确是恰如其分。

艺术总是相通互融的，无论是以文字表达观点，还是以笔墨挥洒性情，抑或琴音传唱意绪，都是作者对客体对象瞬间领悟的审美活动，是作者对世界的感性体验和理性认识的外化与彰显，正如鲁迅所说：“画家所画的，雕塑家所雕塑的表面上是一张画、一个雕像，其实是他的思想和人格的表现。”以此观之，元邦的艺术创作其实是一个整体，他的摄影作品，与他的文字风格、笔墨气质浑然一体：构图和谐自然，色调温润平和，手法简洁含蓄，无论是江畔霞光荡轻舟，还是深巷老屋辨人语，或是梯田水坝泛春光，都是日常人事即景，追求的是一种格调冲淡、趣味秀逸、点画通融的意境，淋漓之中自有一股韧劲，如春风拂面，如林间清泉，正是他性情的真实写照。

陆游曾说：“何处楼台无月明。”意思是如果每个人都能抛却世俗名利欲望，保守一颗纯粹诚挚的澄明之心，那么无论在哪里，都能看见楼台上皎洁明亮的光华。艺术创作尤其如此，技法固然重要，但对生活发自内心的热爱和对生命源自根本的尊重，才是真正重要的核心。从提笔行文到挥毫泼墨、光影捕捉，元邦的艺术创作与其对纯净自然、纯真人情和至美人性的追求始终保持一致，呈现出质朴简雅和清新从容的风格，他的这份坚持，必将使其在文学和书法等创作上更登高楼，撷取璀璨的明月。

（刊于《文化生活报》2017 年 10 月 26 日，今日头条 2017 年 10 月 26 日，华人头条 2018 年 12 月 18 日）

秦巴汉水故园情　气韵风流金州吟

——读陈俊哲的诗

金洲，亦谓“金州”，南北朝时期地名，今天的陕西省安康市，因越河川道出麸金而得名。安康位于陕西省东南部，北依秦岭，南靠巴山，汉水横贯东西，山光水色既有北国雄浑壮丽，又蕴南都风韵秀美，是一方文化多元、民风爽健的热土，也是我的好友陈俊哲长期工作生活的地方。

与俊哲相识数载，始于书艺切磋，深于文法交流，他是一个勤学好思、敏悟善察的人，尤擅书法与诗歌创作。如果说，生长丹凤之乡赋予了他淳朴稳重的性情，那么久居金州之地则培养了他丰神俊朗的气质，使他身上既具有秦巴汉子的质朴爽朗，又不失汉水男儿的真挚温柔，从而兼得飘逸洒脱的浪漫诗性和丰富细腻的审美能力。

俊哲是一个情感丰富的人，这正是诗歌创作的基本条件。正如别林斯基所说：“情感是诗的天性中一个重要的活动因素；没有情感，就没有诗人，也没有诗。”“感人心者，莫先乎情。”作为个体生命表现的诗歌，最主要的审美特征就是情感性。而在人类深沉广阔的情感世界中，故土乡情恐怕是最深邃的底色，它不仅代表了生命联结的回忆和反顾，更象征着本真溯源的追寻和求索。作为一个陕西大地土生土长的人，俊哲天生具有浓厚的乡土观，由此产生的乡恋、乡思、乡情理所当然成为他情感世界的重要成分，因而也成为其诗歌创作的主要审美内容，他将近期诗作集合题为《金州吟》，由此可见一斑。当然，以艺术形式表现乡土情结一直有着悠久的历史渊源，数千年农耕文明传统的华夏儿女，在绵绵不息的历史长河中，形成了建立在农业文明之上的、以血缘关系为基础的宗法制度和宗法精神，农桑并举、安土重迁的集体潜意识，无所不在地渗透社会生活的各个方面，也以各种形式呈现于艺术创作中。然而俊哲的故园吟咏具有独特的审美魅力和艺术感染力，它是有层次有深度的，最直接就体现在对自然风物的审美体验中。从“上揽云天”的金螺岛，到“磐填深壑木遮天”的千层河，从“乍暗忽明波变幻，云山四面入空蒙”的瀛湖，到“一柱称雄天幕上，中山列阵壑云上”的擂鼓台……大雪红梅、青山翠竹、碧池清莲、月夜海棠，金州土地上的万千风光，无不成为诗人手写歌咏的对象，正所谓一山一水尽收眼底，一草一木融汇心间。美，在这里鲜明地体现为主观体验的审美重构和思想情感的具象承载，是可以触动心弦、引起共鸣的具有张力的艺术表现。

正因为具备敏锐而丰富的情感体验，俊哲能将自然客体对象的美感观察进一步深入到人文文化的认知体悟，将审美层次进一步推向深入。山水木石的风光旖旎，在诗人看来，不仅是天地自然的馈赠，更是人文灵秀的佳妙，是数千年历史沧桑变迁和文化传承的繁盛缤纷，是“早闻山上隐鱼仙，赞誉声声里巷传。不惧渔夫扎捕狠，引来清水绿江川”（《金鲤仙子颂》）的民间传说，是“远见秋池泪满巾，闻言夜雨寄池滨”（《神河源巴山秋池怀李商隐》）的历史典故，是“樟古承唐宋，船新抵四方”（《焕古镇素描》）的悠久文明，更是“清晨松下冒拳芽，少小揪来手作粑”（《商芝》）的风俗人情。乡土故园的美，美在自然风物，更美在历史代际，美在文化传承，这也是俊哲诗作给人感觉“接地气”的原因。他的诗歌从来不讲究辞藻的精巧和修饰的华美，而是追求鲜活的生活状态和蓬勃的生命气息，如他自己所言：

“都是生活中的某一部分感动了我，触动着我的灵感，我才有了诗。”这种根植于广袤大地的稳健踏实，联结于质朴民生的淳朴亲近，使其诗性表达具有了“气韵生动”的美学效果。

而丰沛的诗性是需要丰满的意象传达的，意象是诗词的灵魂，是客观物象经过主体独特的审美创造之后物化而成的一种艺术形象，是主体与客体、心与物、意与象的有机统一。它通过精简赋意、融炼喻情的形式产生的节奏、韵律、情境，以及由此建构的富有生命力的想象，正是诗歌区别于小说的故事性叙述、散文的记叙性抒情的主要特征。俊哲擅作古体诗，在他的诗作中，“梅红”的鲜美娇妍、“柳烟”的缥缈空蒙、“西风”的飒姿劲爽、“玉雪”的冰清玉洁等各种古典诗词的经典意象皆能信手拈来而恰到好处。更重要的是，他通古而入今，融掌故于只语，化经典于片言，在引经据典、探本溯源中丰富了诗歌意象内涵。如《题双河口古镇》这首诗：“明月征人起，斜阳驿马嘶。石街通古道，春草过双溪”，从字面看，“明月征人”“斜阳驿马”“石街古道”“春草双溪”都是人们熟悉的经典意象，通过“景—物—情”的对应性联结，营造出浩荡苍茫的历史感。而深入其中，这些意象的选择又是各有出处且蕴意深沉的：因为双河口古镇在唐朝时，是著名四大古道“子午道”的一个重要集镇，因此诗人巧妙援引唐代著名诗句“一骑红尘妃子笑”中“斜阳驿马”的意象，利用唐代沿子午道官驿向杨贵妃进贡荔枝的典故，打开了诗歌沧广浩渺的历史时空；“明月征人”典出唐代王昌龄著名诗作《出塞》中的诗句“秦时明月汉时关，万里长征人未还”，借边疆战事之典，表达对历朝历代守卫金州土地的将士们的遥想与缅怀；而“春草双溪”则典出宋朝谢灵运的《登池上楼》“池塘生春草，园柳变鸣禽”，借春来暑往、燕啼莺鸣之景，抒发风云变幻、人事代谢的沧海桑田，并进一步表达了诗人对此前“明月征人”的另一重理解：无论秦时明月或唐宋烽火，王朝更迭都是短暂易逝的，唯有故土家园的春花秋月、风物人情，如同流淌奔涌的汉江一般，绵延而永恒，令人不禁想起另一首“孤篇盖全唐”的名诗：“江畔何人初见月？江月何年初照人？人生代代无穷已，江月年年只相似。”全诗至此达到了升华。在这首看似简单的诗歌中，俊哲以深厚的文学素养，巧妙化用历史典故和传统文化，再造与生成了新的意象，既成功营造了“悠然天地”的历史感，真实表达了“怆然涕下”的独特审美心理效应，又蕴藉了诗人主体对宇宙和生命的哲理性思考，通过与经典的对接与联络，扩展了诗歌蕴意的深度和广度，从而使诗的构象美和语形的密度、语意的凝缩丰蕴达到了比较高的水平。

一般我们认为，古体诗是比较难作的，其篇幅有限，格律规整，讲究对仗、平仄押韵等行文规范，无形中对意象的选择和使用提出了比较高的要求。但事实上，新诗，即所谓的自由诗，更需要意象的巧妙经营。看似格式自由的新诗，为了达到当下主体完整建构和现代体验充分表达的主旨，更需要构造个性色彩鲜明、主观意念强烈、内涵意指多义、外延能指多元的意象，以达到物象在时间空间上的重新组合，创造新奇而富有表现力的诗歌美感。近年来，俊哲于古典诗词创作之外，在新诗方面也有所探索，相较于引经据典、内涵深邃的古典诗意象，他的新诗意象活泼，节奏清晰，情感饱满，展示了生动有趣的主体个性。如他形容书法创作是“好不容易 / 觅到了真爱 / 便不要急于做成最好 / 让她和瑞士手表一样 / 精工细之爱 / 在过程中锤炼 / 不速则贵”（《再致书法》），他感受海滩是“支一顶帐篷是房 / 躺下来就成了松软的床”（《海滩》），他还神游于尼山山巅“镜头蜂窝般攒集 / 目光岂止万千 / 早已视而不见 / 佳人研磨 / 书童展宣 / 我自提管”（《四月三日我的一次斗胆》）。虽然俊哲的新诗数量不多，但意象新颖，情境相融，妙趣横生，透露出诗人耿率爽朗的本真性情。

正如王进喜先生在序言中所言：“我们或电话或微信联系时，他时有读诗、谈诗及谈作诗时获得的愉悦分享与我，我是能感受得到语音那头的俊哲先生通过体悟获得诗的妙境后手舞足蹈的情状的。”诚然，俊哲就是这样一个好读书、爱写诗的充满情趣的天真之人，他恋乡土而深情款款，思亲友而柔情依依，爱生活而真情切切。他可以在脚骨扭伤时自我嘲讽：“陶然鸥鹭中邪魔，双拐搀扶奈我何。失马塞翁平淡处，依然不误我弦歌。”（《晚练踩空扭伤脚骨感怀》）可以在漫长旅途中自娱自乐：“旅次无聊改旧诗，亲朋切莫笑吾痴。年逾半百常怀旧，爱说英雄少儿时。”（《路途改旧诗晒朋友圈自嘲》）还可以在琐碎里自清自静：“蜜柚摘来就老酒，寻诗觅句不知还。”（《湖边农家》）这种放下身段自我调侃、享受生活悠闲自得的真诚坦然，是可亲可爱的，更是可感可信的。

影响诗歌艺术表现力的因素有很多，情境的创构、意象的经营、节奏的把握等，但其本质核心，应该是诗人主体情感的真诚流露和个性的敞亮张扬。正所谓真名士自风流，俊哲的诗歌创作之所以独具魅力，正因其率真淳朴的性情和高雅清洁的品性，因此他无论是挥毫翰墨，还是提刀篆刻，抑或浅吟默诵，总能于寻常间有所得，于点滴处有体悟，自得其乐而怡情修身，自成一体而凝采萃荟。这些都源于他对人生的充沛情感，对艺术的执着追求。在他的诗歌中，我们看到了风霜雨露的大千世界，看到了嬉笑怒骂的众生情状，更看到了率真爽朗的生命主体，这也正是诗歌艺术独特的魅力，是我们即使身处光影迷离、灯华璀璨的迅捷信息时代，仍然愿意月下读诗、灯下习文的原因。

（刊于《文化生活报》2018 年 9 月 20 日）

真诚面对广阔的社会现实

——评陈毅达长篇小说《海边春秋》

“舆论生态、媒体格局、传播方式深刻变化，重组着内容生产与信息传播的链条，一个‘万物皆媒’的全媒体时代渐行渐近。”这是《人民日报》评论观察文章《勇立潮头，推进全媒体时代“融合+”》的开篇序言，也不妨视为当代文学生态的真实写照。自白话文产生并运用推广以来，文学从未面临过如此尴尬境遇：一方面，多样形式的探索实验层出不穷，多元主体的广泛参与蓬勃壮大，文学创作呈现出千姿万象而缤纷芜杂的风貌；另一方面，对新鲜刺激书写内容和快餐便捷传播效率的普遍追求，导致严谨的文学创作日益边缘，相比起世纪末对“文学何用”的质疑，眼前的疏忽与淡漠显得更加落寞而苍凉。

越是困挫的状况，越显坚持的可贵。我们欣慰地看到，即使在经典写作受到新媒体文化强烈冲击、传统“人的文学”遭遇现代智能科技和生物技术发展巨大挑战时，仍有不少作家坚持以笔记实、以情动人的现实主义文学创作，以执着的深情守望土地，以丰盛的心灵咏唱时代的旋律，以坚韧的力量鼓舞追梦者的奋进。陈毅达的《海边春秋》正是这样一部认真而诚恳的现实主义小说。小说聚焦对台深度融合与自贸试验区——平潭综合实验区的开放开发热潮，以一位从北京名校毕业回闽工作的文学博士刘书雷挂职平潭的经历为线索，围绕蓝港村整体拆迁和大型投资集团兰波国际产业开发项目之间的矛盾，集中展示了实验区先行先试的大胆探索和破浪前行的奋斗拼搏，折射出新时代全面推进深化改革、坚持高水平对外开放的战略实施和丰富内涵。

该小说首发于《人民文学》2018 年第 7 期，被列为“新时代纪事”栏目的第一部长篇小说，并被列入 2018 年中国作家协会重点作品扶持选题，《长篇小说选刊》予以重点推介。小说一经刊发，即引起学界热烈关注和讨论，因“新的文学激活”意义而被誉为“福建重大题材长篇小说创作的重要收获之一”。显然，《海边春秋》的引人注目和广受好评不在于形式的突破和技法的创新，反之，作者有意突破传统的全知全能叙事，充分结合史传纪实传统和虚构抒情笔法，以小人物为对象、以典型事件为线索展开的现实题材书写，是一种比较传统的文学表现方式。小说真正具有力量的，在于紧密贴近烟气蒸腾的现实生活与喜泪悲欢的世象人情中，对社会动态的敏锐观察、对历史逻辑的丰富诠释以及对时代主题的严谨思考。“春秋”不仅是一种历史叙述方式或者写作表现技巧，还是蕴含丰富的“微言大义”，是作者通过对经验材料深度加工，揭示客观现实逻辑与规律性的文学创作。

穿越社会发展的风云变化和人心起伏的波涛汹涌，把握时代脉搏，表现时代主题，应该是每一个力求超越经验局限、前瞻历史展望的现实主义作家的责任与使命，《海边春秋》同样有志于此。然而，“时代主题”是一个十分宏大而复杂的话题，有限的文字空间如何容纳无限的文化想象，如何在话语转换、思想转变和实践转型的观照与考察中，探寻并呈现历史逻辑、理论逻辑和实践逻辑的内在真义，这是对作家想象与创造能力的重要试炼。陈毅达是巧妙的，他选择了着重典型而涵盖普遍、聚焦专注而延展广泛的方式，从一个典型人物、一片特色区域、一次特殊事件的角度，以一个传统渔村求索现代转型的小小支点，撬动了关于全面深化改革中，多领域协调发展形成整体合力这个庞大的时代话题。

小说主人公刘书雷是一个具有鲜明特征的典型人物：年轻、高学历、机关干部。作为一个受过高等教育的知识分子，他既有较高的综合素质和业务能力，又有长期拘泥于学院化教育的视野局限和认知偏差；作为一个参加工作不久的青年干部，他既有年轻人思想活跃、敢想敢干的朝气蓬勃，又带有一点机关人员察言观色、亦步亦趋的保守习气。如果到此为止，那么刘书雷的形象几乎类似于王蒙《组织部来了个年轻人》中的林震，而他所将要呈现的问题恐怕也就仅限于揭示某种社会现象，或者反思某种精神思潮。然而陈毅达的“野心”显然更大一些，他想反映的问题更加宏观，他想探求的矛盾也更加深刻。因此，小说中的刘书雷还具有另外一个重要身份：平潭挂职干部。这个身份的特殊，在于其挂职锻炼地域的特殊：作为党中央一项重大的历史性战略选择，平潭综合实验区具有与全国其他开发区或试验区不同的特殊使命，它是“探索两岸区域合作的试点，努力构筑两岸交流合作的前沿平台”的先行先试区域，是两岸关系和平发展的新载体和高水平对外开放开发的新平台。因此，平潭发展的任务光荣而艰巨，平潭探索的困难也更加突出而复杂。为全力支持平潭提速发展实现转型升级，福建省委省政府于2012年正式启动了“四个一千”人才工程，省委组织部先后从全省各地选派三批共1000人赴平潭挂职，这支饱满热情、奋发有为的干部队伍深入基层一线、参与开放开发，其意义已经超出了一般意义的基层锻炼和支援海岛建设的范围，更具有登上广阔历史舞台、投身新时代国家战略的丰富内涵。可以说，从刘书雷们踏上平潭的那一刻开始，就意味着获得千载难逢的发展良机，同时也要接受艰难重重的巨大挑战。与当地干部通力配合、深入基层解决问题、对接企业招商引资等，都仅仅只是开始。刘书雷们将要面临的，是不断破解发展难题、厚植发展优势的严峻挑战，是关于如何从基础设施建设转移到高新产业培育、从先行先试建设转移到深度对接融合、从自贸试验开发转移到对外开放“前沿阵地”的更大范围与更深层次的探索，其实是关于国家战略的深刻认识和积极践行。

因此，将刘书雷放置于平潭综合实验区这个风起云涌的澎湃之地，是以“非常之时”的“非常手段”，求索和思考“非常之事”背后的“非常意义”。然而，随着故事的推进，我们将发现，所谓“非常”并非绝无仅有，独一无二。刘书雷虽然具有鲜明的特征，却代表着当前一部分有激情和梦想、才干和情怀，同时也不免迷茫和困惑、消极和回避的青年知识分子群体。平潭综合实验区虽然具有特殊的使命，但它在开放开发过程中出现的种种问题，如新时代城市发展的整体协调、传统乡村的现代升级转型、经济社会不同领域不同层面的均衡稳定，以及民生利益提高的诉求、新一代知识分子的责任担当、外出务工人员的底层困境等，却具有普遍共性，是全国其他开发区、试验区已经经历，或者正在经历的矛盾冲突，其实也是当前协调推进经济社会各领域的集成联动、实现改革整体合力的深层问题。所以，破解发展难题、厚植发展优势的思考和探索，不仅是立足平潭开放开发的个别性经验，更是站位全国深化改革开放、具有全局战略意义的整体考量。对此，平潭挂职干部始终保持高度自觉，面对一系列新情况、新问题，他们积极求索，大胆创新，不仅在工作开展中形成一系列有效经验，也在理论层面创造了一批以《平潭实验》（2017 年中央党校出版社出版）等智库课题为代表的具有较高水平和研究价值的成果。从平潭挂职干部的探索精神中得到启发，陈毅达深入思考平潭开放开发过程中种种纠结缠绕的矛盾，并最终将关注点放在“城市与乡村”这一关键问题上。我们看到，小说中的种种利益关系表现得十分复杂，既有开发商急于推进城镇现代化的急功近利，也有村民固守田园眷恋不舍的淳朴情感；既有党工委管委会基于现实考量科学规划的思考探索，也有刘书雷、张正海等年轻干部深入基层关怀民生的锻炼成长，同时还有海妹、林晓阳等年轻人建设家园的迫切渴求，以及温淼淼等现代都市英才运筹权衡的精明世道……然而这些看似盘根错节的纠缠，其实都根源于破解城乡二元对立格局、实现城乡融合发展的根本问题。

回顾20世纪20年代以来的现代文学，以书写广袤深厚的传统乡村的物事人情为主要特征的“乡土文学”，始终是一支矫健有力的文化力量。现代作家笔下深沃黝黑的“乡土农村”，虽然也有淳朴人情和自然风光，但更多的是野蛮的陋俗民风、愚昧的伦理规范、粗鄙的文明制度和残酷的等级秩序，“乡土”往往被视为与象征“科学”“文明”“进步”的“城市”相对立的一种社会形态，代表着“落后”“保守”“愚昧”而成为现代性反思和批判的主要对象。现代小说这种对“乡土社会”的严苛审视和严肃批判，不仅源于中国数千年的农耕文明社会传统，更深刻受到现代城镇化迅速推进的社会结构变动的影响。经过改革开放40年的拼搏奋进，我国经济社会发展取得了全面的显著成就，其中最炫目耀眼的变化，就是城市群蓬勃壮阔的崛起。在工业化、现代化快速发展的进程中，城市的总体规划整体升级，人口基数和经济总量不断增长，产业规模急剧扩张，社会治理模式迅速推广，以突飞猛进的态势打破了传统社会发展的路径依赖，极大地改变了城乡面貌和社会结构，同时也促使城乡人口比率、产业形态、资源能耗等发生急剧变化，由此带来城乡发展不协调、不均衡等一系列问题并日益尖锐。随着深化改革的全面启动，改变以前简单粗放的城乡二元对立社会结构，实施乡村振兴的重大国家战略，已经成为大势所趋，深刻体现了国家对城乡发展规律的深入认识与把握，是化解新时代城乡主要矛盾、全面建设社会主义现代化强国的必然路径。

所以，与我们熟悉的传统“乡土小说”不同，《海边春秋》中的城乡冲突，并非“进步——落后”的二元对立，而是“发展——融入”的复合调整，是进入新时代以来新的城乡问题凸显。小说中的蓝港村是一个处于大发展、大变革和大转型关键期的海边渔村，这个以平潭北港村为原型的村落，在改造之前是传统而保守的，遵循的是日出而作、日落而息的农耕文明生活方式：年轻劳动力大量外流，村里“空心化”“人口老龄化”严重，从村主任到普通村民长期保守着自产自销的手工作坊生产方式，人情往来依然延续走户串门的传统习俗，“老人会”的家族管理秩序仍然具有深厚的强大影响力……毫无疑问，这是一个从里到外都十分传统的乡土渔村。它的传统，不仅表现在风貌情态，更体现在精神意志。然而正因为它的“传统”，“旧”与“新”的冲突碰撞才显得更激烈鲜明，“常”与“变”的交错融合才具有更震撼的力量。蓝港村的整体拆迁事件，从表面上看，是传统渔村在实验区整体开发中探索转型升级的问题；但深入其中，却是城乡深度融合背景下，争取乡村功能全面发展与提升、实现与城镇现代化发展双轮驱动的根本性问题。小说以刘书雷深入基层调查实情为线索，在“难题破解”的情节演进中，不断调整聚合“实验区开放开发”和“村民利益诉求”这两条看似平行而矛盾的线，最终实现“融合共享”的成功解题，看似情节反转，实则顺理成章，不仅拥有符合广大群众参与共享改革开放成果诉求愿望的合情性，更具有符合新时代城乡互补、全面融合、共同繁荣发展要求的合理性。

当然，要实现融合共享，并非振臂呼号就可以达成，还需要科学合理的规划与切实可行的实践。对难题的破解，最后都必须回到难题本身。实施乡村振兴战略，提升乡村功能全面提升发展，重构城乡融合结构体系，关键还要从激发乡村的内在活力入手。小说紧紧围绕“依靠改革创新壮大乡村发展新动能”这一核心主旨，着重外源动力和内生动力的共同作用，根植蓝港村渔业生产特色和天然海域环境等资源禀赋，兼顾对台深度融合的特殊使命，从开发特色文旅项目的产业支撑、吸引劳动力回流的人才振兴、整合资源挖掘传统优势的文化开发、有效治理加强绿色发展的生态文明建设等方面，提出蓝港村转型升级的解决办法，其实也是从发展主体壮大、发展模式深度转型、发展动力创新衍变的角度，提出改造传统村落、实现乡村复兴的可行方案，具有积极的参考价值和借鉴意义。

值得肯定的是，在《海边春秋》中，无论是问题的提出，还是问题的解决，都始终展开于热气蒸腾、繁蔚杂陈的生活物象和澎湃郁勃的精神世界中，刘书雷、张正海的烦愁和困惑是真实的，大依公等村民的迷茫和抗拒是真实的，海妹、林晓阳等年轻人的满腔热情和求解无路是真实的，就连陈海明的精明算计、温淼淼的世故谋划都是真真切切的。所谓“乡村振兴”“融合发展”等宏大而复杂的时代主题，在这里不是生硬的概念推论或者枯燥的逻辑演绎，而是通过生动演绎和丰富表达实现的话语建构和价值认同，是经过生活提炼和酝酿深化达成的思想提升。小人物的笑泪悲欢、平凡日子的柴米油盐、海边春秋的日出月沉，就这样沉浮跌宕于重大战略规划的徐徐展开中，每一个音符都独特，每一节旋律都鲜明，共同汇聚成时代伟大的交响，揭示着具有深刻内涵和演进逻辑的历史发展规律。

所以《海边春秋》真正的意义与价值，从来不在于形象细致地塑造了哪个人，曲折离奇地记叙了哪件事或者哪片区域，而是在于它敞开胸襟面对广阔复杂、沉郁深厚的社会现实，认真展现并充分尊重个体生命在时代汹涌大潮中的奋斗努力与聚精会神，在厚重的生活泥土分量和燃烧的生命火焰中，生动再现了新时代全面深化改革实现伟大复兴的蓬勃激荡。小说展现出的心系黎民、胸怀天下的情怀与气魄，恰如丘逢甲诗句“欲向海天寻月去，五更飞梦渡鲲洋”所表达的一般辽阔宽敞、豁达明朗，是作者勇敢地进入生活经验而又成功地突破了经验的局限，在重塑生命个体与时代共同体的有效联系中，提出了长远而深刻地进行历史展望的努力创造。这让我想起了匈牙利著名文艺批评家卢卡奇对于杰出现实主义的形容：“伟大的现实主义所描写的不是一种直接可见的事物，而是在客观上更加重要的持续的现实倾向，即人物与现实的各种关系，丰富的多样性中那些持久的东西。除此之外，它还认识和刻画一种在刻画时仍处于萌芽状态、其所有主观和客观特点在社会和人物方面还未能展开的发展倾向。掌握和刻画这样一些潜在的潮流，乃是真正的先锋们在文学方面所要承担的伟大历史使命。”时至今日，在众声喧哗骚动、新旧交替转换的多元文化世代，我们需要更多像《海边春秋》这样诚实记录生活真相、认真探求时代意义，充满人性热度和文化深度的审美创造。重温这位文艺批评家的经典话语，也许可以为我们在新的历史方位，拨开迷雾阴霾，拔除杂草荆棘，秉持文学火炬烛照引领，提供更加充实的力量。

（刊于《光明日报》2019 年 3 月 27 日，中国文艺评论网 2019 年 3 月 29 日，《小说月报》微信公众号 2019 年 4 月 3 日）

乡土文化的守望

——读《小英阿姨看客家》

“小英阿姨看客家”这套丛书，是何英写给孩子们看的客家乡土文化故事，书中的文字如清晨阳光下闪耀的露珠，晶莹剔透、澄澈明朗。街巷里飞扬激越的笑声，锅灶边袅袅升腾的炊烟，田野间迎风舒展的花草，都仿佛春风中向暖的幸福，简约而真挚，纯粹而淳朴，敞亮而深情，趣味生动之余，不乏丰盛饱满的深意。行走其间，我的目光总是不自觉被那份浓郁而温暖的乡土气息深深吸引。

近年来，随着城市的工业化、城镇化、现代化步伐加快，高楼广厦在轰鸣机械中栉比林立，淳朴的乡风民情日益淡薄稀乏，不仅许多传统民俗几近绝迹，就连那些村野风土中的屋宇、街道、古树、老井等记忆拼图也渐渐零落凋散，与广袤土地血脉相生的朴素情怀渐行渐远，不能不说是一种文化遗失的缺憾。文化是充满活力的生命基因，往往决定着一个区域的气度和风骨，影响着生活在这片土地上的人的性情与品格，也就是人们常说的“一方水土养一方人”。客家乡土文化源流于北方，融合于中华，经客家人世世代代锤炼、淘洗和传承而日益丰富多彩，个性十足而开放包容，璀璨瑰丽而别具韵味，这是客家人爽朗热情性格与坚忍顽强精神的凝聚，也是客家人彼此认同的重要标志。

何英就生长在这质朴的客家土地上，生于斯、长于斯的她，从小耳濡目染客家乡土文化，童真的记忆扎根于心，成长的年华浸润生命，她为人正直，性格开朗，体现在文字上则有着浓浓的乡土情趣。翻开这套丛书，刹那间仿佛时光流转，那些情感深处中的事象人情一一清晰起来：泥墙青瓦的老屋，悠长蜿蜒的老街，郁郁葱葱的老树，还有家家户户醇美可口、回味悠长的地道小吃，集市上错落高低、卖柴卖鸡卖蛋的小贩吆喝，爷爷奶奶周到诚挚的礼数、小伙伴们走街串巷奔跑嬉闹……在这里，文字如一口夏日清凉的深井，汲一桶，便是一段旧日时光的琼浆，甘甜爽口，直润心扉，活泛生动间，展现在读者面前的是一道道客家百态风情，更是一曲曲客家乡土欢歌。在乡土文化逐渐缺失的现代都市中，这份性情书写与自觉发扬显得尤其珍贵。

乡土文化，从字义上理解就是乡村社会实体形成的精神文化，最基本的特征就是人与土地的关系。无论是“劝课农桑”，还是“民以食为天”，人们口耳相传熟稔于心的谚语箴言一再证明了在绵绵不息的历史长河中，华夏儿女植五谷、饲六畜、农桑并举、耕织结合的农耕文明源远流长、博大精深。作为中原农耕文化支系的客家文化也具有典型的农业文明特征，骄阳炙烤仍“锄禾日当午”，明月高挂方“带月荷锄归”，一挂苍穹下，躬耕弯腰的先辈们，以犁为笔，以地为纸，书写了客家人以农为本、安贫乐道、勤俭独立、尊天敬神的率真性情，也赋予了客家生活璀璨纷呈的丰富景象。如《客家民间文化》中描写的依节气安排农事和广泛流传于民间的各种节气、农事、气象谚语，以及精妙绝伦的传统工艺、娱神娱人的民间娱乐、随处可见的吉祥物、脱口而出的吉利语……处处洋溢着浓郁的泥土气息和朴素的乡村人情；而《客家美食》一文中乡情浓“溢”的客家米酒、滋味软糯的“粄”、香甜可口的糍粑、香气扑鼻的菜干等，更是为我们展开了客家乡土五色斑斓的多彩画卷。将文化融于生活，用生活解读文化，何英对客家乡土文化的感受如此细腻而深刻，信手拈来，从容点数，生动形象，尽情表达，无须振臂扬言，这样如话家常般地闲谈便是对客家乡土文化浩繁绚丽的最好诠释。

乡土文化是一个含义广泛的概念，除了人与土地的关系之外，还包括人们在生活与生产活动中形成的诸多礼仪习俗、法则规范。随着现代经济社会的快速发展和生产生活方式的日新月异，许多传统礼仪、民间习俗已逐渐从人们的日常生活中消失，从工具理性角度而言这似乎是正常规律，然而从价值理性来看却代表着某种人文意义的缺失。毕竟，仪式感作为世代传承的集体记忆，不仅是一种形式，更是凝聚着千百年社会文化和情感体验的行为规范，是维系血脉族群的紧密纽带，正如德国当代哲学家哈贝马斯指出的，“仪式”是一种“文化传统的延续，集体通过规范和价值实现一体化，以及一代又一代人的不断社会化”。在那些“沐浴焚香，抚琴赏菊”程序化与秩序性中呈现出的日常趣味与美好，其实蕴含着对生活的热爱与对生命的尊重，而这恰恰是最值得我们珍惜和承传的。何英深谙此理，所以在她的书中，常常用心用情描画各式各样的乡土风俗。如《客家风情》提及旧历新年的种种礼仪，从贴春联、放鞭炮、祭祀祖宗、照岁、穿新衣、炸糖枣，到元宵节的走古事、游大龙、游大粽、犁春牛，从正月二十百花生日，到六月六扛菩萨，再到中秋节提前过，乃至生育、起名、婚嫁、丧葬习俗等，可谓是繁复而琐细，却又深远而情趣。这里的每个节日、每个习俗都有着历史渊源、美妙传说、独特旨趣和深广的群众基础，不仅是客家人日常生活的一部分，更是客家文化的瑰宝，是客家人历代相传、相沿成习的生命寄托和精神守候，弥足珍贵。

在客家乡土文化中，有许多礼仪习俗逐渐从“仪式”的形式化表象脱离而出，融汇并凝固成民风民情的组成部分，这便是民俗文化演变升华的精华，正如何英在“思念中的家乡”一节中介绍的：“在儿时的记忆中，我们的家乡称得上是一个‘太平世界’：邻里之间和睦相处，家里煮了好吃的东西，相互之间你一碗我一碗地品尝着。谁家有什么事，大家都热情地相互帮衬着。”她进而举出“进出的家风”的例子说：“还米给邻居时，虽然都是将米送到邻居家，用邻居家的米升筒量应还的米，但是，长辈一般都会嘱咐我们，量过后再抓一把，多还一点。家风好的家庭，长辈必嘱多还一些。这就是‘邻居借我平升进、秋后还粮装满升’的米升筒传承下来的一种美德。”这样的例子在书中还有很多，体现的正是乡土文化最核心、也是最动人的精粹——朴素的性格、诚挚的情怀与美好的品德，这份精粹在任何时代都是一种生动、温暖、质朴、深厚、诗意、睿智的处世哲学，是客家文化具有强大凝聚力和生命力的根本保证。

而今，生活在声色光影、炫目繁华的现代文化中的青少年，普遍有一种逃离乡土的倾向，对都市的亲近和对乡土的陌生，使他们无论从情感上还是在心理上都对乡土文化产生极大的疏离感，这无疑是一种文化“失根”现象。这种缺失，失去的不仅是朗天厚土的广袤，也不仅是亲族友邻的淳朴，更是传统文化和民族精神的根底。从这个意义上说，何英对乡土文化的生动演绎和执着守望显得特别有意义。正如19世纪英国作家王尔德所说，“有文化教养的人能在美好的事物中发现美好的含义，这是因为这些美好的事物里蕴藏着希望”，我认为，何英对客家文化的热爱是源于生命的，对乡土文化的执守更是发自内心的。“小英阿姨看客家”丛书以“文以化成”的笔法，采取图文并茂的形式，文体通俗易懂，内容深入浅出，故事生动有趣，主题直观鲜明，让读者在观看鲜活清新的生活百态和生动趣味的人情万象时，强烈感受蓬勃旺盛的客家文化魅力，体会朴素敦厚的乡土生命情怀，并激发对传统文化和民族精神的认同、热爱和眷恋，无论形式还是内涵，都是值得称道的。

（刊于《福建文艺界》2017年第12期，华人头条2019年1月9日）

书香墨影中的海天瞭望

——读沈世豪《醉美五缘湾》

文学的精神力量是坚韧卓绝无可取代的，即使在信息浪潮冲决翻涌、多媒体科技日新月异、声色光影变幻迷离的现代社会，文学也始终拥有旖旎迷人的魅力。它总能以对世态万象的生动描绘，对人情冷暖的淋漓表达，以及对本性芜杂的深刻揭露，在浮躁庸碌的生活烦琐中，烛照心灵最深处的角落，触动灵魂最柔软的地方。因此，提笔蘸墨的书写，不仅是一种创作的姿态，更是一番生命的旅程，是作家用深情凝望热土，用目光穿越尘埃，用文字描绘人生，创造生命与精神对话的世界。

沈世豪教授是著名的文学家，他用文学拥抱生活、感悟心灵、诠释生命。他的文学成就源于对文字细腻把握的天赋，以及后天孜孜不倦的求索和多年高校教学生活经历，他的文学创作始终保持蓬勃饱满的丰盛状态。抒情散文、随笔杂谈、理论研究、报告文学等各种文体皆能发挥自如，故人忆念、旅行观感、人生体悟、文艺创作规律等题材都游刃有余。同时，他还是一名优秀的领导干部，在担任厦门市教育学院领导期间，教学、管理、队伍建设等各项工作都备受称赞，堪称当下文坛杰出的学者和管理者。

沈教授与我同乡同好，亦师亦友，七八年前，他曾为我的散文集《一天中午的回忆》写过一篇评论，给了我许多启发和鼓励。前不久，收到沈教授的新作《醉美五缘湾》（2016年鹭江出版社出版），这是一本报告文学，又是一本长篇摄影散文，记录了许多生动故事和曼妙情节，载入了大量扎实数据和典型细节。全书以散文和记录交错的文笔，抒情和纪实相融的风格，兼得新闻纪实和文学表现双重优势，为读者呈现出一个立足苍茫海天，瞭望五缘湾、瞭望厦门、瞭望民族历史文化和时代进步的广阔图景，可谓匠心独运、妙笔生花。

“瞭望”在这里，首先是一种姿态，是对世事民情的深切关注，这是沈教授文学创作的一贯主调。无论是忆念童年往事的《山城水清清》《山村蒙太奇》，还是记录时代人物的《中国有个毛泽东》《陈景润》，或是报告社会时事的《亚细亚的太阳》《军旗升起的地方》，他的创作始终与当下现实和身边百姓紧密相连，长街深巷的市井烟火、乡土村落的淳朴民情、山野林间的濯濯清泉，乃至历史碑林的落落风尘……任何与社会民生相关的烦琐庸常而又温暖绵延的星火，都是他灵感创作的泉源。而他的内心深处，除了闽北浦城这个故乡旧土之外，最魂牵梦系的便是厦门，这里沧桑的人文历史、现代化的城市建设，都是他执着的所在。而城市中人的生存与发展，更是他关心的主题。如《醉美五缘湾》中，从历史记忆到都市建设，从人居生态到景观布局，从资源禀赋到文化承传，全方位多角度的介绍，始终围绕着“人”与“城”和谐发展的主题展开：城市改造坚持“自然生态、产业生态、文化生态、人居生态”的新生态人文主义原则，商业开发强调“尊重自然、敬畏自然，追求人与自然和谐发展的新境界”的科学规划，景观布局则体现了“提升城市文化、文明的层次和境界”的人性化设计。对“人”的关注，实际上体现的是对城市文化的理解。英国“花园城市”之父霍华德在《明日的田园城市》中说：“一座城市就像一棵花、一株草或一个动物，它应该在成长的每一个阶段保持统一、和谐、完整。而且发展的结果决不应该损害统一，而要使之更完美；决不能损害和谐，而要使之更协调；早期结构上的完整性应该融合在以后建设得更完整的结构之中。”城市因人而生动，人因城市而充盈，在沈教授的城市印象和城市书写中，这便是最根本的核心。

如果说，沈教授对世事民情的关注，让《醉美五缘湾》拥有了敞亮视野与开阔胸襟，使它得以在烦琐的历史资料中披沙拣金铸就篇章，那么求索创新的精神，则让《醉美五缘湾》获得了饱满的内在生命力量。因为瞭望，更是一种沉潜的精深与涵博，是内在于文学表现形式的文学素养和文化灵魂。沈教授是一个“慢游”型的人，即使在繁华的都市中，他也习惯慢走细看、敏思深探。他看五缘湾开发规划，分析“文化”对于城市建设和社会发展的重要意义：“文化是灵魂，文化层次的高低和积淀的深浅、厚薄，直接展现这一新城区建设的档次和水平。”观赏海天胜景，回溯人类文明形态演变：“从人类的文明形态来看，有三种文化：农耕文化、游牧文化、海洋文化。后两种文化崛起之处，都带有强烈的扩张性、开拓性，因而又被人称为侵略文化、强盗文化。但不得不承认，它们的最显著的特征是开放。从封闭走向开放，当然是人类了不起的进步。”漫步木栈道，感受慢生活的内涵：“它的主旋律是慢……如今的世界变化太快。快，给人类带来了太多的福祉，也带来了太多的烦恼、忧伤、不幸。”还有考察海底隧道时的人类智慧怀想、欣赏白海豚时的生态文明思考、行走五缘湾桥梁时的“天人合一”建筑美学讨论……他在收放自如的行云走笔间，用清醒独立的文化精神，将历史沧桑、古今传奇、寻常琐事和世事大局尽纳方寸，看到的不止是一个五缘湾或者一个厦门，更是一方水土，一片天地，一个时代的缩影。

真挚的情怀、开阔的视野和深沉的思考，使沈教授的文章由内而外散发出从容舒朗的气度，这是一种自由感悟的诗意栖居状态：“什么是诗意栖居？显然不是苟且于冷冰冰的密如森林的高楼大厦，而是在生态理想的环境里，能够和历史、古人、文化、艺术等优雅地进行沟通、对话、交流，能够在超越功利目的、文化密集的精神家园里，享受人类创作的智慧花海的浪漫和绚丽，从而真正提升幸福指数和生命的质量。”沈教授在馥雅书香和悠然墨影中，任由主体性灵自在舒展，呈现出了海天瞭望的最佳状态。

时至今日，苏东坡那段关于为文的自述依然值得我们品味：“吾文如万斛泉涌，不择地而出，在平地滔滔汩汩，虽一日千里无难。及其与山石曲折，随物赋形而不可知也。”文章创作的奥秘也许正在于：出于本心，源于自然，形诸笔端，尽舒情意。我向来推崇沈教授的文字，这不仅是因为他的文章的精妙修辞和畅达抒情，更是因为他文字中有温度的情感、有风骨的情怀和有质地的思考，使他的文字具有纵横开阖随物赋形的灵思妙笔，更给予他俯身俗世而又超拔于微尘的穿透力。

（刊于《福建文艺界》2017 年第 9 期，华人头条 2019 年 1 月 14 日）

历史构建下的责任担当

——读钟兆云《我的国籍我的血》

小说重虚构，历史重写实。对于历史题材小说，如何处理好这两者的关系，难之又难。尤其是，当大陆、台湾、抗日这三个关键词集中在一起，其难度可想而知。而读了钟兆云的新作《我的国籍我的血》，这些担忧一扫而空。

钟兆云就职于福建省委党史研究室，一直坚持党史与文学创作相结合的路子，有着将革命史实向大众普及的责任担当。迄今为止，他出版了长篇小说、报告文学、纪实文学、传记文学等40多部，用鲜活细致的笔调、灵活多样的手法，展现了一位又一位革命先烈的情操、精神、毅力和智慧，获得了良好而广泛的影响。

爱国主义题材的长篇小说，最难驾驭平衡点的掌握：偏重写史，则易枯燥、有失活泼，容易失去普通读者；偏重文学，则易虚空缥缈，失却了历史之重。有着高度历史责任感的兆云，好似一个技艺超群的园艺师，在历史中披沙拣金，将最精华的部分完美呈现，又与现代文学相结合，以历史的“实”作干，用文学的“虚”作枝，巧手修剪，培植出一片繁荫之林。

《我的国籍我的血》这本书中，兆云驾轻就熟，左右文字，描述了70年前，以李友邦将军为代表的充满爱国情怀的台湾同胞，不甘忍受日本的殖民统治，从台湾回到祖国大陆，申请恢复国籍，投身抗战、可歌可泣的历史。兆云以融南水、北石于一体的大度和巧妙，让山石硬而不僵、使秀水柔而不媚，巧手整合，呈现“历史”与“当代”并存于一座园林的无缝对接美景，引发读者的深度思考。

在大情怀的抒发上，作者将家国情仇表现得慷慨激昂、淋漓尽致，用“国籍”这一线索演绎出最回肠荡气的壮歌，阐述了“家即是国，国即是家”这一颠扑不破的真理。如，严长庆、李友邦的翁婿家谈中，始终不离家国情怀，不忘“小”事；李友邦组建“台湾义勇队”投身抗战的如歌往事，浓墨重彩，着力勾画，谱写“大”事。一小一大，体现了两岸同胞大情怀下血浓于水的骨肉亲情。

历史小说难写还在于宏观与微观的结合，既要写出真实的大历史，也要写出历史中的小细节，这需要良好的小说布局和叙述能力。兆云从不同角度游刃有余地观察那段历史，既站在高空中俯瞰战争全景，也跟在战士们身边倾听他们的对话，甚至深入他们的内心了解思想。在场面的营造上，他把历史牵回了现实，用准确严谨的字眼，烘托战争场面，空气中浓浓的火药味、弥漫的硝烟、枪炮声、脚步声、革命者的呐喊声……让人在那场中华民族抵抗外来侵略者的较量中身临其境，血脉贲张，中华儿女同仇敌忾的火种，骤然点燃。如：敌人一次次集团式的冲锋，都被四连的铜墙铁壁毫无商量地给挡了回去。阵地前，茅草和灌木在燃烧，树干被弹片削得精光，石头遍地乱滚，野草被压得直不起腰来。战斗白热化时，在“嗒嗒嗒”震耳欲聋的枪声中，连长高大的身躯突然晃了一下，便沉重地倒了下去……

对于李友邦、严秀峰、黄绍竑、陈仪、张治中等历史人物，兆云从散金碎玉的史料中细心筛检、串织成篇，以客观、公正、严肃的态度，倾听历史，回放历史，把对历史事件的情感、爱憎，通过丰富生动的细节，广度抒发，呈现出一个个血肉丰满的形象和完整的精神世界，表达出对人物的崇敬。李友邦等革命前辈，是中华民族的精英，是人格伟大的中国人，慷慨激昂处，令人一次又一次为他们所感动，灵魂一次又一次得到净化。真实的英雄负责回放历史，虚构的人物负责活跃情节。郑中原、郑华美、程雪花等虚构人物的塑造，穿插其间的情愫，将革命者的个人感情与家国情怀紧密联系在一起，舒缓有度。

解构历史，不仅仅是简单还原，而是用心将历史重现。兆云追求“事必求真”，运用“颊上三毫”“睛中一画”的手法，画面感极强。如：“‘台湾人民原系我国国民，因受敌人侵略，致丧失国籍。兹国土重光，其原有我国国籍之人民……应即一律恢复我国国籍！’通告发出两天后，郑成功祠后殿监国祠前的两株大梅树突然迎风绽放，花团锦簇，香溢百里。”——这是历史的见证、人性的回归，更是兆云巧妙的塑造，这种历史真实与小说情节的结合，使叙事更为多元，更为完整。

具有强烈主观色彩的文字，只要处理得当，不仅可以帮助重建历史，而且有所谓纯客观文字所达不到的强烈效果。《台湾先锋》刊物的创办，让人感受到革命者的豪情与文化情怀；停刊时的无奈，又让人感受到当局政府的强悍无理；冯玉祥的《我们要赶紧收复台湾》，更是让人为停刊扼腕叹息，掩卷沉思。每一个细节都如此到位，无论是历史事件还是背景资料，都做到了历史真实与艺术真实的统一。

尽管在故事情节的虚构上还有许多可挖掘之处，但与本书的价值观和历史大视角相比，这点不足完全可忽略不计。本书通篇行文质朴，语言隽永，简峭朗洁，行云流水，独有一种阔达雄郁的气韵，十分耐读。

台湾抗战是中国抗战史的一部分，闽台渊源深远，绝大多数的台湾人都是福建后人，生活习惯和社会价值相似。《我的国籍我的血》一书中，兆云以理性的刚直写小说，真实地反映和客观地分析历史；又以感性的深沉写历史，谱写正气歌、爱国曲、英雄泪，台湾抗日将士因此立体丰满起来，并走进人心。

“我以我血荐轩辕。”钟兆云内心翻涌着澎湃热血，埋首书林，正视历史，以强烈的历史责任感，饱蘸革命激情之墨，呈现了一段荡气回肠的战争史诗。对于今天的读者来说，更是看到了作家以同根同源的民族特性连接两岸，让那些既有中华共性、又有民族个性的历史文化在海峡两岸得以弘扬，使两岸同胞兄弟对中华民族产生更深厚、更真切的认同感和归属感，从而感知中华民族强大的凝聚力。

此心不灭，民族挺立。

（刊于《中国艺术报》2016 年 6 月 3 日）

纫佩秋兰抱初心

——谈魏德泮的歌词创作

近日，风光旖旎的鹭岛厦门举办了一场别开生面的音乐会——“魏德泮少儿声乐作品演唱会”。演唱会共23个节目，以童声组合和童声独唱为主，所有演唱曲目都是德泮先生作词，可以说是他的歌词艺术创作一次比较完整而集中的成果展示，获得广泛好评。德泮创作的歌词内容贴近时代生活，内涵丰富精彩，集聚了最具“闽”味特色的各种意象，如福州三坊七巷、厦门鼓浪屿、客家土楼、惠安女等风土人情，以及武夷茶文化、泉港丝路典故、莆仙妈祖传说等文化历史，淋漓地展现了深邃磅礴、新潮澎湃的海丝风采。词曲风格上，则根据“儿童”这一主体对象，呈现活泼灵活的多样性，既有淳朴生动的趣味天真，如《采茶谣》《土楼娃》《惠安小阿妹》，又有古风悠然的素雅恬美，如《少年朱子》《读唐诗》，还有情韵绵长的清纯可爱，如《爱是烛光，爱是太阳》《月牙船》等，都是以独特的儿童视角、鲜明的孩童语言和纯真的童稚情感，在胸臆直抒和情怀婉约中，表达了词作者本人对家乡故土和民族文化的真挚深情。

演唱会的成功，不仅是对德泮歌词创作成绩的充分肯定，也是对其歌词创作特征的有益彰显，即生活性和艺术性兼得、意象隐喻和情感抒发共融、感性体验和理性升华相成。作为享受国务院政府特殊津贴的国家一级词作家，德泮在歌词创作方面的成绩是有目共睹的，而他对歌词艺术的理论探索更是对中国歌词美学研究具有开拓性和创新性意义。德泮是我的长辈和同乡，2017 年 3 月在广西南宁参加全国文艺评论家座谈会时偶遇，我由衷钦佩他坚持歌词创作的执着和潜心艺术研究的坚韧。他以数十年如一日的勤勉学习和努力工作，将生命与音乐的偶然契合，升华为理想志业的怀抱追求，这份发自内心而又深入性灵的情怀，正是得益于他对音乐艺术本质的深刻思考和准确理解。

作为配乐而作的歌词，从创作形式来看，与文学有着天然的紧密联系。无论是《尚书·尧典》中所说的“诗言志，歌咏言，声依永，律和声”，还是郭茂倩在《乐府诗集》里指出的“当时先诗而后声，诗叙事，声成文，必使志尽于诗，音尽于曲”，都是从审美层面上对语言文字、声乐音律和舞蹈表演等艺术形式同源同根、互融共通的艺术本质的理解。从这个意义上来看，所谓“歌词”，实则就是具有韵律、节奏等音乐性能的“诗”，不仅需要语言生动、形象活泼、风格鲜明，还要达到缘情抒怀言志的意境深远，是一种既可以与曲调完美配合，又可以相对独立存在的、兼具文学性和音乐性的艺术门类。正是在这个意义上，德泮在歌词美学研究上，不仅对音乐艺术进行实践操作和理论总结，更是通过对艺术创作审美特征和美学规律的梳理和解析，引导人们进一步理解艺术美的本质和艺术创造的哲学内涵，具有以感性深化理性、以个别关照普遍、以现象把握本质的重要价值。

无论何种形式的艺术理论探索，都要从绽放于生活、蓬勃于生命的创作出发，最后回归审美本质。在这方面，长期躬行实践的德泮是很有说服力的，他熟悉许多中外流行歌曲，担任过 20 多年中小学音乐教师，从事歌词创作 30 多年，作品屡获国家和省级大奖，是享誉业内的歌词创作专家。这样丰富的经历，使他具备了丰富的歌曲创作和歌词采编经验，也拥有了广博的音乐理论知识和深厚的艺术品格修养，因此他能够准确提炼“意象”作为歌词美学的核心要素，在尊重个体主观感性差别的前提下，结合民族精神、时代特征、生活风气、文化心理和审美倾向等诸多因素，抽丝剥茧地揭示、分析并探究不同年代、不同时期、不同风格经典歌曲的歌词意象的共性化选择和个性化创新规律，从而揭开优美婉转的旋律和精美绝妙的歌词背后深藏的奥秘。这个探秘的过程，是解析艺术构思的过程，是他在书中自况的“看似简单，其中掏出了多少文化的积淀、情感的积累，只有作者知道”的过程。

在这日积跬步而至千里的甘苦自知中，德泮将30多年的创作实践经验进行理论提升，也将个人对音乐的感性体验进行规律性总结，从而使艺术生发的社会人生哲学思考，具有了充盈丰沛而又稳健扎实的精神品质。熟悉德泮歌词艺术的人都知道，他创作的歌词最重要的特征就是“浓郁的生活气息”“活泼的对象风格”与“鲜明的时代特征”。在他这里，歌词不是几句机缘偶得的讨巧词句，也不是一些套用挪移的刻板样式，而是具有丰富社会人生内涵和活泼个性的鲜活艺术生命。如《红袍仙子》：“哎，红袍仙子采茶来，左手采，山之情，右手采，水之爱。飞来一只彩蝴蝶，东边扑，飞西边；西边扑，飞东边。扑呀扑呀扑呀扑呀，山野的情趣扑进怀。”将孩童天真烂漫的可爱与武夷灵秀的山水、采茶的轻快欢乐巧妙融合，充满淳朴美妙的自然情趣；再如《惠安小阿妹》：“头戴黄斗笠，身穿蓝上衣，腰佩银腰带，脚穿宽黑裤。外婆织渔网，妈妈扛石柱。我在海边住，走惯风雨路。”看似简洁无华的句子却生动刻画出充满地域风情的海边惠安女形象，极富生活气息。擅于提炼、表现对象鲜明特征进行艺术想象和加工，这正是他的歌词能够做到“新声含尽古今情”而深入人心的重要原因。因此，建立在这样创作实践基础上的歌词美学研究，能够打破一般现象学的形式主义教条和本体论的思维逻辑局限，以科学发展的哲学世界观为逻辑统摄，以生活经历、生命体验和文化思潮为基础内容，综合运用社会学、心理学乃至当代传播学等多学科知识进行理论构建，

然后活在当下不去想明日的清愁”。《美丽遇见》中则谈遇到美女、才女、一件美衣、一个地方、一位古人等，这世间所有的遇见，没有早晚，没有对错，珍惜，才是最美丽的拥有，“每个人都可以在自己的生命里演绎一种别样的美丽，让自己活得从容、美丽”。《山居岁月》中，令人感念而难忘的细节，魂牵梦萦的土地亲情，如在眼前的农事习俗……作者在这里祈祷幸福、歌唱友谊、感悟成长、心怀梦想、坚定信念、缅怀前人、描绘自然，“世间万物都有它自然自在的存在原则，也许人生多些随遇而安，自在、快乐便会不请自来”。《诗心起兮》获得足够的启发：人生于世，要心有所归；归于何处？首要的是归于“对故土家园 / 最深情的眷恋”，以此作为生命的归宿，灵魂的港湾。有了这样的港湾，才能确保自我生命的修为和成长，才能做到“只要有爱 / 天堂就会玫瑰盛放”。

“你为什么写作？”好像这是所有写作者都要被问或自问的话题。不同的作者都有自己不同的答案，正如萨特在《为什么写作》中所说：“各有各的理由：对于这个人来说，艺术是一种逃避；对于那个人来说，是一种征服的手段。”而对于徐华丽而言，我想起一句话：人生自守，枯荣勿念；万物美好，我在其中。写作，能够让她有一些属于自己的丰盈和坚守，在繁华世事中安静下来，聆听生命的浅吟低唱吧。

女性作者对于世界的感触总有独到的视角、独有的领悟和独有的叙事，与男性相比，她们有更多的时间去感受家庭的温馨、领略脉脉的友情、品味人伦之乐。女性的心理相对细腻，比较重视自我及周围生活的观察、思索，而不像男性那样对客观世界作大幅度的评述针砭。即使对现实生活中的矛盾有所评说或抑扬，也不太追根究底去寻找解决问题的答案，最终落笔还是述说个人对世事的感慨，难免带着自诉情调与色彩。希望作者更加仰观宇宙之大，俯察万物之盛，从而游目骋怀，天高地阔，深邃隽永，让自己的生命或作品拥有一份雄厚、一份浩荡、一份气度。

时间会让平凡变得不凡。随着时间的推移，相信徐华丽能够跨逐日月，写出如琵琶曲般饱满、穿透力强的更多更好的作品。我们期待着。

（刊于《闽东日报》2016 年 12 月 11 日）

水墨淋漓畅天地

——评陈羲明书法艺术

从人类发展的精神层面和审美角度看，按照马斯洛提出的需求层次理论，诗词文赋、曲乐舞蹈、书法绘画都属于人类自我实现以上的更高需求，即求知需要和审美需要。因此，传达审美快感的艺术样态，同时具有丰富精神文明内涵的哲学形式。陈羲明深谙此道，并常年坚持身体力行，他在《砚边随想》里直言：“一个合格的书法艺术家，必须是一个文化人，拥有艺术能力的人，具有创造才华的人。”并提出书法创作与鉴赏的“文化品格、创作品格、自然品格”命题，正是对古人论书“专精——博览——蜕化”三个逐渐升级过程的丰富和发展。

羲明认为，文化品格要和而不同，创作品格要逢“二”则变，自然品格要阴阳和合。只有精神境界高尚的书法家，以及充满感情和生命力的作品，才称得上具备“三品格”的纯粹艺术。

书法是中国文化精神的独特表征形式，印烙着深刻的民族文化记忆。它的存在，不仅在于抽象变幻的线条轨迹，更在于它以笔画运动的形式，体现了宇宙生命无穷澎湃的运动节奏，以及深蕴其中的博大精深的传统文化核心价值，因此法国前总统希拉克盛赞中国书法是“艺中之艺，是民族的记忆”。作为一个长期濡染文墨的书法家，羲明认为，书法具有画之魂魄、舞之飘逸、音乐之旋律、建筑之结构，在气功的玄理、儒学的道义、道家的天人之境和佛禅的万宗气象间，彰显浩荡格局，涵纳广博情怀。因此，书法艺术绝不能局限一家一派，更不可拘束于法度规范，而是要博采众长、兼容并蓄，在传承中创新，在延续中发展。湖南广邃的人文源脉积淀着深厚的文化传统，对书法艺术的继承发展起到了重要的作用，也为书法艺术家的独立和超越提供了良好的条件。羲明就是在这片土地上成长并自觉以湖南书法的守护和承传为己任，多年来勤耕于书法艺苑的开拓。他一方面注重学习前人碑帖，研究经典文籍；另一方面重视实践创新，游历四方深入生活，投访宿师广交良友，不仅执着于自身书法创作的精进和提升，还有志于经典艺术的传播与普及，设立了“湖南省六合国学书院”，开设国学讲堂，传播中华文明。可以说，他是以文化泉源润泽书法之根，以传统精粹濯涤书法之脉，因此他的书法作品，不仅是个人情绪和感怀，更具有人文情怀和品格。

书法艺术的创作品格包含三个方面：一是求变。要求每个点线要有变化，包括起、承、转、合等用笔的变化，疾、缓、迅、捷等速度的变化，以及结字、章法的变化等。古代经典传世佳作，千姿百态，万紫千红，都发端于“变化”二字。这种“变化”，既是形式的变化，更是内容的变化，是在形迹的行进运转间，表现宇宙天地流动的气韵生动和生生不息的生命本源。二是矛盾。在变化中制造矛盾，在变化中解决矛盾，每一个字都构成独立的个体，互相拉锯冲突，同时字与字之间、行与行之间又整体协调统一，在疏与密、大与小、厚重与轻淡的矛盾中，创造完整和谐的时空感，赋予作品丰富的情感和蓬勃的力量，不仅表达书法家个人的性情气质和情感特征，更契合自然矛盾统一的运动旋律。三是规律。从逢“二”则变到逢“三”求律，发于变，止于律，从普遍性出发寻找特殊性，又从特殊性回归升华普遍性，往返周转，螺旋上升，仿佛美乐妙曲，顿挫抑扬，婉转绕梁。羲明的书法正是努力追求这三个方面的协调统一，正如他自己所说，要书如其人，更要书如其时，没有传统，就无所谓创新，没有创新，传统就会死亡。正是这种根植传统、立足当代、面向未来的创作追求和实践，才达到了变化中有矛盾、矛盾中有和谐、和谐中有规律的丰盛之美。

这种创作方法，源于羲明对书法的认知和理解，其实也正是他的生活态度和生命理念。在羲明看来，中国书法是最能反映老庄道家思想的艺术形式，其理想境界是摆脱“有用”的目的性，达到“无用”的审美效能，而这种精神自由的获得，是通过主体精神状态独立而自由的“游”的形式来实现的，因此他说：“使笔如使心，披阅古今，简汰万象，砺炼意志，去除习气，抒发情感，正其性命。”通过个人的主观感受与客观的线条在时空意识中进行碰撞，产生的“火花”就是自然品格，这就是以深心契合外物、以灵命融汇万象的艺术化思维方式，是俯仰自得、造化自然的诗性文化体验，是对生命本体的关注与尊重。

所以羲明其人，潇洒率真而坦荡超逸，既有魏晋风度，又兼明清风雅。他思维敏捷，见识渊博，同时又不乏活力朝气，情趣自然，是一个有趣而可爱的人，同时也是一个执着而有韧性的人。他出生于福建南平，自幼家风翰墨濡染，初临“二王”，后学欧阳询、褚遂良、颜真卿、柳公权诸家名帖经典。1974 年参军入伍，从事宣传工作，毛笔成为他工作的必需，在不断实践中愈发熟稔精进。自 20 世纪 80 年代开始研习碑学，尤钟情于《爨宝子碑》《爨龙颜碑》等，上溯汉魏，下涉宋明，书风从秀丽典雅逐渐转变至恣肆烂漫。1993 年转业分配在湖南省文联书法家协会，先后师从沈鹏、王琳先生，善隶书、楷书、行书，尤得草隶之妙，现任湖南省书协副主席，是中国书协理事、评委，清华大学美术学院书法导师，全国“德艺双馨”书法家。其书作纵横跌宕而蕴静穆沉稳，千姿百态而纳古朴浑厚，气度从容，道法自然，开阖间韵采独特，廖阔间风华卓越。中央电视台、湖南卫视等媒体都曾对其艺术人生进行专题采访，在当代中国书法界享有很高的声誉。

苏格拉底说：什么是美？善就是美。羲明对此深有感悟："故钤小印，'守死善道'，置为座右，以之治书、治学、治世，无有罔惑。"在他看来，所谓书法家的责任，就是尽量把真善美结合在一起，形成激荡人心的精神力量。美体现在形式上，更表现于风格中，如果说形式是书法家的情感传达，那么风格就是书法家的精神倾注。看羲明的作品，多是有感而发，有悟而作。他从物象中得到启发，从人事间形成思考，在以白计黑、以黑计白的笔墨抽象形式演绎中，匠心独运地处理每个字的点画线条乃至疏密、布白、题款等，表达自己丰富而独特的生活感受，更表现饱满而生动的精神气质。所以他的书法作品，具有很强的形式美，小字有质，大字有势，布局丰富，格局开阔，或如惊涛骇浪，或如深山静水，或如密林丛荫，或如天高云阔。既有风生水起的激情，又有润物无声的从容。点画里有"类万物之情，通神明之德"的风采，在深沉的古典情韵间，洋溢着新鲜的时代精神，在水墨淋漓的生动变化中，为人们呈现出一个新时代酣畅适意、风采勃发的精神图景。

（刊于《闽北日报》2012年8月14日、2013年1月25日、2018年11月14日，《海峡品牌》2013年第8期，《文化生活报》2018年11月1日）

挥毫抒浩气　泼墨写深情

——陈俊哲草书印象

书法是中国文化精神的象征，其独特的艺术魅力，缘于线条赋予了书法以生命。“线”具备“类万物之情，通神明之德”的功能。先哲以为：“无弦之琴始是善琴，无弦之奏才是妙境。”古人所谓的“无”，并非贫乏之“无”，而是借“线”立言、无中生有、虚中生实、“计白当黑”，给读者留下空间想象。刘熙载说“草书意多于法”，也就是说草书能抒发书家的兴致和情感。韩愈评张旭道：“喜怒窘穷，忧悲愉佚，怨恨思慕，酣醉无聊不平，有动于心，必于草书焉发之。”阐述则更进一步。草书之体，如人坐卧行立，各有义理。“世间万物皆草书”即源于此。

君子之交，犹如草书：不在实，贵在虚；不在“黑”，贵在“白”；不在浓，贵在淡。2009 年 7 月，我与俊哲相识于福州，我们同工同道，特别投缘，从干部工作说开去，谈文学，聊书法，一见如故，他的睿智和儒雅给我留下了深刻的印象。道别时他送给我一本《陈俊哲诗文书法作品选》，顾名思义，里面有诗书文，林林总总，丰富多彩。不久，俊哲给我寄来一幅楷书斗方，我把它编进散文集《一天中午的回忆》里，作为我们友谊的见证。几年来，虽未见面，但时有信息来往，前不久，又收到他的一本新作《陈俊哲录山谷书论》和三幅草书作品，品读之后，叹为观止。

俊哲酷爱书法，尤长于草书。他 1963 年生于陕西丹凤，那里古时叫商国，曾是 2000 多年前“商鞅变法”的首善地区，也是著名作家贾平凹的家乡。俊哲自幼受家风影响，先学柳公权，后遍临“二王”、张旭、怀素、米芾、王铎等诸家，研读诸子百家经典及历代书论，注重用中国传统文化丰富和涵养自己。楷书写得灵动、质朴、典雅。草书取法“二王”，又有米芾、王铎之神韵，写得苍劲狂放、意趣横生，笔笔见性情，字字出光彩。从作品的整体风貌来看，其草书受“二王”、孙过庭、黄庭坚的影响较大，追求深厚的底蕴，又有时代的精神。此外，他还研学摄影、音乐、国画、篆刻等，博取广收，融会贯通。他 2010 年加入中国书法家协会，现任陕西省清风书画协会副主席、咸阳市书法家协会顾问，作品多次在《书法报》等报刊发表，并被一些博物院、纪念馆、高校收藏，还刻入邯郸、武夷山等碑林。

草书能“达其性情，形其哀乐”，既讲究“笔法”“字法”“章法”和“墨法”，又要“技道双修”“技进乎道”，达到“中和之美”的境界。草书笔法丰富，创作难度很大，学习草书不仅要有勇气，更要有功底、悟性和智慧。俊哲的黄庭坚《论书》草书 10 米长卷，真乃“当其下手风雨快，笔所未到气已吞”。通篇一气呵成，取法高古，气势磅礴，纵宕雄逸，遒劲豪放，气象万千。似长江黄河，一泻千里；似崇山峻岭，高山仰止；似雁鸣长空，天高云淡。

《易》曰：“观乎天文，以察时变；观乎人文，以化成天下。”也就是说，观察天文，可以懂得自然变化；了解社会人文，可以治理国家。孙过庭《书谱》有言：“况书之为妙，近取诸身。”何况书法的神妙，它取法于书家的综合素养。俊哲深谙此道，他认为，书法之妙与为政之道异曲同工，相得益彰。他在《习书感言》里说：“我有五宝，一是大家指路，二是诗书明理，三是临古取法，四是行历识势，五是察物悟道。”阐明了书法学习和创作规律，给我们提供了有益的启示。

他的斋号“五宝堂”便由此而来。

在草书的发展史上，曾涌现出许多引领风光的大家，俊哲就是新时期的攀登者之一。他在《入书山》一文中写道：“书法是一座耸入云天的巍峨大山，这条天路得一步一步脚踏实地地走。”近年来，他利用节假日，先后研修于中国国家画院书法高研班胡抗美工作室和沈鹏书法创作研究班。他的草书作品不断在全国性书展中亮相，受到人们关注。

书法之外，俊哲还喜诗词、散文、随笔、小说、杂文等，信手拈来，情趣横溢，文采飞扬。如《放飞自己》一文，写他在都市之夜散步，感到自己跳出世界之外，让精神返璞归真，于是悟出：“放飞自己，可以是一次旅游观光，一次和父母团聚，读一本好书，与朋友小酌，舒缓筋骨，放松神经，平静心情，进入一种我即世界世界即我之境界。”白居易说：诗者，根情。且看俊哲的七言古风《出海》：“碧波万顷白浪追，快艇长啸作箭飞。直指水天一线处，不枉下海走一回。”这首诗风格雄健，情调高昂，阔大豪放，气势雄浑，不仅撼人心魄，而且引发读者产生无限的遐想。学问深，下笔就有书卷气，有书卷气即有气韵。俊哲以胸中之韵去观物之韵，而后化为己之韵，再变为文之韵、书法之韵，这是他内在精神的升华与人生境界的外化。

在我眼里，俊哲不仅是一名好的领导，还是一位好的学者。他勤于总结，笔耕不辍，在《人民日报》《中国人事报》《党建文汇》等报刊上都常见到他有关党建研究的文章。俊哲的自撰联“厚德纳人才，大道载江河”以及“春绿秦巴汉水，情牵父老乡亲”，表达了他做人做事的精神追求和美好境界。

俊哲热爱生活，努力工作，勤奋创作，他一边以儒家思想从政，一边以道家思想为文。工作之余，感悟山水，净化心灵；写诗撰文，陶冶情操。艺术是俊哲的精神家园，他说：“书兴八体，余有五宝，一管在手，众妙归心。”他认为，书法写的是书家的气质、人品、风骨、道德修养和思想性情，让读者见书如见其人。俊哲在他数十年的书法学习和创作中，博采众长，学古融今，不断形成自己的艺术语言，努力跟上时代的步伐。

“挥毫抒浩气，泼墨写深情。”这是俊哲撰写的关于书法的感悟联。就以此作为斯文结语吧。

（刊于《美文》2013 年第 8 期，《海峡品牌》2013 年第 2 期）

精神的归属与信仰

——读《杨剑篆书千字文》

我曾为杨剑写过一篇评论，对其做人做事、从政从艺进行叙述，刊登在《福建日报》上。前不久，又收到杨剑寄来的新作“名家书经典名篇丛帖”《杨剑篆书千字文》（中国文史出版社出版），装帧别致，古朴典雅，令人耳目一新。

看《杨剑篆书千字文》，整个心情都沉浸在激情的澎湃里。这本用篆书写经典的普及读本，其绚丽多彩的书法和文采斐然的文字，让读者充分感受到中国书法与经典文学交相辉映的美妙，这种纯美的境界，纯粹精神游骛的状态，令人陶醉，引人动情，发人深省。

杨剑的篆书千字文带来的信息是，他的书法创作有追求。其追求往大处说，是弘扬中华民族优秀传统文化，维护经典的尊严，他用一支柔弱的毛笔，在中国书法的汪洋大海中撑竿划桨，乘风破浪。往小处讲，作者的篆书汲古涵今，追寻纯粹的精神归属与信仰。《杨剑篆书千字文》在很大程度上改变了人们看待历史的方式：历史由记忆、叙述变成了直观的欣赏。让读者有机会聆听先哲的教诲，感受先哲灿烂的思想；让读者从书法中观看历史，使历史变得更加丰富、生动，同时，又以历史的维度观看书法，使书法更具艺术魅力。

透过《杨剑篆书千字文》回望中国历史，我们会惊奇地发现，书法、文学都与国家的命运紧密相连。秦嬴政统一六国后，“罢其不与秦文合者”，昭告天下“书同文字”，开始启用小篆，当然，此前还有甲骨文、金文等文字。《千字文》是我国六朝以来最盛行的一种字书，但之前也有类似的字书：如东周《史籀篇》，秦始皇统一六国后，有李斯《仓颉篇》、赵高《爰历篇》、胡毋敬《博学篇》等，西汉有司马相如《凡将篇》、扬雄《训纂篇》和史游《急就篇》，为推进文化的繁荣和发展，起过较大的启蒙作用。人类文明的每一次进步，都是文化发展的结果，就书法来说，从甲骨文到金文，从篆到隶，从行到楷，中国书法一脉相承；就文学来说，汉赋、唐诗、宋词、元曲、明清小说，源远流长。“流水今日，明月前身”，中国人的学问与道艺，既美在历史亦美在当下。

昔日的篆书，今人大多都已十分陌生，它早已从我们的日常生活中走进了“艺术殿堂”，成为纯粹的“艺术品”，这令人怅惘。《杨剑篆书千字文》为我们推开了一道门缝。子曰：“虽小道，必有可观者焉。”在杨剑出版的几本书中，《杨剑篆书千字文》与《杨剑书柳永词作品展图录》异曲同工，千字文用篆书创作，柳永词用草书创作。对两种不同历史时期的经典文学作品采用相应的字体进行创作，赋予经典以时代感。杨剑说他的书法都是“率性和理性相结合的产物”，我想这是他创作心态的真诚袒露。事实上，所有的优秀书法作品都不是铆足力气刻意得之，而是真性情的流露。翻阅《杨剑书法篆刻艺术》《杨剑印存》《杨剑书柳永词作品展图录》和《杨剑篆书千字文》等，就会发现其性情之美无处不在。

历代大书法家中有很多人用各种字体写过《千字文》，成为传世名帖，如怀素、智永、欧阳询、宋徽宗、赵孟頫、文徵明、启功等，字字珠玑，闪耀着智慧的光芒。掩卷思考，使我们对书法和《千字文》有了新的认识。艺术源于生生不息的现实生活，由此产生的艺术作品，最终要返回到社会生活中，接受时间的检阅。如今，在这个改革创新的时代里，不仅要有“旧邦新命”的责任感，更要有自由的学术氛围和朝圣般的情怀以及源于实践并指导实践的美学思想，我想这就是《杨剑篆书千字文》给我们的启迪。

（刊于《海峡品牌》2013年第5期，《文化生活报》2018年9月13日，《东方收藏》2018年9月）

意境与格调

——李贺忠和他的诗书画印

如果说，“意”是客观存在反映于人的意识，经过思维活动而产生的结果，那么，艺术审美追求的一个重要目标，就是借助一定的载体方式，生动表现和深刻反映“意”的丰富内涵。正是从这个意义上，人们常说“艺术是相通的”，无论是演绎形体姿态的舞蹈，还是富有旋律节奏的音乐，或是充满色彩线条的绘画，和塑造造型状态的雕塑，其本质都是创作主体情感呈现与逻辑认知表达的美学创造，是可以流转融通而互相借鉴参考的。狭隘地局限于某种艺术门类的经营钻研，只能停留在手工技艺琢磨的“工匠”水平，真正具有审美风采和文化个性的艺术家，可以自如地沟通多种艺术形式而实现独特的审美创造。这就是为什么古往今来，大凡在书画界有影响的名家，十有八九都是文学大家的原因。以学识胸怀拓展书画境界，以书画精神涵养情趣意态，不仅是艺术创造精进提升的必要途径，更是性情品格锤炼修养的重要方式。

李贺忠正是自觉将为文、为艺和为人结合修养的人，他以“友天下士，读古今书”为追求，早期就专程拜刘金琼、刘永等国学造诣深厚的先生为师，求学中国古典诗词和散文创作，在风雅灵秀的诗情词韵的长年研习濡染中，修练文化造诣，涵养情趣意志，锤炼品德性情，进而以神思汇注笔墨，以情致凝聚金石，水墨线条酣畅淋漓，笔意刀法盘曲流转，实现了诗书画印的全面发展。

李贺忠的诗书画印样式丰富，各有风采，篆刻尤精，曾任内蒙古第二届书协副主席、内蒙古北疆印社副社长，先后出版了《李贺忠印选》《中国印·当代篆刻家全集·李贺忠卷》《李贺忠书画篆刻集》等，艺术视野开阔，文化积淀深厚。他 17 岁便向著名书画篆刻家田原、杨鲁安学习书法和篆刻，1990 年到南京艺术学院学习深造。其间，受徐利明、黄惇、马士达等的影响，不断求索精进，逐渐形成了自己疏落从容而清雅大度的艺术风格。马士达称他的篆刻“以‘无定’求定，以‘无限’勾有限，表现自己神往的浑厚、质朴、草莽的古雅之趣”，可谓形象生动，入木三分。这种形式不拘而变化丰富、天然本真而内蕴丰盛的创作风格，正是源于他诗书画印融汇贯通的至臻化境。他深刻理解篆刻直溯文字、旁通书画，兼涉镌刻技艺，内含性情修为的艺术本质，往往从品读和揣摩诗意词韵入手，以对作品情感内涵和意蕴思想的深入体悟为酝酿，旋笔运刀以意塑形，盘曲呼应以象造境，在“形”与“质”的充分融洽中，达到了错落有致而疏密有度、轻重徐疾而富于节奏的美感。

正如徐利明所说，李贺忠的篆刻“用心多于用刀，学养高出技巧”，他不重外形而重文质，不重技艺而重涵养，其篆刻因此摆脱了刻板的印记形态而具有生动蓬勃的生命情致。在李贺忠看来，各种艺术形式之间不是隔绝对立，而是彼此激发相得益彰，他因此常由篆刻生发美文，不仅抒发个人性情意趣，更启发艺术理论思考，指导实践创作。如他曾于 2010 年刻了一方巨印“与日无始”，并用行草撰写一篇近 400 字的心得体会，浅谈刻巨印的结字、用刀、力量、速度等思考；2012 年刻“解衣槃礴”一印，随即以小楷写了 300 多字的《解衣槃礴印记》，描写即将与诸友赴内蒙古举办书展的心情，抒发坦诚率真的兴致情怀；2016 年刻一枚“一山小”印章，并附上短文《一山小印记》，表达远离尘俗、尚简归真的情趣意态，天真可爱，洒脱自然……可以说，李贺忠是真正的“妙手排出印石阵，奇思构得美诗篇”，他甚至与友人合作举办了一个有别于传统书法篆刻展的“集印为诗”展览，聚诸多闲章于一堂，集众多印文为佳品，与其说是作品展示，不如说是创作主体审美理想和艺术追求的集中表达，在书法、篆刻和美文等多种艺术形式的交流融通间，璀璨生发艺术风采，呈现博大深浑的精神气象。

开阔的艺术视野不仅在于不同艺术形式之间的融通借鉴，也在于个别艺术内部的广采博取。李贺忠的篆刻、书法和绘画之所以各有精彩，各显精妙，就在于他不仅涉及广，更研究深。作为一个深潜艺术创作的有心人，他十分重视艺术的法度精神，讲究临摹精品，研习经典。其书法诸体皆擅，临习正宗有规有矩，无论是对隶书的石门颂、张迁碑等礼器碑的研习，还是对篆书读说文、散氏盘、汉金文的揣摩，无论是对楷法颜柳和魏碑墓志的临摹，还是对行草苏东坡、黄山谷和米芾的追崇，都孜孜不懈，勤耕不辍。他的绘画亦是如此，早期跟随恨石、王廉成学习，2008 年赴中央美院王镛工作室研习深造，以取法传统山水为根基，尤以元代的黄公望、倪云林和明代的沈石田、王原祁等为圭臬，并专门研习明清时期的王原祁等经典佳作，作画常参以麓台笔意，用笔率直劲练，水墨氤氲从容，画面开阖大气，情趣俊雅闲逸，如其书，如其文，亦如其人。

西泠印社副社长刘江称贺忠“与古为徒，推陈出新”。正因为广收博采而荟萃融通，溯本清源而旁征互鉴，李贺忠总是能在传承法度中另辟新境。田原论其篆刻“直追秦汉，别出心裁”，指的就是他的艺术创作追求古趣盎然而新颖别出，意境辽阔而情韵悠长。而他的书法和绘画也在强调法度精神的基础上，着重展现新景，不拘陈象。如印屏《文白观书》：“尚书吧是深圳文化名片，其品味格调之高雅，版本目录之精研，名闻天下读书人，文白先生乃创办人之一……文化共享，文化自信……”同时，他也着意开创新境，不泥古意。如行书条幅《福·宝安有福》：“中华福文化，源远流长。周朝姜子牙封神时即有福字传说。宋吴自牧《梦粱录》有记，‘岁在旦迩，席铺百货，画门神桃符迎春牌’。春牌即在红纸上写福字。国之昌明，文化大兴，福字文化，薪火相传。宝安人秉持传统，打造中华福文化品牌，是有福之镇……”观贺忠的作品，虽然气韵古趣静雅，却又处处可见新风，时时可感新意，是别开生面的独特创造，更是从心随性的自然发挥。

西汉扬雄说：“书，心画也。”意思是说书法创作是创作主体性情意志的形迹展示，是以抽象的线条和虚实的墨韵，在有限的空间范围内，通过对汉字造型的生动演绎和丰富阐释，表现创造主体的精神气质、思想旨趣和生命追求，并进一步诉求深邃的人文情怀和寰宇奥义。因此，在中国传统美学理论中，始终有“字如其人”“画如其人”之说，刘熙载在《艺概》中所言“写字者，写志也”便是此意。修炼性情品德谓之“养气”，研习宗法经典谓之“炼气”，下笔前构思谋划谓之“聚气”，凝神聚力运筹笔墨谓之“运气”……“气”是宇宙万物的运行规律，是生命本体的内蕴精华，其实就是创作主体的品格气质、胸怀境界。没有浩然之气，是绝不能创作出优秀的艺术作品的。李贺忠为人坦诚率真，既有北方汉子耿直磊落的性情，又有南方文人清雅俊逸的气质。我与他算得上多年知交。2006年，我在武夷山建造青竹碑林时，就曾邀他写一幅隶书斗方勒碑刻石，不想贺忠竟一次寄来五六幅佳作让我挑选，其为人质朴厚实、为艺谦逊诚恳的品质，令人深深感动。而后他曾到福州考察交流，我邀约几位书法同道共同开展座谈，大家对他的作品给予了很高的评价，纷纷表示希望收藏交流，贺忠又是二话不说地把随身带来的十几幅精品佳作馈赠众人，其真诚潇洒的风格，实在令人敬佩。这番率真纯粹的人格风采，在艺风略显浮躁的当代社会，尤其难能可贵。

林语堂曾说："只有在书法艺术上，我们才能够看到中国人艺术心灵的极致。"其实，不止中国书法，任何艺术都是个体生命的凝聚外显，是抒写主体性灵，探求法理万象，叩问生命奥秘的精神方式。因此，艺术意境的创造和格调的提升，从来不是靠钻研形式技巧的雕琢，而是应该在探求灵魂内宇的澄明间，不断沉潜精进，不断深研创新。李贺忠用他持之以恒、勤耕不辍的艺术人生，向我们展示了一位当代艺术家涵养气度、陶冶性情的风华，也向我们展现了艺术家持守艺术本分、尊重艺术本体所达到的深远意境与高雅格调。

（刊于《东方收藏》2019年6月）

痴临快阁倚晚晴

——叶韶霖书法印象

中国书法素有“字如其人”之说，书香墨韵不仅怡情养性，还可以形成一个平台，让人在繁忙的工作之余，相互切磋分享交流。在这个人才辈出的新时代，艺术家们各领风骚，这其中，叶韶霖绝对是出类拔萃而特色鲜明的一位。

韶霖享誉书坛，成绩斐然。从全国第三届书法兰亭奖艺术奖、第五届书法兰亭奖佳作奖到全国第十一届书法篆刻展优秀奖，从厦门市政府文学艺术奖一等奖到福建省政府百花文艺奖一等奖，他几乎拿了个遍。有人评其“楚调自歌，风流自赏”，有人论其“独标风致”，有人美其“颇具名士遗风”……尽管说法不同，但欣赏之情与认同之意却是一致的，可见韶霖在书艺探研、为人品性、情怀涵养等方面的优秀品质。而在我的印象中，不妨用一个“痴”字来概括与形容韶霖的书法人生。

熟悉韶霖的人都知道，他对书法可谓一片痴心，诚挚而热烈。记得六七年前我到厦门出差，在厦门海洋职业技术学院徐庆生的陪同下，走访了叶韶霖书法工作室。我们一边观赏墙上的书法作品一边品茶闲聊，韶霖与我们喝了几杯茶后便到一旁写字去了，当我们准备起身告辞时，他拿了一本刚刚写好的册页送给我。我翻开十多米长的册页，一幅幅精美的书法作品映入眼帘，顿时一股暖流涌上心头，感到眼前的韶霖是多么的质朴、真诚、可爱。韶霖自幼钟情书法，早年在山西财经学院求学，得益于学校浓厚的书画氛围以及人才济济的书法青年群体，学习书法的强烈愿望遂一发不可收拾，这期间有幸拜田树苌先生为师，认真研习传统法度，刻苦摹写经典碑帖。在田老师严谨规范和开明通达的教导下，韶霖的书法创作奠定了正统而扎实的基础，拓展了明亮而长远的眼界。他对书法的这份情感，纯粹而赤诚，简单而坦然，从不因时因事因境而改变。正如他自己所说："每日拂晓即起，习字抄经，跑步健身，努力临摹学习名碑名帖，经年累月，不敢懈怠。"如果说，韶霖最初的热爱是出于个性爱好的亲近和兴趣情致的选择，那么，这数十年如一日的执着坚守，就是严谨自律的品德修炼和端正雅洁的情怀陶冶，是对艺术创作的尊重，更是对艺术人生探索不止的追求。

这份尊重和追求，成就了韶霖书法创作涵容并蓄而独树一帜的鲜明风格。正如有论者所言，韶霖"属于那种志坚如磐石，发愿力也大的'练功者'，故能恒守而不退转，深心熏修，自然前程可观了"。我认为韶霖的"前程可观"，并非指他荣获的众多荣誉嘉奖，而是他承传法度而开拓创新的现代审美艺术创作，以及对当代中国书法美学理性思考和体系探索的价值贡献，这恰恰体现了韶霖"痴"的特征：坚忍而不偏执，专注而不狭隘。作为一个书坛的"业余人士"，韶霖是洒脱而从容的，他既不以书画谋生，也从未将书法视为高昂的志业或深奥的课题，甚至笑言是将展览作为书学训练展示的机会和场所，书法创作于他而言，与其说是攻坚克难的浩大工程，不如说是身心契合的美妙之旅。他尽情享受着抽象线条的纵逸发挥，倾心体会墨韵虚实的自如挥洒，在淋漓的笔墨中洋溢着天真烂漫的气息，在沉潜静心中达到物我两忘，更在气韵生动间感悟纯粹的心灵与天地通达。这番深入其中而又悠游其外的旷达，自然成就了他"潇洒流落，翰逸神飞"的艺术品格。

叶韶霖的书法风格十分鲜明，自习书以来，就以汉魏碑学为根基，于汉隶《张迁》《衡方》和魏碑《张猛龙》《张黑女》用功最深，其间兼研石鼓与金文，博采隶情与楷意，在纵向梳理书体演变脉络与横向比较书风形式变化的深入解读中，夯实理性思辨基础，积累个体感性经验。其隶书用笔取魏碑“斜画紧结，点画方峻”的特色，逆毫涩行，爽利遒劲，提按顿挫从容磊落；开篇布局严整端庄，开合相生，张弛相济，聚散疏密不激不厉；通篇结构融通魏碑的中实之美与楷书的雅逸之质，风采俊逸，气质非凡，呈现出令人耳目一新的艺术“陌生化”效果。

19世纪初，俄国形式主义理论家什克洛夫斯基提出的艺术“陌生化”理论，无疑是立足于艺术生产和接受者的交互双向机制，对于艺术独立性、自主性和纯粹性的深刻理解。他在《作为艺术的手法》中指出：“艺术之所以存在，就是为使人恢复对生活的感觉，就是为使人感受事物，使石头显出石头的质感。”他认为，艺术的技巧就是使对象变得陌生，使形式变得困难，增加审美感觉的难度和时间长度，产生独一无二的审美体验。这一观点至今仍有积极意义，尤其对于讲究以抽象线条和虚实墨韵展现万象百态、传达精神生命的书法艺术而言，尤为中肯确切。书法作为传统汉字的艺术演绎，随着时代的发展，已经逐渐脱离了书写工具的实用性，而更重形式表现的艺术性，具有“以形态观内涵，以品质取风度”的审美特征。因此，守法度而不拘规则，融古意而独创新变的“陌生化”效果，对于书法艺术而言尤为重要，这不仅是历代书法家探索追求的目标，也是我们判断一个书法家是否成熟的标准。叶韶霖的书法创作之所以广受赞誉，屡获嘉奖，就在于他不泥古不刻板，不因循不模仿，在遵循古法中创出新天地，在浓淡枯润间生发新气象。正如论者评述的：“他的行书粗看似乎与传统帖学很不相同，好像完全是自出机杼的‘我书意造本无法’的自家路数，其实他很巧妙地将帖学的洒脱优雅融进了汉碑的静穆浑厚。”事实上，无论是碑学的浑穆刚劲、气蕴深厚，还是帖学的自在婉约、灵秀活泼，叶韶霖均博采众长而别开生面，融会贯通而自成一家，由此产生质朴诚拙蕴高雅秀美、高古宽博涵细腻婉约的“陌生化”效果，在当代书坛往往千人一面的格局中，可谓独具个性，十分精彩。

如果韶霖只是沉浸于自己笔情墨意的“小世界”里，那么他的“痴”，最多只能算是一种自斟自酌的“小确幸”。但事实上，他追求的远非如此。他真诚热爱的，不仅是书法形式点线交融或者墨韵浓淡的外象变幻，更是书法艺术探触心灵律动与精神幽微、询究生命本义与宇宙奥妙的本体内涵，是博大精深的中华传统汉字书写文化凝练精粹的文明风采与人生智慧。所以，韶霖不仅满足于书法创作的自学自研，更致力于书法艺术的推广普及。2015 年 11 月，厦门日报社成立了书画院，韶霖担任院长。几年来，书画院成功举办了 4 届海峡书画艺术产业博览会，引进全国文房四宝博览会落户厦门，举办书法培训班，开设传统文化讲座，来自全国各地的书法爱好者，因书法而共聚一堂，在交流与分享、创作与研讨中，不断深化对书法艺术的审美辨析和文化认知，进一步深化对书法美学内涵与哲学本义的深刻理解。书画院为中国传统艺术的现代性转型和当代性创新，进行有益的探索，培养了一大批书法人才。2016 年 12 月，叶韶霖与他的学生在台北举办了“游于艺”师生书法展，2018 年 6 月又在厦门举办了“花渐开——叶韶霖师生书法展”，可以说是其书法艺术传播的成果展示。

林语堂曾说：“只有在书法艺术上，我们才能够看到中国人艺术心灵的极致。”作为中国传统文化的精粹，中国书法艺术源远流长而博大精深，它以抽象的笔画线条及虚实的墨韵水色，追求万象和谐的艺术境界，抒发自然本真的个性心灵。叶韶霖对书法艺术的“痴”，痴得纯粹，痴得真诚，痴得可爱。正如黄庭坚在《登快阁》中所吟咏：“痴儿了却公家事，快阁东西倚晚晴……万里归船弄长笛，此心吾与白鸥盟。”相较于华彩熠熠的荣誉褒奖和回报丰厚的名誉头衔，叶韶霖更倾心于在书法天地中自由徜徉，仿佛在晚晴的余晖中，倚栏远眺天地辽阔，在明朗的松月下，秋山放眼澄江远流。在书风日益浮躁、书坛杂象丛生的当下社会，我们需要更多像叶韶霖这样的“痴儿”，追求简单而纯粹的艺术境界、丰富而深刻的精神生活。

（刊于《文化生活报》2019 年 6 月 6 日）

丹青流芳　才高志远

——读尚德林《月是故乡明——尚德林书法作品选》

艺术是人类的共同语言，西方的艺术精华如建筑、音乐、舞蹈、油画等备受东方人青睐，而代表东方艺术精华的书法艺术也日益为西方人所接受。傅雷说："两种文化……彼此吸引，相互之间有特殊的魅力使之神往，东方的智慧、明哲、超脱，要是能与西方的活力、热情、大无畏的精神融合起来，人类可能看到另一种新文化出现……"美籍华人尚德林先生深以为是。他认为，中国书法发展到今天，已由传统的文化型转为艺术型，实用型转为欣赏型，自娱自乐转为艺术收藏，中国传统艺术转为人类共同遗产，书法只有与人类文明同步发展，才能永葆青春。

如果说甲骨文的出现，使中国文字具备了艺术的天赋，那么，金文的艺术气质和天赋则是书法发展史上的一个高峰。金文"象形"成分较多，《周易》说象形字是"远取诸物，近取诸身"。可见古文字是按照"道法自然"的原理，参照自然物象"画"出来的，通过简约的概括、抽象的变形使之成为艺术。

2009 年 7 月我和德林在北京的一次书法交流活动中相识，德林的才智和渊博给我留下了深刻的印象。前不久，福州东方书画社刘孙枝社长从北京带来了德林送给我的金文书法作品和《月是故乡明——旅美华人尚德林书法作品选》，作品集里有书法、篆刻等，林林总总，叹为观止。

德林善金文，工篆刻。他早年就读于辽宁大学历史系，主修先秦史和古文字学，对汉字的起源和发展有过深入的研究，古文字学修养深厚。他认为，先秦文字是中国书画的源头，主张以古为师，取法乎上，博采众长。他遍临殷商甲骨文、两周金文、石鼓文等。他的甲骨文，线条瘦劲犀利，挺拔秀美，章法错落自然，充满情趣。其金文流畅韧劲，朴拙凝重，结字端庄匀称，笔法严谨，兼有《毛公鼎》的雄浑、《散氏盘》的跌宕、《虢季子白盘》的俊逸、《石鼓文》的圆融，扑面而来的金风古韵及艺术张力，让人赏心悦目，心旷神怡。

其篆刻从汉印人手，兼学丁敬诸家，尤精白文。德林崇尚“印从书出，书从印入”，认为一方好印既要有笔还要有墨。《月是故乡明——旅美华人尚德林书法作品选》中选登的部分篆刻作品以白文为主，线条粗犷，拙朴浑厚，刀法切中有冲，气势磅礴，边款作有甲骨文、金文、隶书等，形式多样，方寸之间，气象万千。

随着我国改革开放不断深入，世界各国的文化交流日益扩大，一股全球汉字热、汉学热蔚然成风。明末清初石涛提出：“笔墨当随时代。”当下的书法家该如何借这股时代热潮，将书法艺术推向世界，共同营造书法艺术的氛围，让书法艺术这朵独特的奇葩逐步走向世界的百花园？身在异域的德林，“自觉”地承担起中西文化交流的重任。他 1994 年移居美国，次年就在美国洛杉矶成立了美国中国书法篆刻学会，多次在美国举办中国书画艺术展和“练书法、学中文”活动，呼吁美国政府把中文列入美国高中双语选修课程。在他的不懈努力下，2005 年美国政府采纳了他的建议。他为中美文化交流做出了重大贡献。因此，在读德林的作品时，要从历史和人文的高度及视角，来感悟其爱国主义精神和对书法艺术的敬畏。

德林，号苦驼，居默驼轩，意为要像骆驼一样默默无闻地在异域耕耘，让沙漠变成绿洲。他1956年生于内蒙古，早年加入中国书法家协会，曾在美国、法国、德国、日本、泰国、新加坡和北京、台湾地区等地举办个展或联展，在成都中国博物馆小镇安仁有尚德林艺术馆，著有《默驼轩印稿》《默驼轩尚德林印集》。现任美国教育部中国艺术顾问、美国国际艺术基金会秘书长、美国中国书法篆刻艺术学会会长、中国国家画院外聘专家、中国华侨文学艺术家协会高级顾问。

康德认为世界大同是人类进化的终点。德林作为中西文化交流的使者，奔走在东西两个半球之间，不遗余力地传播中国书法艺术。同时，在他的作品中也能看到些许西方的文化元素，如他的作品显示出现代主义的某些意趣，较注重视觉效果，装饰性较强等，在艺术语言上架起了中西文化互通的桥梁。希勒布雷希特说："现代艺术是一种自我意识的结果，是一条通往本来面目的道路。"中国书法的国际化，必须具备"艺术"和"现代"两方面要素。所谓现代，就是现代人的精神境界与艺术审美情趣，在此基础上，对"艺术"进行跨越国界、跨越学科地广收博取，博采众长，西为中用，中西合璧，融会贯通，形成一种新的书法艺术形式。德林正在为此辛勤地播种，我相信，假以时日，他必定能收获正果。

德国美学家汉斯认为，人生来具有感受美的天赋，这种感受是在善的前提下形成的。德林身在异域，心系桑梓。2002年，他在呼和浩特大青山建立了联合国治沙基地，筹资植树固沙防风，为汶川地震、内蒙古雪灾、湖北水灾等捐款捐物，为贫困大学生捐资助学等。《月是故乡明——旅美华人尚德林书法作品选》中的许多作品，透出了德林的一种禅学情怀，在他的笔下，昂首是春，俯首是秋，一枝一叶总关情，体现出深厚的艺术修养和书法底蕴，给人以美的享受。

（刊于《海峡品牌》2013年第4期）

淡泊明志　宁静致远

——杨剑书法篆刻印象

在当今的书法大潮中，杨剑先生耐得住寂寞，不务功名利禄，弃政从艺，20多年如一日，潜心研究书法篆刻，如土地上的老农，日出而作，日落而息，年复一年，从不停歇。纵观古今，但凡成就者，必勤奋好学和持之以恒，勤能补拙，学贵有恒，两者相得益彰，由此造就了许多大家名家。杨剑就是其中的优秀践行者，尤在信州，在他的带领和影响下，创建了闻名全国的贞白书画院，培养了大批德艺双馨的书法家，为江西的书法事业做出了积极的贡献。

杨剑自幼学书，早年问学于胡润芝，初学唐楷，后融碑铸帖。高中毕业后，他开始研究书法史，博采众长，撷取历代精华。他在《学书杂记》里说："这样就不会取法乎中，仅得其下；如果仅从技法入手，犹如井底之蛙。"钻研书法史，犹如登高望远，俯视天下，高屋建瓴。真正的艺术就是人的精神寄托和形态的流露，学问深，下笔就有书卷气，就有神韵，这是技法所不能达到的。

杨剑工大篆，善行草，精篆刻。篆书作为古老的文字，已失去了它的实用功能，但作为书法艺术，由于具有丰富的文化内涵和多姿的装饰特点，经久不衰。杨剑对篆书情有独钟，投入了大量的时间和精力，研《说文》，析《篆势》，读《书谱》，学甲骨文、金文及秦砖汉瓦，直到明清诸流派，遍临《石鼓文》《散氏盘》《毛公鼎》《大盂鼎》《虢季子白盘》等。他遣心对大小篆进行深入研究，将大小二篆进行融合，努力表现书法美。他的篆书既有石鼓文、金文的古拙与雄浑，又有吴昌硕、赵之谦的流畅与厚重，不张不扬，圆转自如，柔中有刚，结构紧凑；线条圆润、逸俊，笔力雄健，典雅宽舒，端庄稳重，气韵怡然，精神气俱佳。

他学行草从二王入手，取二王之神采，又有孙过庭、米芾的意趣，书风严谨，古雅遒劲，大气磅礴，写得委婉流畅，苍劲稳健，古典时尚，挺拔秀丽，飘逸多姿，行云流水，亦如乐行于耳，鸟飞于空，鱼游于水，尤有情趣。笔笔见性情，具有浓郁的书卷气，自然中透出一股清新的文人气息。从作品的整体风貌来看，其书法受孙过庭《书谱》的影响较大，既体现了深厚的传统积淀，又具有审美的时代精神。

书法是内心意象的一种表达。对理想境界的精神追求，是书法的精髓，其内涵代表着中国传统文化精神，《周易》将书法列为“六艺”之一，以书取士，形成了“字如其人”“书以人贵”的观念。清刘熙载说：“笔性墨情，皆以其人之性情为本，是则理性情者，书之首务也。”书法不仅是技法问题，还是书家精神的载体。“书为心画”“天人合一”是书法的最高境界。

书为心画，篆刻亦然。杨剑的篆刻出秦入汉，功底深厚，高古优雅，任性恣意。篆法与书法相通，敦尚气谊，灵动多变，丰富多彩，于细节处见精到，于精到处见神韵，不断增强篆书的艺术感染力，赋予了时代的内涵。特别是他的边款，形式多样，有篆隶楷草行各体；内容丰富，或诗文，或记事，或抒情，或谈艺于方寸。如他的一方《龙湾潭雨中观瀑》白文印，边款洋洋洒洒刻了 187 个字，充满了诗情画意，突显了篆刻的文化性，体现了他的才情和深厚的文学修养，给人以美的享受。

生活中，杨剑是个玩家，他喜欢游历、交友和收藏。他认为生活充满了艺术的气息，其本身就是艺术。他没有把艺术看成生活的附属品，而是把艺术当成生活的内容，当作生命的一部分。

杨剑是闽赣两省同道的友好使者，6年前，他以柳词为内容，创作了一批书法作品，在武夷山举办了书展，并著有《放歌武夷——杨剑书柳永词作品展图录》。丁亥夏我们初识于青竹碑林，在他的热心帮助下，碑林又增添了张坤山、毛国典、崔廷瑶、何昌贵、漆刚等一批大家的作品。我回机关工作后，他又专程到榕看我，这让我想起了他在《学书杂记》里的一句名言："人无人格，字无字格。"杨剑学识渊博，为人豪爽，乐于助人。在书法界，他的人品和书品都有口皆碑。

杨剑有着强烈的时代意识，他在创作中，注重发现当代人的生活方式和审美情趣，出古入新，与时俱进。前不久，又欣闻他加入著名的西泠印社，我为他非凡的成就感到由衷的高兴。但他并没有就此歇息，为了鞭策自己，他给自己取名为"静远室主"，时刻用诸葛亮的"非淡泊无以明志，非宁静无以致远"来激励自己，他的这种做法和追求，值得同道学习和借鉴。

（刊于《福建日报》2012年3月27日）

来自精神净土里的艺术

——读《印坛点将·张钧》

集中一批当今中国的篆刻家，由中国篆刻网提名、李平主编的当代印人丛书《印坛点将》10卷，于2013年9月由中国艺术家出版社出版了。从篆刻史的文化视角来看，《印坛点将》并不是第一部。据我所知，20世纪60年代，罗福颐站在考古学的立场上，编著了《古玺汇编》；1999年，黄惇从艺术学的角度，主编了“中国历代印风系列”21卷；后来，沈沉又主编了《中国篆刻百家》100卷。一部好书，总有一些特质让人过目不忘，印象深刻。近日，我认真阅读了《印坛点将·张钧》，感到此书美不胜收，但给我印象最深的，还是印章的典雅和精美。

张钧1973年生于湖北钟祥。钟祥是楚文化的重要发祥地，历史悠久，文化灿烂，有文字记载的历史长达2700多年，曾造就了宋玉、莫愁女等一批影响深远的人物，是国家历史文化名城。在这种文化背景下，张钧自幼学书，19岁开始师从谷有荃学习篆刻，二三十岁就分别加入了中国书法家协会和西泠印社。他是个极富天赋的书法篆刻家，鉴赏他的作品就会发现，他想表达的不仅仅是汉字的组合美与线性的和谐美，而是在有限的空间里尽情描述一个世界，纵横捭阖，大有乾坤。

在这本书里，我们可以看到张钧深厚的修养和扎实的功底，展现出他对书法篆刻知识独特、系统及精辟的见解：张钧学习书法篆刻，跋“三代”，涉“春秋”，端《散氏盘》，举《毛公鼎》，敲《石鼓》，砌《瓦当》，学《说文解字》，集思广益，博采众长。在神采上力图追寻魏晋以来书法艺术的人文精神；在表现形式上，虚实相生，计白当黑；在笔法上，严谨饱满，婉转圆通；在刀法上，冲切并用，收放自如；在传承和创新的基础上，逐渐形成了自己的艺术语言。

艺术家的艺术语言的形成，必须具备三个条件：一是境界高，二是学养深，三是技能强；同时还要倾注情感，有感而书，使作品富有深刻的思想及时代精神，如著名的《兰亭序》《祭侄稿》等。张钧精意覃思，他在《当代名家印谱·张钧卷》里说："线条带着我的生命的韵律在奔突、回转，我沉浸在快意的冲切之中而忘乎所以，每次从纸上掀起新成的印稿时，总是闭气凝神，喜悦渐渐从心头化开，至胸腹、至四肢，最终化掉躯壳，只剩灵魂。"他带着朝圣般的情结，在桃花源般的精神净土里"游于艺"，为灵魂的喜乐而书、愉悦而刻，从而给他人带来美的享受，净化人的心灵。

2007年春，谢辉旺招了一帮书法篆刻家到武夷山采风，张钧也在其中。看其表，胸襟豁达、率真豪放，大块吃肉、大碗喝酒，给我留下了深刻的印象；观其里，他学书十分刻苦，创作非常认真，经常通宵达旦。张钧除了自己创作外，还在自己的工作室带学生。8年来，他共培养学生30多人，其中，17人次的作品分别参加中国书法家协会和西泠印社举办的各种展览，取得了骄人的成绩。

从风格上看，篆刻可分为工整、写意和半工半写三类；从审美方面来说，可分为内敛、豪放和半敛半放三类。张钧追求的均属第一类。篆刻难在书篆，妙在用刀，贵在达情。只有对印稿精心设计、千锤百炼，使篆法、章法、刀法和谐统一，才能达到诗化的境界。观张钧的篆刻作品，线条瘦劲、挺拔、爽利，自然活泼，刚柔相济，极富力感，既见刀又见笔；曲中寓直，动中寓静，左盼右顾，含而不露，浑厚古拙，天真烂漫。

张钧创作的题材多源于生活，因此他的作品总能高于生活，同时在叙事的过程中蕴含对人生、艺术、宗教、信仰等的理解，既传承历史又有着时代的烙印。如作者通过《人有厚德》的边款“人有厚德，无问小节。人有大举，无訾小故”，为“厚德载物”赋予了新的含义。又如《天地合阴阳顺》的边款“天地合而生万物，男女合而生娃娃儿”，幽默中富有哲理。再如《稻田深处草虫鸣》的边款“日头黄，农夫忙，汗滴脚下锄头扬。稻花香，虫儿唱，一派田园好风光”，通过描述他童年的趣事，折射出他热爱家乡、热爱生活的情怀。

关于传统，有人提出不同的看法：“那些曾经为人们所信守的、淳朴的传统，似乎越来越变得荒谬和腐朽，从传统中破土而出的新事物，却往往显得贪婪、卑鄙和无情。历史究竟是进步了，还是倒退了？”张钧作为一个纯粹的“传承”书家，能不为传统的樊篱所束缚，不为艺术的角色所局限，把对书法篆刻的感性思考延伸到对生活的理性探索中去，使我们能够在一个更高、更广、更深的美学范畴里，认知作者及作品生成的价值和意义，这应该是张钧对篆刻艺术的贡献吧。

一分耕耘一分收获，张钧在国内得到了很高的评价。如 2004 年获全国首届青年书法篆刻展全国奖；2005 年获全国第五届篆刻艺术展提名奖，同年获西泠印社首届国际艺术节篆刻最高奖，并通过书、画、印现场决赛，直接加入西泠印社；2011 年获全国第十届书法篆刻展优秀奖（最高奖）等。其作品先后被中国印学博物馆、篆刻博物馆、文字博物馆等收藏，《中国书法》《书法报》《篆刻》等报刊先后对他进行了专题介绍。

张钧不仅能书能印，还能画能文。其学画，从八大山人、石涛、郑板桥，到近现代的齐白石、黄秋园、潘主兰等，都进行过深入的研究。入闽后，师从江爱松，主修山水，兼顾花鸟。张钧在华中师范大学就读期间，曾得益于晏炎武、夏禄教授的教导，打下了良好的文学基础。

在老师的教导下，张钧对“四书”“五经”和黄庭坚、苏东坡的题跋等经典文学作品都颇有研究，对诗词也有兴趣。他善于把格律诗与现代意蕴进行融合，使诗作朗朗上口，情真意切。如《西泠印人》的边款：

少年恰逢世事艰，青砖铁片度年华。
烟波江上秋风瑟，黄鹤楼前冬雪寒。
乌石山下听春雨，西子湖边看夏烟。
西泠印社功名事，良师益友记心间。

张钧做人做事都有口皆碑。他广交朋友，热情好客，做人低调，谦虚平和，与人为善，待人真诚。他是个性情中人，对于功名，满不在乎。他说：“我不去想那些与艺术本身无关的东西，这样会更轻松些。”寥寥几句，使我感到张钧是个超脱的人。他的这种“超脱”，在其印章边款中同样也能感受到，如“世人多以城府深藏多思算计为美，有不识此务者则视为痴者。逢迎之学大盛于世，谄谀之词不绝于口，此等圣智弃之可矣。诗书大学则可贡献社会，小学可修养身心，不可弃之”。

2011年底，张钧获全国第十届书法篆刻展优秀奖后，我邀了几个同道为他庆贺，席间他对诸友的称赞淡然一笑，洒脱地说：“且乐生前一杯酒，何须身后千载名！”

不知不觉，写到这里已是夜深人静，我想，千言万语，不如随我去“平安里一号”会见这个“真人”吧。

（刊于《领导文萃》2014年第5期，《福建文艺界》2017年第6期）

追求艺术心灵的极致

——谢辉旺书法篆刻印象

中国人对视觉艺术的认识是从“线”开始的，线有“类万物之情，通神明之德”之功效，也就是说，古人借“线”以立言，“线”通过人的联想与天地万物有了关联，有了生命，因此，“线”的质量决定了人的内在意识对外在事物的独特认识。中国传统艺术，无论是书法、美术，还是戏曲、舞蹈，都十分讲求“线”的品质。在诸多传统艺术中，书法不仅在意识上是纯粹的线，而且能够完美地展现这一艺术品格。身为中学物理老师的谢辉旺深谙此道，他的书法和篆刻线条既源于传统又富有新意，既遒劲厚重又潇洒自如，充满情趣。

我与辉旺同乡同道，20年前，我在闽北浦城成立了书画艺术研究会和西山印社，他在武夷山筹建武夷印社，武夷山与浦城比邻，我们时有往来，他的真诚和厚实给我留下了深刻的印象。2004年，我到武夷山干部培训中心工作，辉旺邀了几位书画同人为我接风，不久，我们参加了西泠印社举办的第五、六届篆刻艺术评展和首届中国印大展，还分别在武夷山、福州举办了书法联展……

辉旺的书法、篆刻、陶印在书界久负盛名。他自幼受家风影响开始学书，初从隶书入手，遍临《乙瑛》《石鼓》《张迁》《曹全》等碑，后钟情于秦汉金文和秦汉简牍，并将其中之一二列为他所在中学的书法教程，培养了大批少年书法爱好者，促进了武夷山书法艺术的普及和发展。2005年他偶得楚帛简书，其天真烂漫、诡异流美的艺术美让他爱不释手，一发而不可收。此后的几年里，他的书艺有了质的飞跃。从总体上来看，辉旺的书法，综汉隶诸家，掺以楚篆；章法错落，计白当黑，一片天机；字形虚实疏密，生动自然；中侧锋兼施，方圆并用，使转流畅，浑厚质朴，心平气和，一以贯之。犹如闲云野鹤，飘飘欲仙，写出了线的境界。篆书的线有三种境界：一是平稳；二是平稳中畅达；三是动中求静，宁静致远。辉旺的篆隶当属第三种境界。

隶书昌盛于东汉，到了清代，流派纷呈，大家辈出。如郑簠以草法入隶，金农以吴碑入隶，桂馥掺以缪篆，邓石如行以篆法，伊秉绶以颜法入隶，陈鸿寿掺以诏版，赵之谦掺以北魏笔法，吴昌硕掺以石鼓，各领风骚。现今福建书家中，林健掺以三公山、石开掺以敦煌篆书千字文而成名成家，我相信，假以时日，辉旺一定有自己的艺术语言，成为一代大家。

篆刻离不开书法，书法是篆刻的源泉。辉旺的篆刻成就，得益于其深厚的书法功底。其印章，气势宏大，典雅合度，如清风朗月，气象万千；用刀自然，势疾意徐，富有节奏。如阴印《此大块赐我以文章》《奇正相生》《意与古会》和《明月前身》等作品，线条遒劲流畅，多姿多彩，天真烂漫，富有生命力。其边款切刀入印，以记事或记兴为主，如阳印《修身为本》的边款："武夷九曲溪，一曲水光石，有明人楷书石刻修身为本，字大两尺有余，乘竹筏至此，游人清晰可见。"有时也以诗词入边款，如《道南理窟》的边款："东周出孔丘，南宋有朱熹；中国古文化，泰山与武夷。"辉旺篆刻师从李刚田，先后参加了中国书协培训中心高级篆刻研修班、中国美院书法魔鬼训练营等学习，在全国第五届篆刻艺术展中，获得了获奖提名的好成绩。

2010年的一次笔会中，一枚陶印映入辉旺的眼帘，易斋陶印的典雅和精致让他燃起了制陶的激情。不久，辉旺专程去景德镇买了一台电窑，开始制作陶印。烧制陶印工序烦琐，技术难度较大，如泥土的干湿、温度的高低、时间的长短、窑变的程度等都是一个变量。他在《烧制陶印日记》里说："我只求火中三昧，窑前期待后的惊喜。"辉旺所制陶印，较好地把古典审美与现代意识融合在一起，气息高古，赏心悦目，叹为观止。

与辉旺相处，如品武夷山大红袍，越陈越醇。他充满智慧，富有思想，做事理性，为人正直，充满激情，对书法篆刻情有独钟，孜孜不倦，心存敬畏。为了书法篆刻，他曾有去另一所中学担任校长或一中任教的机会，但都谢绝了。辉旺说："双柏楼清静，适合搞书法篆刻。"我想起林语堂的一句话："只有在书法上，我们才能看到中国人艺术心灵的极致。"包世臣在《艺舟双楫》里说："书道妙在性情，能在形质，然性情得于心而难名，形质当于目而据。"辉旺崇尚印外求印，道法自然，主张书为心画。意趣超迈的线条呈现出他的心灵世界，表现出潇洒、灵动的自由精神，是如此天马行空、优游自在、充满落拓之势，又是如此风行雨散、空灵高远、竭尽洒脱之美。

辉旺早年加入中国书协，现任福建省书协理事，南平市书协副主席，武夷印社社长，著有《中国篆刻百家·谢辉旺卷》。辉旺通过研磨"线条"的艺术，努力使自己成为历史传统文化的倾听者和追随者，丰富自己的精神世界，追求艺术心灵的极致。

辉旺1969年生于福建武夷山，居星村双柏楼，依山傍水，鸟语花香。我们每次相聚，品茗之余，谈书论道，挥毫泼墨，不亦乐乎。武夷山人杰地灵，柳永的一部《乐章集》传唱宋代300年；朱熹开创了一代理学先河，撑起了中国古文化的半壁江山。那里是蛇的王国，鸟的天堂，昆虫的世界，茶的故乡，人与自然和谐相处，辉旺生长在这样的好山好水好茶中，佳作能不迭出吗？

（刊于《生活·创造》2013年第8期，中国篆刻网2016年9月1日）

入古出新　心得其妙

——余国联书法篆刻印象

书法通过艺术的形式表现，成为一种文化，它不仅讲究艺术性，还讲究传承和技法。书法的艺术性，只有在传承的基础上，把抽象的理念和具体的技法，在书法实践中融为一体，才能入古出新，心得其妙。

国联对此有着深刻的领悟。他自号“三修堂”——以经史、书法、剑术一日三修自勉，20年如一日，博览经史以明智，研习书法以遣兴，苦练剑术以强身。在他身上能感受到一股楚汉之雄风、明清之儒雅的气息。国联的行草和小楷取法“二王”，具有文人气息；篆书从石鼓入手，借鉴邓石如、赵之谦诸家，化圆为方，线条丰富，独具个性；隶书以汉隶为师，同时又对汉隶进行改造和创新，去其横画之燕尾，去撇捺之波挑，符合当代人的审美情趣。特别是他的新作《八尺中堂篆书兰亭序》和《百家姓》，将篆隶融为一体，篆中有隶，隶中有篆，妙趣横生，和谐大美，自成一家。

国联的篆刻，遵循“印从书出，书从印入”的法则，早年拜师石开，后将篆刻与书法相结合，相互取法，优势互补，相得益彰，逐渐达到“朱白一统，书印合一”之境界。其结字化圆为方，线条苍劲厚重，印面清新典雅，书印同源，渐成自家。

书法的发展主要体现在书体的演变上，经过两汉、魏、晋的发展，各种书体都已基本成熟。历史上，书法家艺术语言的展现往往与书体联系在一起，在1000多年的书体沿革中，形成了百花齐放、群星璀璨的态势。国联深谙此道，十多年来，他在汉隶和小篆上下了很大功夫，在不断吸收传统养分的同时，还融入自己的创作理念，最终确定了自己的艺术语言，展示给人们的书风具有个性、富有理念。国联在用笔上，沉着、干净、精微，结字和谐，取势有度，布局工整；笔力挺拔矫健，行间气脉流贯。在章法上，借鉴国画布白，各行高低不等，大疏大密，以篆隶为题，以印章点缀平衡空间，将书法与篆刻融为一体，让人耳目一新，开一代新风，充分反映了他对传统的继承与创新的理解。

我与国联相识近20年了，早年同道于闽北书法家协会，国联在书法家协会理事会中年纪最小。他聪颖智慧，勤奋好学，学生时代就在大学里担任书法美术协会主席，20多岁加入中国书法家协会，三十出头获得高级职称。近年虽谋面较少，仍时有联系，经常在书坛上听到他的佳音，看到他的佳绩：2007年作品获第九届全国书法篆刻展提名奖，2008年作品被选入北京奥运场馆，2010年作品为中国国家书法博物馆收藏，2011年在第十届国展获优秀奖（最高奖）。前不久，黑龙江美术出版社为他出版了一本《余国联书法篆刻作品集》，分楷书、行草、隶书、篆书和篆刻五部分，他的这些作品充满了书法的魅力，不断感动着我。

国联字如其人。他相貌堂堂，英俊潇洒，说话直爽，办事利落，是个性情中人。我们曾在福州、武夷山一同办过书展，一同喝酒吃茶聊天，尽兴时常常一醉方休。从他大碗喝酒、小声说话、笔不离手、剑不离身等看得出，他具有儒家的典雅、道家的风骨，集北方的豪放与南方的精致于一身。

十多年来，他游历大江南北，探寻古碑，走访名家，切磋技艺，足迹遍布大半个中国，胸襟得以开阔，眼界收获宽广，水平日渐提高。

相信他在书法艺术领域能走得更远，成为时代的强音。写到这里，我想起苏轼的“出新意于法度之中，寄妙理于豪放之外”。

与国联共勉。

（刊于《福建日报》2011 年 12 月 27 日）

风景这边独好

——王茁和她的“中山王”书法

当前是书法发展史上的一个繁荣时期，书家的创作思想异常活跃，艺术形态推陈出新，原有的作品形式和习惯的审美定势，已满足不了人们日新月异的发展需要。创作理念的更新，作品形式和表现手法的变化，使一部分书家从普遍性中走出来，表现出艺术的独特性和纯粹性。在这个时期，最能启发书家想象力的“原型”，是一些由旧的典型向新的典型过渡中的雏形，“中山王”文字就是其中之一。它没有先秦六国文字中的那种诡秘和不可触摸的历史距离感，是大小篆转换过渡中的产物，又对二篆都有所包容，带有“大朴未雕”的神秘，亦如中国文学中的先秦文学，包罗万象，取之不尽，因此，充满了创意，充满了生机和活力。

《荀子》有语：“好书者众矣，而仓颉独传者，一也。”仓颉作为远古时期的“好书者”之一闻名于世。王茁亦然，她自幼受家风影响，读《说文解字》，临《峄山》碑，学李斯、李阳冰、杨沂孙等。三年前偶得《中山王圆壶》《中山王方壶》《中山王鼎》摹本，爱不释手。但“中山王”只有400多字，对于书法创作来说，局限性较大。为了找出其内在规律，创造生字，她从艺术学的角度出发，着眼于“中山王”古文字的艺术风格，运用考古学、历史学原理，将“中山王”大篆与铁线小篆相结合，借鉴金文结字，经过三年多刻苦钻研，遂得自由创作，翱翔自得。

在2016年的全国第十届书法篆刻展览中，她的《千字文节选》“中山王”中堂一举成名，获得了优秀奖（最高奖）。该作品为多片组合，视觉张力强，书法功力深厚，用笔含蓄，流畅瘦劲，干净利索，气韵生动，品位高贵，妩媚潇洒，高雅摇曳，如小桥流水，惠风和畅。就“中山王”书体创作而言，王茁的作品是继往开来、炉火纯青、独领风骚。

该《千字文节选》中堂作品，集“中山王”古文字之大观，是至今为止以“中山王”书体进行书法创作文字最多的一件作品，从某种意义上说，填补了文字学上的一项空白。

古人云，艺术要“写其独至”，强调艺术创作要有突出的个性，独创性的作品才有生命力。石涛说：“借古以开今，笔墨当随时代，此语可放之座右，而好学方能得古人之精华。”古今学书概有两条途径，一是博采众长，取长补短，厚积薄发，犹如戏剧，它综合了多种艺术手段，但却是一门独立的存在；二是情有独钟，砥磨刻厉，独上高楼。

王茁属于后者。她出身书香门第，文、理科双硕士，学识渊博，以“志于道，据于德，依于仁，游于艺”为己任。她认为，书法和文学、诗词、篆刻是一个整体，一个独立的风貌。书法家必须首先是诗人，这并不是说书家一定要作诗，而是说作品中有诗。

王茁书作的题跋有诗意，大致分为三类：一是咏物、抒情；二是题词；三是凭吊古人古物。如《千字文节选》的题跋是：“千字文乃四言长诗，音韵谐美，文笔优雅，辞藻华丽，全文共二百五十句，每四字一句，字字不重，句句押韵。隋唐以后，大多著名书家均有不同书体的《千字文》作品传世，因而在中国文化史上有着独特的地位。”又如《齐白石荔枝诗十首》中堂，上紧下松，体态修长，亭亭玉立，风姿绰约，简洁、规整、恬静、传神，在纯净中见神韵，于空灵处显风采。其题跋为：

“齐白石大师中晚年曾游历于钦州，前后达三年之久，与钦州人民情深谊厚，得尝钦州荔枝始将荔枝入画，画作逾百幅，题诗也不在少数。对白石大师荔枝文化的挖掘和弘扬，当是钦州文人的荣幸之责。”字里行间，神采飞扬，引人入胜，荡气回肠。她的题跋如清代画家郑板桥，不是对书作的注解，而是对书作的生发，拓展内容，深化意境。

王茁的书法作品有诗人的气质，既注意书法本身的效果，又不满足于书法本身的审美情趣。她认为，书法是心灵的鏖战，每次创作都要写出心中的敬意。要读懂她的书法作品，就必须先读懂题跋中的诗意和诗心，找到正文和题跋之间的内在联系，拓展审美空间，与作者的心灵共鸣。

王茁聪颖智慧，爱好广泛，品学兼优。她大学毕业不久就加入中国书法家协会和作家协会、诗词协会，不仅写一手好字，还写一手好诗，其中一首《其实不想令您感动》在德国之声电台播出后，即被谱为歌曲，广为流传。作为文化人，其书法当属文人书法，王茁是优秀的继承者和开拓者之一。要成为一名合格的文人书家并非易事，必须具备四个要素：人品、学问、才情、思想。因此，文人书家的综合素质较高、较全面，不为一般人所具备。从王茁的书法实践及综合实力来看，她无愧为一名优秀的文人书家。

（刊于《海峡品牌》2013 年第 3 期，《文化生活报》2017 年 5 月 11 日）

清气宣炳蔚　精物昭乾坤

——赵炳坤隶书印象

书法，作为中国汉字的独特表现艺术，以抽象的线条形式、丰富的造型变化、韵律的美感内涵赋予人们无限的想象，如诗无言，如舞无行，如画无图，如乐无声。一纸白宣，一方墨砚，一盏青灯，便可点捺纵横，浓淡流转，或飞鸿腾海展遒劲，或鹤舞游天显轻灵，既是传统文化的绵延承传，也是艺术个体的性灵抒发，这正是书法艺术生生不息、名家辈出的魅力所在。

我与炳坤相识多年，情谊的缘起都是对书法艺术的热爱。书艺交流中，令我印象深刻的不只是他独到精辟的艺术理念和日益精进的书法创作，更有他对书法事业常年不懈的坚忍执守。炳坤研习书法近 30 载，平日的繁碌工作或庸琐生活，都不能阻碍他学而时习、笔耕不辍。常闻他一提笔便是昼夜不舍，寒暑不辍，这份情怀，若没有对书法真切的赤诚之心，没有对艺术仰止的执着追求，是断然做不到的。

赤诚源于修身养性，而得之广纳通融。常言道：字品如人品，诚然如是。欧阳修在《集古录》中评价颜真卿时就说："斯人忠义出于天性，故其字画刚劲，独立不袭前迹，挺然奇伟，有似其为人。"刚直忠义的颜真卿，其字亦方正遒劲、奇伟挺然，正是对"望之知为盛德君子也"的完美诠释，也充分说明了字从心出，自情而来，心正则字正，品洁则文雅的真义。凡工书画者，不但重笔墨，更追求自我人格的修炼和完善。曾国藩曾说："困时切莫间断，熬过此关，便可少进，再进再困，再熬再奋，自有亨通精进之日。"炳坤便是在这"再熬再奋"的书艺学习中，将单调的琐碎当作品性的修炼，化漫长的乏味为灵魂的享受，形成了谦雅敦厚、率真磊落的性情和平实严谨、舒朗豁达的艺术品格。体现在他的书法创作中，便是浓墨饱蘸，落笔果敢，枯润相映，虚实相生，显示出点画意到笔随、浓淡气贯墨渗的雄肆胸襟。他不仅以书香修笃志，以墨韵陶品性，更注重在书法艺术长年累月的系统研究中，博采众长、兼容并蓄而达成不拘一格、自成一体的融会贯通。正如2014年，北京水墨公益基金会提名其为"福建十大青年书法家"时说："赵炳坤诸体兼备，隶书造诣尤为深厚，篆刻亦精，是位全才。"炳坤擅隶书，也涉猎其他诸体，从真草篆隶到颜柳欧赵，再到右军等不同风格的精品佳作，皆是他潜心学习和研究的对象。这不仅是他刻苦勤勉的表现，更是他对书法艺术深刻颖悟的体现。艺术本来就是无界而相通的，所谓流派、风格，只能代表不同时代精神文化的审美思潮选择，以及不同创作主体的个性化艺术理解和表现形式，实则并无绝对严格的区别。如王羲之精于草、行、楷等诸体，却自成篆隶之风；颜真卿擅长楷体和行草，而偏得篆籀之气。承其精粹而求新求变，广纳包容而酝酿独特，这才是书法艺术的核心，康有为在《广艺舟双楫》说"遍临百碑，自成一家，融会贯通，博涉约取是为成功之路"的意思。炳坤深谙此道，临摹多方，研习百家，他以习篆增加把握线条的技巧，以修楷锻炼平稳沉着的性情，以练行提升领会气韵的风采，以写草增强控制节奏的能力……长期的涉猎广泛而博采众长，使他的汉隶入古出新，雄强朴茂而奇趣纵横，稳健厚实而神韵生动，疏密错落而协调呼应，在以字立形、以气贯之的"屋脊式"特色章法中，成就一番磅礴气势。

求索来自敏思深究，成于勤耕善悟。书法艺术与其他艺术类别的本质一样，都是以精深的形象思维，通过具体形式表现抒发于现实的审美创造。因此，书法家需要时刻保持对“审美”的敏锐感受和深切领悟，如王羲之观鹅而获线条变化的灵感，张旭见公孙大娘舞剑而感笔墨节奏的掌握，怀素听闻嘉陵江水而悟虚实相生的奥义……这就是所谓的“有感于万物而下笔有神，有情于普世而挥墨有意”。炳坤在临摹古人书法、品鉴当代佳作的基础上，将自己的艺术理念、个性情感和生命感悟较好地融注于笔墨方寸，使创作达到了内蕴丰厚而情怀高雅、博大旷古而骨气洞达的境界，被论者誉为“蹈先贤之气象，舒自家之胸襟”。更可贵的是，炳坤还十分自觉勤勉、擅长学习，他坦言：“常常每天要写上十来个小时，每天晚上到一两点才不舍地上床睡觉。一次构思创作，通常是写到半夜累了才上床睡觉，在睡眠中，又在构思，想到更好的，马上就起床写，甚至要写到天亮。”在数十年如一日的刻苦练笔中，炳坤专注的不仅是艺术创作，更着重基础技法的研习，在对执笔、运气、字法等的持续训练中，不断提升自己对笔、墨、形、章法的灵活运用，以及对节奏、韵律、气度等的综合协调能力，所以他不仅能创造出 2018 刚柔并济而舒缓有度、恣肆洒脱而爽朗有致的隶书作品，更能进一步从“起笔多角度”“行笔多手法”和“收笔多蓄势”等角度，理论性地总结隶书的用笔特点和书写风格。

艺术对于个体而言，是一种个性化的审美想象和创造；而对于社会发展而言，则应为文化的传播和精神文明的承续。书法艺术亦然。书法作为中华民族的文化瑰宝和民族文明的宝贵财富，具有博大精深的内涵，要推广书法从高蹈的艺术独舞成为普泛的精神共享，并起到培养审美情绪、陶冶情操、提高文化修养，乃至于传承中华优秀文化、培养爱国情怀的目的，就必须重视书法艺术的传播。炳坤长期致力于书法创作和传播，他以“应该做好传帮带，鼓励帮助更多的人在书法道路上迅速成长”的理念，于 2004 年创办了鹿鸣书社，取诗经“呦呦鹿鸣，德音孔昭”之寓，会聚了永春县一批年轻的书法爱好者共同学习，互相切磋，通过书艺同好加强交流、互促成长的方式繁荣书法艺术。经过十几年的努力，而今鹿鸣书社已经成为福建书坛的一大亮点，其中的社员也大多成长为省市县骨干书家，不少社员成为中国书协会员，成绩斐然。此外，炳坤自己还躬身书法教学，被江西省书法家协会书法培训中心聘为书法教师，并于2010年参加福建省侨办举办的青少年中华才艺营活动，远赴印度尼西亚教授书法，为中华传统文化的传播尽己所能。

韦应物在《咏玉》中有言："乾坤有精物，至宝无文章。"意思是玉乃天地灵秀，应该摒弃匠气过重的雕镂矫饰而追求臻美纯粹的自然气质。其实但凡艺术皆可作如是观，所以刘勰在《文心雕龙原道》中直言："龙凤以藻绘呈瑞，虎豹以炳蔚凝姿；云霞雕色，有逾画工之妙；草木贲华，无待锦匠之秀夫岂外饰，盖自然耳。"可见，"书亦藻绘，字亦炳蔚"所蕴含的"淡然无欲，俪然无为，心手相忘，纵意所如"的自然天成之美，正是书法创作的至臻境界和书法艺术的至善追求。炳坤的书法创作正是循着这样的路径而行，他坚持"外师造化，中得心源"，努力从广阔的生命体验中汲取审美的灵感，从广博精粹的经典佳作中提升艺术修养，从严谨的规则法度中获得创新的启迪，以理法舒笔端，抒性灵于尺牍，在纵笔行云的方圆巧合和墨色氤氲的古拙雄浑间，建构出一个敞亮辽阔而清气俊爽的艺术世界。

（刊于《书法报》2018年8月28日，《大艺》2018年第2期，《福建艺术》2018年第7期，东南网2018年11月13日，《文化生活报》2018年12月13日）

篆刻艺术漫笔

篆刻艺术，在中国文化人眼里，具有独特的审美意义。一方好的印章，里面有诗歌、有禅理、有神灵。方寸之间，气象万千。篆刻除了本身特有的内涵外，还有一股强大的外力在起作用。

从秦汉开始，印章被作为国家权力象征的符号，有着严格的等级制度，不同的职务使用的印材质地、印纽格式、印文名称、印绶色彩都不相同。到了唐朝，随着文化艺术的繁荣，印章逐渐成为一门独特的造型艺术。

宋代诗人李清照的丈夫赵明诚，特别喜欢收藏印章，还著有《金石录》30卷。金人南侵时，赵明诚奉命到湖州任职，临别时交代李清照要与金石共存亡。

明朝户部侍郎周亮工遍请全国名家好手刻章1000多方，藏印数十箱。晚清安东县县令吴昌硕对篆刻更是如痴如醉，每日刻印数十方，为了保证有足够的时间刻印，他干脆辞去县令不当。

在这种浓重的文化氛围下，人们很自然地通过篆刻作品来透视文化人格。喜欢吴让之篆刻作品的人，称他为“老辣遒峭，气横九州”，而赵之谦则讥他有“姿媚之习”。有趣的是，吴昌硕又告诫沙孟海勿学赵之谦，宁可学吴让之，说赵之谦有“柔媚之习”。赵孟頫举起“复古”大旗，对唐宋以来的印章进行否定之否定，重新回到典雅中去。他的篆刻艺术炉火纯青，使宋代篆刻家黯然失色，还影响了元代朱文印的创作形式。

其实，与其说他们在讲篆刻，倒不如说是通过篆刻创作来表达自己的人生观、哲学观和宗教观。

如果说，商玺和先秦古玺是一种混沌之美，秦印体现了儒、法之美，汉印体现了儒、道之美，那么，魏晋南北朝的篆刻作品，则是道家所推荐的真率之美。在继承传统的基础上，按照“印从书出”“印中求印”“印从画出”“印外求印”等的创作理念，丁敬追求“刀味”，邓石如追求“笔意”，赵之谦追求“墨趣”，吴昌硕追求“率意”，齐白石追求“势”和“气”。在传统文化的影响下，篆刻家们举步维艰地追求、创新着。

丰子恺先生曾说：篆刻艺术经营于方寸之内，赏鉴乎毫发之细，其艺术之精微，既深于书法，又深于绘画，因此非有充分的艺术修养，不足与语也。篆刻艺术的注重传统、讲究形式、追求精细等特征，正是中国传统文人群体人格的写照。在中国5000年的文明史中，封建社会的时间太长，传统的东西太多，历史的包袱太重，再强悍的文化个性也很难冲破这张铺天盖地的大网。中国需要继承传统文化，更需要从传统文化的桎梏中解脱出来。

五四运动之后，尽管建立起了新的文化秩序，废除了玉印，但是，事情并没有就此了结，相反，惯性却越来越大。

改革开放以来，各种篆刻协会、篆刻作品展、篆刻作品集如燎原之势在全国发展，规模、声势都超过了历史上的任何时期，并在日本、韩国、新加坡等国家安营扎寨，还被作为2008年北京奥运会的会标，名扬世界。

在喧闹的现代化时代，人们常常需要获得审美的感受，篆刻艺术和其他门类的艺术一样有着独特的功效。此外，把各种铭记和怀念刻在千古不碎的玉石上，还可以成为永恒的记忆，何乐而不为？

（刊于《闽北日报》1997年4月6日，《福州晚报》2004年1月18日，《文化生活报》2017年8月24日）

朴拙真率　雄秀俊美

——读《宋开强书画作品集》

欣赏书画佳作，其魅力往往在于个体审美经验与作品的真和美产生碰撞的瞬间，此刻，仿佛有上帝之光照耀，直击人的心灵，给欣赏者带来喜悦。从这个意义上说，读《宋开强书画作品集》，能感受到开强的热爱生活、悲天悯人的情怀，以及他对书画艺术的敬畏和对中国传统文化的坚守。

戊子年冬，我与开强在北京万寿庄相识，其兼具北方之雄健和南方之儒雅，给我留下了深刻的印象，几年来我们时有信息往来。近日，收到他寄来的新作《宋开强书画作品集》（刘大为题签并作序，吉林人民出版社出版）和一幅四尺行草墨迹。《宋开强书画作品集》由书法和水墨骏马图两部分构成，各有千秋，气息清新。欣赏他的书画作品，吟诵他的诗句词赋，体会他的艺术思想，让人心旷神怡，美不胜收。

我与开强同道。他 1963 年生于黑龙江省海伦市，幼从家书，受家庭翰墨书香的濡染，初以“二王”入手，后遍临《张迁》等十多种碑帖，取法乎上，精勤苦心，尤得行草之妙，频频在全国书展中亮相，很早就加入了中国书法家协会。他善于从文化生活的积累中获得养分，陶冶自己的内心世界，升华思想和灵魂，其作品行草含隶，线条优美，流畅挺拔，天真洒脱。他在《创作笔记》里说：“线的变化高深莫测，只有胸有成竹，才能有的放矢。”品其经典佳作，读其心志历程，观其笔墨发端，可见其作品风格清俊高雅，笔致婉转流畅，点画圆润晶莹，既有逸兴发扬的意韵，又见真率朴拙的情趣。

开强善画马，远摹曹霸，近法悲鸿，尤推重悲鸿“以真马为师”的箴言，多次赴内蒙古、新疆等边塞牧场，骑马画马，画稿等身，终得马之神韵。他用中国画大写意的手法，将草书笔法融入水墨画中，生动而富有气势，赋予了画面生命气息。如作品《骏马》，桀骜不凡，奔放豪迈，神态洒脱，画面生动，骨俊神秀；又如作品《草原神骏图》，笔下的群马神态各异，墨彩辉映，构图千变万化，造型别致自然。其作品还赋以诗词，配以长款，书画合璧，追求意趣，另辟蹊径，有文人画之性情。开强说，宇宙万物皆有生命，他画马是因为喜爱马的习性，并借之抒发自己的情怀，故其作品每每带有自己的情感。中国书法家协会副主席李铎对开强的水墨骏马图赞誉有加：“泼墨纵横杂水痕，兴来画马笔缤纷。忽闻长啸尘嚣处，但见狂蹄万马奔。”

除书画精湛之外，开强还熟读四书五经等国学经典，精于韵律。如他得知四川汶川大地震的消息后，一边为灾区捐钱捐物，一边捐作品，其间还创作了一批诗文，如《汶川地震感怀》：“震灾肆虐隔重关，路阻山崩飞渡难。海外惊闻同掬泪，宇内肝胆向汶川。大爱无私感天地，炎黄携手挽巨澜。何惧余波频繁至，华夏同谱凝聚篇。”在书画创作过程中，他常常有感而发，出口成诗。如《书艺》：“博大精深薪火传，奇逸高古笔如椽。心为笔帅先求正，箴言书艺一脉牵。”其过目不忘，出口成章，学贯古今，满腹经纶，为同道所叹服。著名画家、鲁迅美术学院教授许勇称赞开强：“开合纵横万千气象生笔下，强记博采多少经纶纳腹中。”

开强 1985 年毕业于吉林大学。他深爱博大精深的汉唐文化，是传统文化的守望者与传播者，以传播中华文明为己任，先后出访了南美洲、北美洲、欧洲和东南亚各国，举办展览和讲学，声名远播。其书画作品多次在国展中获奖、入展，被中南海、人民大会堂、军事博物馆、解放军档案馆、澳门特区政府、辽宁省博物馆、美国耶鲁大学等收藏，中央电视台、北京电视台及《人民日报》《美术报》《欧洲侨报》《世界华人》等媒体对其艺术成就进行了专题报道。

开强认为，艺术上没有绝对的天才，热爱是最好的老师，兴趣是永恒的动力。一个成熟的艺术家，不仅表现在艺术风格上，更因其独立完善的人格与独特的审美追求而传世，古今名家概莫能外。孙过庭说："偏工易就，尽善难求。"近年来，开强注重在博采众长、碑帖兼收、质文并重方面下苦功，相信他一定能在此基础上形成自己的艺术语言，成为一代大家。

（刊于《政协天地》2013年第1期，《文化生活报》2018年3月15日）

林泉抚典　井市淘经

——孙健青和他的绘画艺术

孙健青的绘画，工线描、善青绿、兼水墨，尤得线描花鸟画之妙。他在继承了中国画的传统技法基础上，敢于创新和发展，细腻而不流繁杂，工整却意境深远，赋予了画面强烈的时代精神。

线描是工笔花鸟画的一种形式，其特点是以形写神，具有独立的审美形态。工笔画最易亦最难，难在传神，可健青的线描既力透纸背，利索稳健，又行云流水，婀娜多姿，起承转合富有诗意，其精细婉转的线条所绘制出的作品沁人心脾，让人叹为观止。2008 年他的作品《安宁》在“中国美协首届中国线描艺术大展”中获得金奖，使他在线描花鸟画坛崭露头角，为美术界所关注。之后，他到中国美院等国画高研班深造，又赴法国巴黎考察学习西洋画，使自己的画风日渐成熟，形成了独特的艺术语言和风格形式。在近几年的全国美展中，他的线描花鸟画都获了奖，得到专家和同行的好评。

大自然赋予花鸟世界线性轮廓与筋脉纹理以及生命的韵律，孙健青对此有深刻的领会，并出神入化地展现在他的工笔墨线里。正如他在《心灵的感悟》一文中所说：“线之美，是因为不断变换运动的方向，拓展运动的轨迹，使其在有限的画面中展现出一种无限的宇宙空间。”

健青的花鸟画以线描而闻名，他的工笔青绿山水亦独树一帜。他早年主要学习敦煌莫高窟壁画和“明四家”中的仇英，兼工带写，有张有弛，大气磅礴，较好地表现了工笔青绿山水画盎然的画意。其作品山川深厚，草木华滋，天真悠淡，萧瑟高远。

在吸取古人“勾勒填色，旨在浓艳”和“叠色渍染”技法的同时，健青勇于打破既定画科和故有技法的界线，增添了许多现代因素，或重色厚染、或淡妆浓抹、或浓淡兼施，形式感的创新、色彩的使用和视觉效果的营造，使他的作品层次丰富、富有质感。他生长在福建沿海，曾长期在河南郑州、洛阳等地从事酒店装饰设计工作，采写了大量的北方动植物摹本，使他的作品南北兼蓄，丰富和发展了工笔青绿山水画的题材。2007 年第十四届全国美术群星奖大赛中，他的工笔青绿山水画《南山晓云》荣获美术类铜奖，同年，《烟入绿村深》又获得了齐白石奖。这两幅作品在形式感上都有新的突破，同时，因贴近现实而富有时代感。

他的水墨花鸟画主要学“元四家”的黄公望和倪瓒，受陈子奋、郑乃珖影响较大，取法高古，画面丰富，画风苍茫，意境悠远，富有神韵。用笔上，中锋侧锋兼施，干墨湿墨并用，笔墨精粹，清丽而不艳，素雅而不俗，淡泊而不浮。健青在作品中表达的都是他对时代对生活的解读，是情之所至、有感而发的情感宣泄，在艺术表现上或写实或虚拟，或泼墨或重彩，或淡雅或艳烈，运用自如，各得其妙。如《秋韵》和《九曲春意浓》，墨彩交融，酣畅淋漓，格调高雅清新，把传统水墨画的表现力发挥到了极致。

品评孙健青的作品，仿佛见到这位真正属于“民间”的画家，从林泉中出来又到井市中去，以姿态的低调和学术的高迈，承古开今，合璧中西，正奋力攀缘在艰辛而寂寞的艺术峭壁上，在不断的积淀和丰富中，使自己的作品悄然超越了心目中山水的意境。

（刊于《闽北日报》2013 年 1 月 25 日，《华文》2014 年 5 月，《文化生活报》2017 年 4 月 20 日）

胸中云梦　镜里河山

——评魏振贤摄影作品集《为霞尚满天》

尽管与魏振贤先生同城同好，然已有多年未见。得知他的摄影成就，主要源于中国摄协和福建省摄协发出的声音，尤其是近几年来，他佳作迭出，声名远扬。近日，又欣闻他将在厦门举办“为霞尚满天”——魏振贤摄影展。当我看到这些摄影作品，看到振贤先生通过独特的视角、深邃的目光、饱满的情感，纤毫毕现地展示山川、体现人文，每一幅作品都体现出他对摄影艺术、对世界、对生活的无限热爱和真情实感，我感到震撼。

著名摄影师皮特·亚当斯说：“对于伟大的摄影作品，重要的是情深，而不是景深。”摄影是对形象的记录，但摄影艺术又不停留于记录，每一个定格的瞬间都包含着摄影者的思考、选择、发现和情感。一幅摄影作品水平的高低，艺术感染力的强弱，很大程度上与拍摄者的情感投入有着重要关系，只有对生活充满热爱、对自然痴情迷恋，才具备发现美的眼睛，才能抒发出自己的生命感受，达到情与物俱进、物与我两契的艺术境界，从而创作出情深意切、韵味独特的优秀作品。

对于振贤先生来说，摄影是他的第二生命。经过了几十年的实践，他积累了丰富的人生阅历，有着宝贵的审美体验，淡看世事的自信从容，融入大千世界的宽容与善良。尽管已是耄耋之年，依然有着对人生不离不弃的热爱，走遍万水千山的勇气，和对摄影艺术始终如一的执着。

他的摄影已不仅是一种工具，一种表现的媒介，而是他生命的一部分，是眼睛的延伸、心灵的撞击，镜头所能看到的，也就是他心灵所感受的。

有人说，摄影人的心胸有多大，所拍摄的作品气势就有多大，也可以说，摄影人的感情有多深，所释放的审美情感就有多宽厚。在振贤先生的摄影生涯中，他走遍了大江南北，遍览锦绣河山，领略九州风光，追寻与领略对这块广袤土地的深厚情感。因此，在他的镜头里，我们感受到祖国美丽富饶、江山如画，名山胜川巍峨雄伟、豪迈壮丽，闽山湘水湖光山色、气象万千。

振贤先生借景抒情、寓情于景，追求意境，写意而具有人文情怀、纪实又侧重于情感表达，有着视觉的新鲜感、节奏感和韵律感。可以看出，以山为物象的作品具有节奏和韵律；以水为物象的作品甜美而抒情；在以写意手法反映物态的花鸟动物、地貌风光，突出物象的肌理和质感的同时，又注重光影的运用和画面的构成，使作品具有人文和审美的双重价值；他用摄影的语言来阐释七彩天地的外形与内涵，给观者以跨越历史的空间呈现和精美的视觉享受。

比如他的《福建土楼　世界奇葩》，传递了对客家文化和福建土楼的深刻思考和认识，道出了他对家乡的眷恋和对弘扬乡邦文化执着的情怀。这幅作品获得“百姓富·生态美——清新福建”全省老干部摄影作品大赛一等奖。

由于受中国传统文化的熏陶，振贤先生的作品无论在形式和内涵上都能体现出民族传统的文化意境，画面充满诗情画意。如：拍摄水乡古镇是水巷小桥多，人家尽枕河；拍摄江南山水是乱点碎红山杏发，平铺新绿水苹生；拍摄塞外北国是千里冰封雪，苍茫荡胸怀；拍摄名山大川是连峰去天不盈尺，枯树倒挂倚绝壁；拍摄花卉小品是竹外桃花两三枝；拍摄江河湖海是落霞与孤鹜齐飞，秋水共长天一色；拍摄西北戈壁是大漠孤烟直，长河落日圆；拍摄日月星辰是春江潮水连海平，海上明月共潮生……

浸透浓情的作品，最能打动人。而饱含真情的作者，又最能捕捉到文化的魂灵。这样的作品，具有久远的生命力，始终散发着历史与时代的气息，弥漫着深度的表达。

自然的山水美轮美奂，人间的烟火在振贤先生的眼中是另一种山水。

他拍摄的民俗、人物作品，呈现出一个时代人们的精神风貌，刻画了人物的灵魂，记录了人物的内心世界，或是悲伤或是喜悦，或是思索或是呐喊，讴歌了生命的可贵与伟大。如喁喁私语的姑娘，龙腾虎跃的舞狮，富庶满足的艄公……正是因为呈现了人物的内心世界，因此这些作品给人以心灵的震撼。

唐代白居易说过，“感人心者，莫先乎情”。摄影同文学一样，如果没有感情，没有折射到人性的层面，或者不能以象征、隐喻等方式反映存在的深层次意义、社会的深刻内涵、积极的人生思考，其人文价值就会大打折扣。只有那些带着感情拍摄、以审美形式反映自然存在、社会现象，或者在某个层面上深刻地触及人生价值的作品，才能在观者心中激起情感的波澜。

摄影是一种心情，一种感受，一种寄托，一种修养，也是历史瞬间的永恒。振贤先生的选择是简单的，而他取得的成就是可喜的。他用镜头去体会人性的真善美，表达生命的执着与坚强，感悟人生的冷暖，镜头里凝结着他对历史的铭记，体现他对现实的珍爱和对美好未来的渴望。

相信，振贤先生的生命因摄影而精彩，作品因精彩而永恒。

（刊于《福建艺术》2018 年第 12 期，华人头条 2019 年 2 月 1 日）

剪纸琐谈

自从蔡伦发明了造纸术之后，民俗剪纸就应运而生了。剪纸的文化基因来自图腾崇拜、自然崇拜、祖先崇拜等，其审美意识则源于古岩画、彩陶、青铜器和民间传说。剪纸盛行于魏晋南北朝，到了唐代，成为民俗活动中的流行艺术品，开始走进百姓生活，每逢重大民俗活动，必有剪纸助兴，有诗为证：“此日此时人共得，一谈一笑俗相看。尊前柏叶休随酒，胜里金花巧耐寒。”（杜甫诗《人日》）剪纸作为民间情感交流的一种手段，恰如其分地表达了人对自然对生命对生活的热爱，其审美理想是对现实生活的一种特殊反映。

剪纸、年画、刺绣、陶瓷等，都符合人们的审美需求。剪纸是其他一切美术的基础之一，其构图讲究均衡、对称、和谐，给人以美的享受。同时，它是一种观念造型艺术，表现艺人的主观臆想造型、色彩和构成，有独特的造型方法和表现方法。构成上要求所表现的事物平面展开、互不遮挡，造型上要求高度简练和外轮廓高度概括，手法上要求相互连接，风格上要求装饰风格夸张变形，这是它的工具特性和生活实用要求决定的。中国民间剪纸艺术“剪”的过程，就是由生活中的“真”向艺术的“美”的演化、过滤、升华的过程，也是作者思想情感、审美心理、美的追求的倾注、体现过程。剪纸充满了朴素、自由和生命力的美感，流露出中国民间艺人善良、健康与愉快的情感。作为中国文化瑰宝，剪纸被列为第一批国家级非物质文化遗产名录和人类非物质文化遗产代表作名录，其风格流派各异，有蔚县剪纸、陇东剪纸、高密剪纸、山西民间剪纸、福建民间剪纸、安塞剪纸等，它们受各自地域文化的影响，审美情趣和感情表达方式都不甚相同。大体上来说，南方的剪纸精雕细刻、玲珑剔透、造型细腻，北方的剪纸粗犷豪放、质朴夸张、单纯明快。

我的家乡浦城是"中国民间剪纸之乡"，一代又一代剪纸艺人不断探索、推陈出新，日益繁荣和完善。浦城的民间剪纸题材丰富，形式多样，构图精巧，刀工精细，手法或粗犷或细腻，呈现淳朴与生动的韵质。以一笺薄纸，窥大千尘土，把浓浓的人情故乡演绎得酣畅淋漓，形成了独特的艺术风格。

今年正月初三，几位文友陪同我到浦城剪纸的发源地富岭镇调研。在余塘村 92 岁的老人家徐和妹家里，我们一边欣赏她的五六本剪纸作品（其中一本是徐老的姑姑传下来的"花样本"），一边观看她的现场剪纸表演。徐老虽已鲐背之年，但手不抖、眼不花，仍能眼到手到、心到意到，不到一支烟工夫，一张巴掌大的剪纸作品《寿桃献瑞》就完成了，在场的十多人都赞叹不已。和妹 7 岁作为童养媳到了余塘村，14 岁开始跟姑姑学习剪纸，70 多年来剪纸无数，是远近闻名的剪纸高手。可以说，剪纸的人是用剪刀写诗的天才诗人，剪纸老人是隐匿在乡间大器无音的民间艺术家。

前不久，我在政和县开会，恰逢周末，会后到老家住了两天。晚饭后，我们在五一三路散步，县委书记陈国发边走边跟我说："浦城剪纸已经从农村走进城市，从百姓家庭走进艺术殿堂，我们要通过剪纸艺术来传承和弘扬浦城文化。"我不经意地抬头远望，笔直的五一三十里长街灯火辉煌，大街的醒目位置，都有大型灯箱剪纸，不远处，《浦城八宰相》《丹桂情深》《十二生肖》以及"传统民俗系列""现代农村生活场景系列”等剪纸作品映入眼帘，大量的精美图案在现代灯箱的装饰下，更显得光彩夺目。剪纸名副其实地成为浦城的代名词，浦城不愧为中国剪纸之乡。

纵观浦城剪纸，多与婚礼、寿诞、礼仪、节庆、祭祀等民俗活动有关，同时，也是民间妇女的一种生活方式。浦城有句俗语，叫“男人莳田，妇女扯花”。也就是说，女人除了贤惠能干之外，还要有艺术修为，在这种传统观念下，她们从小就学会剪纸、扯花，不仅美化了自己，更是美化了家园、美化了社会。

浦城剪纸，有东晋之遗风，又有江浙及闽越土著文明之痕迹；既有北方的壮美，又兼南方之秀美。拙中见巧，静中有动，强调形式美，又服从生活的审美趣味，显得稚拙、可爱、质朴、率真。如徐和妹谈剪兰花的创作过程，她说，早年剪的兰花图案花梗是直的，叶子只有一片，多年后再剪兰花，花梗呈弯曲状，叶子向四周分散开来，整体显得更加美丽、直观。为什么会有这种变化呢？徐老接着说：“早期剪的兰花是从‘花样本’里学来的，后来看到自然界的兰花更美，于是就把它剪成现在这个样子。”这说明，剪纸艺人手中的形象继承了意象造型的手法，是对自然现象、物种的归纳和概括，对于什么是美，她们有着自己的标准，创作时，进行随意夸张、变形和虚构，尽管作品中往往有个别不符合逻辑、不符合正常视觉效果的地方，但这并不影响作品整体效果的美。

经过徐和妹及许多现当代剪纸艺人的开拓与创新，浦城剪纸在题材、结构、意蕴等方面形成了固有的艺术风格，成为中国剪纸艺术王国一朵奇葩。在题材上包罗万象，既有传统的花鸟虫鱼、十二生肖、浦城名人，又有现代的生活场景、建筑影像等。在结构上讲究构图的和谐饱满，融众多物象于一图，而又不繁复、不生硬。美国著名哲学家苏珊·朗格在《艺术问题》一书中指出：“意味是某种内在于作品之中并能够让我们知觉到的东西。”意味体现在艺术创作中，能激起人们审美情感的喜悦、沉痛、激奋、困惑、忧伤等生命体悟。浦城剪纸艺人用有意味的形式代替自然形态。例如在鱼身上用莲花代替鱼鳞，以示鱼在水里；在猫身上装饰上老鼠，以示猫的属性；在金鸡上剪一朵莲花，寓意锦上添花等。浦城剪纸的美不仅体现在它浓郁的装饰味道，而且更是一种“有意味的形式”，这说明浦城剪纸已发展为一种成熟的民间艺术。

民间剪纸是民间美术重要的形式之一，它有着浓厚的乡土文化气息，是我国劳动人民在漫长的生产生活中创造出来的文化产物，反映出他们的生活、审美情趣。千百年来，浦城剪纸传承着中华民族的艺术特色和本土精神，以特有的形式和魅力在百姓的生活中产生、流传、演变，以最稚朴、率真和富有个性的美，饱含着人们的感受、爱憎、企盼和寄托。我们期待着这门古老的民间艺术能够在新时代里重新焕发出耀人的光彩，剪出缕缕春风，剪出盎然春意，剪出一个艺术的春天来。

（刊于《海峡品牌》2014 年第 3 期，《福建艺术》2019 年第 4 期）

丹心创新愿　领异求是辉

——谈陈礼忠寿山石雕刻艺术

当代，是一个开放的概念，包含了高速运转的商业化市场经济、日新月异的信息技术革命、急剧转型的社会结构，以及众声喧哗的文化思潮。在这个各种力量互生暗长、竞相追逐的文化场域中，艺术也不可避免地裹挟其中而不断翻涌冲决。当我们折服于莫奈对绘画底色和上光的大胆拒绝，惊讶于塞尚对逼真形象和传统透视的勇敢牺牲，钦佩于毕加索和布拉克以抽象派拼贴形式发现物态平展延伸的无限可能时，应该要清晰地意识到：当代艺术正在向着越来越多元而敞亮的方向发展。一方面，它绵延承续而植根深厚，传统文化的精粹滋养越来越成为蓬勃生机的强大支持；另一方面，它联络广泛而纵横交织，现代精神的审美需求是不断刺激探索新变的源源动力。在当代艺术的领域中，一切媒介手段和风格都是允许的，一切探索和实验都没有终结，它既规约又自由，既传承又背离，既纯粹又芜杂。

正是在这样的文化生态下，陈礼忠的寿山石雕艺术探索以独立鲜明的特征，体现了一名当代工艺美术大师真诚而严谨、开放而深刻的时代精神。作为传统造型民俗重要组成部分的寿山石雕，无疑是凝集着中国民族审美情趣和传统文化精神的艺术创造。恰如著名的金石书画家潘主兰先生在《寿山石珍品选》序中所说："寿山贞珉，岂惟秀色可餐，其丽质弥足珍视者，盖有五焉，曰润、曰灵、曰莹、曰嫩、曰腻。其或如丽珠肌肤，则石之丰润也；其或如燃犀照水，则石之空灵也；又或冰盘玉碗，则石之晶莹也；又或如春笋雪松，则石之嫩也；又或如脂如腴，则石之凝腻也。如斯尤物，迥非笔墨能尽其名状。”深蕴于福建寿山地区的寿山矿石，以七彩流光、温润丽质的特性，为历朝历代的艺术家们提供了绵绵不绝的创作灵感，或方寸之间展气象万千，或乾坤百态宣运势磅礴，以性灵而通情、不言却动人的自然美和艺术美的浑然融洽，成为上达帝王将相、中及文人雅士、下至庶民百姓倾慕欣赏、争相收藏的艺术佳品。

这便是陈礼忠与寿山石雕艺术相遇的“前尘因缘”，也是他倾心痴恋并不懈求索的动力源泉。多年后，他在自述艺术追求之旅时仍然深刻铭记着那份单纯而朴素的心灵悸动：“当然在我那个时候也不可能对这个行业若干年以后发展得怎么样有预见，主要是因为喜爱，一种强烈的喜好，它引导我往前走，而且一步一步都不浪费时间……但我却认为，如果这个东西我看了会感动，我相信也会感动别人，这个信念支撑着我在这条路上一直走下去。” 相较于平淡的“初心”，人们往往更容易对锐意突破的精彩和获取成就的光华投以热切的关注。然而在我看来，正是这份“被感动”而又愿意“感动别人”的笃定信念，包蕴和积蓄着无比强大的力量，支持陈礼忠数十年如一日埋首石尘飞扬的工作间，在枯燥忙碌甚至艰难辛劳的压力下，保持并求索审美人格的独立清醒和艺术品格的精进升华，在“人与石”艺术对话空间内涵的持续拓展与不断丰富中，思考中国传统艺术的现代化转型，更思考主体生命的当代语境表达。

所以，关怀现实，立足当下，从始至终都是陈礼忠秉持的艺术理想。他的人文表呈也好，他的诗意经营也罢，都是对当代审美情感需求和新时代社会精神发展的真诚回应。正如人们所熟悉的，寿山石雕是一个美学传统极其深厚、技艺程式相对稳固的艺术类别。从 5000 多年前

叶片和弯折缠绕的荷梗边，配辅一只灵动轻巧的翠鸟或情趣盎然的小蟹，运用整体结构的静态布局和意象设置的动态穿插，打破了寿山石雕刻作品一贯以来追求和谐完整的造型结构，以强烈的视觉陌生化反差效果，赋予雕刻作品浓烈的情态意象和鲜明的精神体验。其意义已经超越了个性表达的内涵而具有艺术创新的重要价值，即创作者将感性经验积累的理性思辨灌注于“残荷”这一审美对象，从中提取新并呈现新的文化意蕴，创造出既不脱离个别、也不同于一般审美经验世界的个别，不仅形成了独具审美个性的艺术风格，更创造了突破陈式的独特新颖的艺术典范，在彰显创作者敬畏自然大美、尊重生命自由、深具人文关怀的艺术理念中，实现了传统雕刻艺术的时代跨越。

二是以艺术的形式表现当代集体精神。他的一部分作品如《再造山河》《江山如此多娇》等，完全脱离了花鸟虫草的传统题材，努力呈现具有时代风貌的广阔人生。典型如《天地儿女》这样的大型石雕，在“相石”的构思设计过程中，陈礼忠就立意要“放声讴歌在近百年来民族苦难历史中孕育出来的劳苦大众的时代激情，纵情礼赞人民共和国诞生初期像金子一样闪亮发光的国家主人翁高贵精神”。循着这样的思路，整部作品在整体保留原石风貌的基础上，综合运用了圆雕、镂空雕、浮雕等多种雕刻技法，采取航拍远眺的广角视角，以全景式叙事方式，打造云蒸雾绕的苍茫山林，着意设计劳动场景，精细雕刻200多个形态各异的劳动者，生动表现了劳动人民沿着崎岖山路开掘而上，一路挥汗如雨的气势磅礴的火热场面。作品空间结构疏密有度，人物景象错落有致，整体格局开阖纵横，既以翰墨写意手法保留了因石取势、依形传神的自然美感，又以具象雕镂的技巧营造了恢宏壮阔的时代场景，堪称新时期寿山石雕刻艺术的一大创新佳作。

艺术创新是一个内容与形式、技巧和方法、意境和内涵和谐统一的整体创造，包括作品的主题规划、意象结构，以及材料选择、表现手法等。我们之所以认为陈礼忠的寿山石雕创新具有时代性，是因为他不仅在立意上求突破，更在形式上求新颖，在技法上求融通。他不满足于圆雕、镂空雕、链雕、镶嵌雕、薄意雕等这些传统技艺，更着意向其他艺术类别学习借鉴，开发崭新的艺术表现方法。在他的创作中，你不仅可以看到东方水墨艺术对神韵气象的线条发挥，也可以发现西方传统绘画物象透视、色调明暗和结构比例的有效启发；既可以领悟中国诗词文化的深厚人文意蕴，也能够体验西方思辨哲理的抽象理念逻辑，甚至还有现代雕塑的非现实感符号表达、当代摄影图像处理的造型语言等多种艺术手法的巧妙化用。用他自己的话说，就是“孜孜不倦地朝拜中外艺术殿堂，孜孜不倦地从姊妹艺术门类中学习借鉴技法与经验”。东西方文化的融会贯通，多种艺术门类的广纳博采，给予了陈礼忠更好地发挥和利用寿山石形、石色和石理的丰富启示。而正因为他拥有不懈开拓求索的艺术理念和持续创新求变的艺术技法，最终才能够大胆冲破“重材轻艺”的陈规桎梏，以“石无贵贱”“艺有高下”的信念，舍弃对材料的依赖，回归艺术本体，选择寿山石中毫不起眼的老岭石等普通石材，以心点石，以情化石，以意造石，通过对线条、光线、色调、影调的准确把握，创造出具有弹性张力的质感、空间感、节奏感和立体感，从而达到因石造色、以色呈象的张扬，创造出蔚然光华的独特艺术世界。

苏步青先生有一句让人印象深刻的话：“丹心未泯创新愿，白发犹残求是辉。”真切地表达了努力开创崭新愿景、寻求真理辉煌的坚韧之意。在我看来，这应该是所有艺术工作者应该坚守的一种文化精神。时代风云变幻，历史浩荡更迭，作为人类认识自我与世界主要精神产品的艺术，当然应该顺时应势、与时俱进，以创新为蓬勃的滋养之本，以创新为艺术家不熄的灵魂之光。所谓的“文化自信”“文化自觉”，不是抱守传统一成不变，而是发扬精粹实现当代转化，是明确文化身份后的不懈的跋涉攀越。因此，陈礼忠以关怀现实、立足当下为基点的寿山石雕刻创新，不仅是对寿山石雕行业可持续发展的积极探索，更是对整个中华传统工艺现代性转型的有益实践，显示了当代社会变革和思想文化演进背景下，一个有责任、有担当更有实力的艺术家真诚而严谨的文化姿态。

（刊于《文化生活报》2017年5月9日，《福建文艺评论》2018年第1期，华人头条2018年12月20日）

着着寸进　洋洋万里

——谈郑幼林寿山石雕刻艺术

如果从1989年拜师郭茂康学习寿山石雕刻算起，郑幼林至今已从艺25年了，这其中的酸甜苦辣，我们不得而知。但我们所能看到的，是这些年来郑幼林的寿山石雕刻作品声名鹊起，引起广泛关注。

郑幼林出生于20世纪60年代末，从小就受到“人定胜天”的革命英雄主义熏陶，其性格赋有天马行空的浪漫主义情怀和豪迈激昂的艺术气质。我与幼林同城同好，时有来往，对于他的坦诚、开朗和豁达，感同身受。福州是寿山石之乡，石雕艺术历史悠久，源远流长。在这艺术长河中，福州石雕界根据艺术家居住地及艺术风格的不同逐渐划分为东门派和西门派，分别以圆雕和薄意名世。俗话说“石出寿山，艺出鼓山”，鼓山人祖祖辈辈以石为生，满街都是石雕艺人，曾孕育出林元珠、周宝庭、郭功森等国家级雕刻大师。幼林生长在这种艺术氛围里，耳濡目染、不学以能，高中毕业后，即开始拜师学艺。

经过五六年的不懈努力，1995年底，郑幼林在新加坡成功举办了“童真系列”寿山石雕作品展。《竹报平安》《甜憩》《丰收的喜悦》等是那个阶段的代表作，其创作主要以现实主义手法，追求一种童真和纯粹。我想这更大程度上是幼林自我性格的写照。如《竹报平安》中的三个孩子：一个拿鞭炮、一个点火、一个双手捂耳，画面形象生动，人物刻画细致，充满节日的喜悦。作品饱满、简约、流畅，题材寓意吉祥。其创作初衷是：在浮躁风气日盛的现实社会中，回忆童年快乐的生活，少一点烦恼，多一份幸福，留一份童真，多一点快乐。用李白的“清水出芙蓉，天然去雕饰”来评价幼林的作品，是最好的注脚。

新加坡展出回国不久，1996年幼林又拜王祖光为师，开始宗教题材的研究并以弥勒佛为素材进行创作。幼林初学佛像雕刻，就对自己严要求高起点，先从北魏入手，追溯源头，后侧重唐宋气象，专注神采和气韵。在技法上雕画并重，力求神形兼备，重思想内涵；在用刀上运刀如笔，意从刀出，刀随意入，努力做到因材施艺，有感而发。幼林认为，灵感来源于生活和实践，只有给石头注入情感，刻出真性情，石头才会唱歌，才有灵魂。

《沉思罗汉》《搏击》等是这个时期的代表作，通过作品表达一种“先忧后乐”（范仲淹）的人文关怀，作品的人物形象多呈现沉静或凝思的状态，思想深邃，常常带有哲思和禅意，面对人类的困境进行追问，具有超现实的审美意味，给冷冰冰的石头注入了生命力。如《沉思罗汉》，用二号矿石制作，质地通透如玉，罗汉侧靠岩壁，体态宁静，充满智慧，内涵丰富，意境深远，妙相庄严，给观众带来肉眼之外的无尽的遐想。

罗丹曾赞美希腊的雕塑有神秘感，这种感觉就像《老子》所谓的“大象无形”，而雕刻的精神空间，则是在有限中见无限。“雕刻作品具有空间性，这种空间的假设，是人的心灵美的创造物，又是创造心灵美的推动力”（王朝闻）。关于这些学术问题，幼林深有体会，他说：一件好作品，就是要做到“假作真时真亦假，无为有处有还无”（《红楼梦》），无论东门派还是西门派，圆雕还是薄意，都要眼高心静手巧，作品能够“呼之欲出”。他还说：石雕艺术要想长盛不衰，除了要有扎实的功底之外，还要“古为今用，洋为中用”，要求新求变，继往开来，以中华传统文化为基础，具有时代风貌。

2003 年，对于幼林来说是一个重要的转折点，他离开鼓山镇的家庭式作坊，来到福建师范大学美术学院深造，这意味着他从十多年的摸爬滚打中找到了另一条通道：从东门派到学院派。在师大美院檀东铿院长的精心教导下，幼林主攻山水画和花鸟画，一分耕耘一分收获。不久，他以浪漫主义的艺术手法，创作了一批气势恢宏的写意山水画石刻作品，其作品融合了圆雕和浮雕的艺术手法，写实和写意相结合，是一种以艺术而人格化的山水。“仁山智水”（孔子）所诠释的道德精神和人格理想，在幼林的石雕作品中得到充分体现，如诗如画——

《武夷棹歌》选择朱熹吟诵武夷山九曲溪的诗歌为题材，用圆雕和薄意刻画一群少年畅游九曲溪的场景。少年团结互助，乘风破浪，勇往直前。背景蓝天白云，青山绿水。竹排、人物、表情栩栩如生，生活气息浓厚，具有催人奋进的时代精神。

《映日荷花别样红》的创作是受杨万里《晓出净慈寺送林子方》的启发。童子与莲叶、荷花、莲蓬之间动静结合，空间感较强，整体意境优美。莲叶虽只刻一片，却让人感到无边无际，仿佛与天宇相接，令人置身于无穷的碧绿之中。画面绚烂生动。

《白云生处有人家》的创作灵感来自杜牧的《山行》，作者充分利用原石天然的形态和色彩，刻画山崖峭壁、枫叶流丹和文人雅士。特别是在黑、白颜色的处理上，大胆突破传统方式，将黑色刻成茅草屋，白色作云雾缭绕，黑白对比强烈，视觉冲击力强。作品给人以轻松、优美之感，恍若人间仙境，令人神往，较好地诠释了《山行》的意境。

欣赏上述作品，犹如我前几年游苏州的拙政园，园林因势随形，匠心独具，气韵生动，意趣盎然，浑然天成。郑幼林从开始的现实题材，由近渐远，转移到历史人物、佛教直至山水题材，这种从现实理想转化为空灵梦幻以及寄情山水的心理体验，既是“距离产生美”（黑格尔）的启示，也是对人类文化的一种反思。

近年来，幼林的石刻作品受市场影响较大，作者更加注重形式感和视觉效果，努力构建一种浑厚、博大的宇宙意识，创作的佛像题材在宗教内涵之外，更是“据器而道出”（王夫之），借佛像来表达自己对生命现实的一种诉求。幼林之所以热衷童真、山水和佛教题材，归根到底是为了传承中华文化，弃恶扬善，弘扬真善美，传递和践行“和谐、公正、友善”的人文价值。

在2013年12月举办的第十一届中国民间文艺“山花奖”评选活动中，郑幼林雕刻的《其乐融融》为我们提供了从中国传统文化汲取营养的宝贵经验。“物顺自然”是庄子的思想核心，庄子将“自然”从道的法则深化为生命的精神，继而演绎为审美的情愫。“覆载天地刻雕众形而不为巧”“圣人者，原天地之美”，庄子自然主义的审美观，影响了一代又一代人类心灵境界的提升。这种思想体现到郑幼林的雕刻世界中，是清新浪漫、返璞归真，是广阔无垠、洁白纯真，是远离现实的污浊、悲伤，是沉浸在虫鱼鸟兽之间的遐想；他的世界，摆脱了作为生活者的压力，充满着重寻真、善、美的惬意与享受。《其乐融融》在传承的基础上进行创新，又在人文审美上回归自然，让宇宙本体最高的秩序“道”的精神简洁明了地呈现于当代，并赋予其新的内涵和表现形式。这种古为今用的做法，为福建寿山石雕界开创了一条新路。

《其乐融融》依石造型，层次分明，结构饱满，充分利用颜色的对比巧雕。一群天真活泼的孩童在荷塘边嬉戏、玩耍。孩子们围着鱼缸或坐、或卧、或伏、或站，有的用渔具捞金鱼，有的用手抓金鱼，有的在指手画脚等。画面生动，流光溢彩，气象万千，沁人心脾，充满生机和乐趣。在这里，事物褪去了种种俗世的遮蔽，将本真呈现出来。郑幼林“在对于人生的有系统的反思的思想”（冯友兰）中创造了另一个世界，人们徜徉其中，产生共鸣，不由自主地进行精神调节，从而净化心灵。

艺术就是创造，其艺术价值的高低则取决于作者的思想高度。一个成功的石雕艺术家，要善于塑造意境，做到石性即我性，石情即我情。在福州数十万石雕大军中，郑幼林可谓是“着着寸进、洋洋万里”。近年来，他的《福寿如意》《皆大欢喜》等一批作品荣获中国工艺美术大师精品博览会金奖，《王质烂柯》被故宫博物院收藏，中央电视台还专门为他拍摄制作了专题片并在央视4套播出。近闻，幼林又有新著《瑰宝集珍》即将出版。身为中国工艺美术大师、石雕艺术大师的郑幼林任重而道远。期待在未来的岁月里，他能给我们带来更多影响深远、震撼心灵的正能量。

（刊于《大观》2015年第4期，华人头条2018年12月20日）

龙泉寻剑

——兼谈汤汝平铸剑艺术

人类史从某种意义上说就是一部战争史。在长达数千年的冷兵器时代，剑是最具杀伤力的一种武器，被誉为“百兵之王”。所谓“古之言兵必言剑”，充分表明了在青铜器时代和铁器时代初期，剑在战争中的显赫地位。除了中国的刀剑外，还有印度的伊斯兰剑、马来的诸侯剑、日本的武士刀以及西洋刀剑，并称为“世界五大名刃”，成为人类文明发展的重要见证之一。我国商至汉初的1000多年间，西南一带的柳叶剑和东北地区的青铜剑作为基本武器流行于各大战场，因此带动了铸剑产业的辉煌发展。《史记·苏秦传》就记载了民间铸剑的热闹与繁华：冥山、棠溪一带，“工匠七千，竟夜如昼”，“炉火照天地，红星乱紫烟；酒幡掩翠柳，铁歌奏更天”，可见刀剑在中国古代社会流传之广泛。

然而，剑之于中华传统文明，显然具有超越兵刃武器之上的独特意义。如春秋战国时代，人们认为剑具有正直磊落的品格，加上其重量轻，便于随身携带等特征，一时间佩剑成为一种时尚，王公贵族莫不以佩剑为荣，于是有了干将莫邪、越王八剑等盛世名剑的流传千载。延至秦汉，配剑之风尤盛，正如《初学记》引用《贾子》所言：“古者天子二十而冠，带剑；诸侯三十而冠，带剑；大夫四十而冠，带剑。隶人不得冠，庶人有事得带剑，无事不得带剑。”剑作为兵器的实用性，逐渐被代表社会身份和政治权利的文化象征功能所取代。据《古今刀剑录》记载，历代帝王都有配剑的习惯。如汉高祖刘邦有斩蛇剑，助其在芒砀山斩蛇起兵；光武帝刘秀有“秀霸”剑，成就霸业辉煌；而魏武帝曹操则得“孟德王”宝剑，终定乱世乾坤……到了司马迁时，又提出“与道同符”的观点，进一步拓展“剑”的象征意涵，从“剑术”与“道义”的角度，将“剑”的意义提到“修身应变”的道德修行与精神追求高度。而强调天人合一、崇法自然的道家，则从“天人道义”的角度，将剑视为通连人情与天理的中介，将其演绎为道教文化的神性符号。不夸张地说，在中国，没有任何一种兵器能够像剑一样容纳那么多的传奇和经典，蕴含芜杂的神秘和魔幻，交织曲折的情怀和命运。甚至可以说，剑本身就是传奇，就是经典，就是文化的张扬和情理的发挥。

因此，我对剑总有一种亲近倾慕而又敬崇尊重的特殊情感，企盼一探究竟。戊戌秋，周茂培先生邀我赴龙泉寻剑，我心生欢喜，欣然允诺。我们走访了龙泉宝剑协会副会长汤汝平的工作室，这是一个温和谦逊、质朴低调的浙江省工艺美术大师，我们曾于十多年前见过，此番再见，更为亲切。汤汝平说，他 17 岁从龙泉的一个偏僻小山村到龙泉宝剑厂当学徒，至今已 30 年。2001 年，他创办古艺铸剑厂，开起了夫妻店，自己负责锻工，妻子负责铜工，外请一名木工，十几年来，夫唱妇随，配合默契，技艺精进，精品频出，铸的“鸳鸯剑”，红遍大江南北，获得很高的社会认同与肯定，其作品如唐剑、四海剑、贞观剑、盛世唐剑分别获浙江省工艺美术精品博览会特等奖和金奖，天凤剑获中国工艺美术精品博览会金奖，决云剑、九龙剑等被中国军事博物馆、中国工艺美术馆等收藏。各大主流媒体争相报道，中央电视台就曾为汤汝平拍摄了《流行无限：十年磨一剑汤汝平》《千锤百炼铸龙泉》《剑指春秋》《城市一对一：刀剑如梦》等多部电视专题片，在央视 4 套、10 套播出。称其为中国当代铸剑“大师”，实不为过。

在古艺铸剑厂展馆，一把横卧在展厅中央，被世界基尼斯认定的

“世界上最长的宝剑”映入眼帘。2008 年 8 月，第二十九届奥运会在北京举行，为纪念这一具有历史意义的大事，汤汝平精心设计，大胆创新，历时一年多时间，铸成了“圆梦奥运之剑”，剑长 2.88 米，重 56 公斤。汤汝平介绍说，此剑在工艺技术方面有两个创新：一是首创在特砌的火炉里，分段加热分段锻打工艺，一般的剑 2 个人锻打就可以了，而这个剑坯要 5 个人上阵同时锻打，创造了最长最重剑身锻造的纪录；二是在剑身上手工镂刻了此届奥运会上中国获得的 100 枚奖牌项目标志和运动员姓名，图纹形态各异，技艺精湛多彩，创造了剑身镂刻图文内容最丰富的纪录。

艺术创作根植于生活，绽放自灵感。在“帝王神剑”展厅，汤汝平介绍了他的灵感来源。在一次观看帝王题材的电视剧时，他发现皇帝都身配宝剑，由此联想到宝剑在中国传统文化中，不仅是攻击防御的必需，更是身份权力的象征，遂决定以“帝王”为主题，打造一个具有代表性的艺术系列，以具象化展示中国传统社会秩序和文明形态。艺术灵感鲜活澎湃，而艺术创造过程却是艰辛而漫长的。为了尽可能融汇历史真实和审美创造，汤汝平数次奔波北京、上海、河南、广州等地的博物馆考察史料，辗转各处拜访请教历史文化专家学者，并认真研读《中国通史》《中国兵器史稿》《中国古代兵器图集》《清宫武备》等大量典籍资料，积累了扎实而丰富的历史文化知识，经过三年多的刻苦钻研，最终确定了中华十大帝王神剑及其文化象征意涵——

四海剑：秦始皇嬴政统一六国，四海归一；

汉皇剑：汉高祖刘邦开创汉朝，君临天下；

八服剑：汉武帝刘彻雄才大略，文治武功；

贞观剑：唐太宗李世民济世安民，贞观之治；

天凤剑：圣神帝武则天天凤下凡，红颜至尊；

飞龙剑：宋太祖赵匡胤飞龙在天，文治盛世；

至元剑：元太祖铁木真一代天骄，东方战神；

应天剑：明太祖朱元璋顺应天命，洪武之治；

凌霄剑：清圣祖康熙万民康宁，天下熙盛；

决云剑：清高宗乾隆长寿大帝，炫彩人生。

确定具体品类后，汤汝平便着手根据帝王所属朝代的文化特征和审美风格，对每一把帝王剑的整体造型、刃尖脊锋、装饰纹样等进行精心设计，力求在尊重历史风貌的基础上，融入现代审美理念和创新工法技艺，淋漓展现中华十大帝王神剑的卓越风采。2013 年，他先后完成了四海剑、八服剑、贞观剑、天凤剑的制作，并在刀剑收藏界引起了巨大反响，业内专家高度肯定，新闻媒体纷纷报道，称誉为惊世之作，是“龙泉剑传统技艺与帝王文化相结合的艺术精品”。“帝王神剑”获得了极大的成功。

如果说，十年学徒生涯，让汤汝平掌握了锻造龙泉剑的核心技术，为他日后研发创新奠定了扎实的基础，那么，自立门户创办古艺铸剑厂，日积月累的潜心探索与努力精研，则标志着他的事业迈上全新台阶。而“圆梦奥运之剑”和“帝王神剑”的问世，更是以新颖独特的艺术视野和大胆创新的工艺技法，实现了传统与当代的统一，开启了铸剑工艺现代转型的艺术探索。从 1992 年，年仅 20 岁就参与为邓小平等党和国家领导人设计和铸剑的初露锋芒，到 2001 年应邀为俄罗斯总统普京铸剑，从 2004 年承担金庸《碧血剑》电视剧中的“金蛇剑”制作，到“圆梦奥运之剑”和“帝王神剑”等项目的大获成功，可以说，汤汝平铸剑艺术的拓展，是他对剑文化的内涵持续探索和不懈追求的过程。所以，他铸剑不仅关注锋刃形制、装饰外观等形态特征的设计锻造，更重视文化意义、精神象征等本质意义。他铸的剑，是笑泪情愁的人

瓷近40载，致力于青瓷艺术的创新与推广，深入研究传统青瓷制作的各种工艺技法。在他看来，技法不是外表的形式匠术，而是内质的文心人情，尤其对于瓷器而言，瓷土粉碎、陈炼，釉料配制、融混，以及制坯、上釉、装窑、烧窑等每一道程序，都不是机械化的生产过程，而是蕴含精神旨趣和艺术理想的独特审美创造，是作者对于生活认识与理解、探求和尝试的躬身实践。正是因为对陶瓷艺术的这份深刻体悟，所以陈爱明深研青瓷操练技艺，又走出青瓷研探开发，将视野投注于丰富的当下生活和广阔的自然天地，从中汲取浩瀚博大而醇厚深沉的精神力量，探索龙泉青瓷的现代新变。

既然是艺术创造，就应该具有闪耀的美学属性。陈爱明长期致力于研究传统陶瓷艺术的造型，对于装饰和釉色都具有十分深刻的见解和独到发挥。“跳刀”是陈爱明的绝技，这是一种最古老的陶瓷装饰手法，源于修坯时的手工技艺，通过特殊的纹路形式突破物象体态的静止刻板，形成动态抽象的美感状态，为人们提供完整丰富而流动充沛的审美体验。他的早期作品《泉》，就是以跳刀纹为主要装饰方法，依托清澈润泽的青釉色，以繁密精致的跳刀纹表现奔涌飞溅的濯濯清泉，呈现“野竹分青霭，飞泉挂碧峰”的景致。而创作于2007年的作品《盛世牡丹》更是将跳刀技术发挥得炉火纯青。作者在刻盘边沿以“灰釉跳刀纹”作为装饰带，内盘用牡丹花装饰，采用繁复细致而层次清晰、形象饱满而内涵丰富的造型，与青瓷特有的润泽特征相融合，在肌理与质地的碰撞中构成陶瓷艺术的新型审美关系，生动再现了牡丹花的雍容华贵、富丽端庄。此盘一出，即被中南海紫光阁收藏，可见其“跳刀”技法运用的高妙。

2010年《叠翠》作品则又呈现另一番景象。相较于《盛世牡丹》的中规中矩，这件作品对跳刀运用更加巧妙婉转，通过多次喷釉产生厚重的釉色，呼应具有深浅度和穿透力的“层叠”形式，让人真切感受到业界所评价的“深处如竹叶，浅处如竹竿”的行云流水的动态美感。作品结构完整，动静结合，如风拂竹林的轻言微语，如静水流深的深邃蕴积，是一番静谧幽静而有蓬勃生机的轻曼灵妙。在陈爱明看来，龙泉青瓷不是静止刻板的物象，而是活泼生动的生命，是个体俯仰天地的心怀敞开，是自然万物辗转变换的时节四季，于是便有了作品《秋到龙泉》。与此前主要使用跳刀技法不同的是，这件作品融合了“印叶纹”装饰、铜红绞泥技法以及自然灰釉等多种创作技艺，展现了象征秋季的金黄色落叶的飘落覆盖之景，呈现出“贸槎溪头霜叶黄，水天上下秋茫茫”的深远宁静意境。可以说，正是这种融合借鉴的开阔思路，赋予了作品崭新的生机。从青瓷“跳刀纹”“印叶纹”装饰与铜红绞泥、流绞泥技法的传承，到自然灰釉在青瓷中的开发和运用，陈爱明不断探索龙泉青瓷现代审美风格的创新突破，形成了具有个性特征的“陈氏”风格。

三

事实上，连紫华的“极彩”也好，陈爱明的“跳刀”也罢，都是在传承传统基础上的努力创新。他们的创新，并非技法的钻研和形式的突变，而是艺术本质的沉潜深入，是从生活万象中感悟和体验的当代审美融合。相较于其他渐渐失落实用性的传统艺术形式，陶瓷仍因兼具实用性和审美性而具有较广阔的市场，但这也恰恰成为其艺术本体发展的最大阻碍。古典人物、花鸟鱼虫、山水自然等传统题材，粉碎、陈炼、制坯、上釉等规则程式，都影响了陶瓷艺术既要展现个性特征、又要发挥材质优势的现代转型需求。如何从古典作品中汲取营养，传承和发扬传统人文精神，又从现实当下实现跨域融合，丰富现代审美内涵，这是无论德化白瓷还是龙泉青瓷乃至景德镇青花瓷等不同品类陶瓷艺术都需要共同面对的时代课题。中国制陶历史悠久，瓷器种类繁多，从唐三彩到信乐烧，从青花瓷到浙江越窑（秘色瓷），再到江西昌南和河北的定瓷，中国的瓷器艺术在古代可谓是登峰造极、精品璀璨。但正如陈爱明所说的："青瓷技艺是一门不能停止的艺术，新的想法、好的创造都是从实践中产生的。创新，只能在亲力亲为的制作中才会出现，一旦停止，技艺就会随之停滞不前。"实践是立足当下的，是与时俱进的，是趋先前瞻的。如何在传统技艺基础上创造开发，在保证原质材料基础上，融合不同品类之间烧造工艺、雕塑技艺、彩绘形式，甚至向国外著名瓷器艺术如日本甲贺信乐烧、长崎田烧（aritayaki）以及英国、法国等造瓷艺术借鉴，向其他艺术门类如中国书法、中西方绘画乃至雕塑等汲取灵感，实现传统瓷器艺术的现代转型和发展，这是一个崭新而任重道远的课题，更是现代造瓷人不可推卸的使命。

瓷器艺术是一个烦琐的创作和生产过程，更是一个化凡俗为神奇的创造经历，每一个程序都是作品，每一个程序又都不是完整的作品。"亲力亲为"强调的不仅是操作实践，更是身心体悟，体会"我心化瓷"的融合汇聚，更领悟"瓷亦塑我"的修身铸德。只有立足当下，拓展视野，开敞胸襟，出入古今而圆通内外，夯实基础而整合多元，才能真正实现以静现动、以线突景、以色绘境的艺术创造，才能真正在这厚实深沉的土石和飞舞流动的火焰交融中，坐定为一位极目远眺的守望者。

（刊于《文化生活报》2019 年 3 月 6 日）

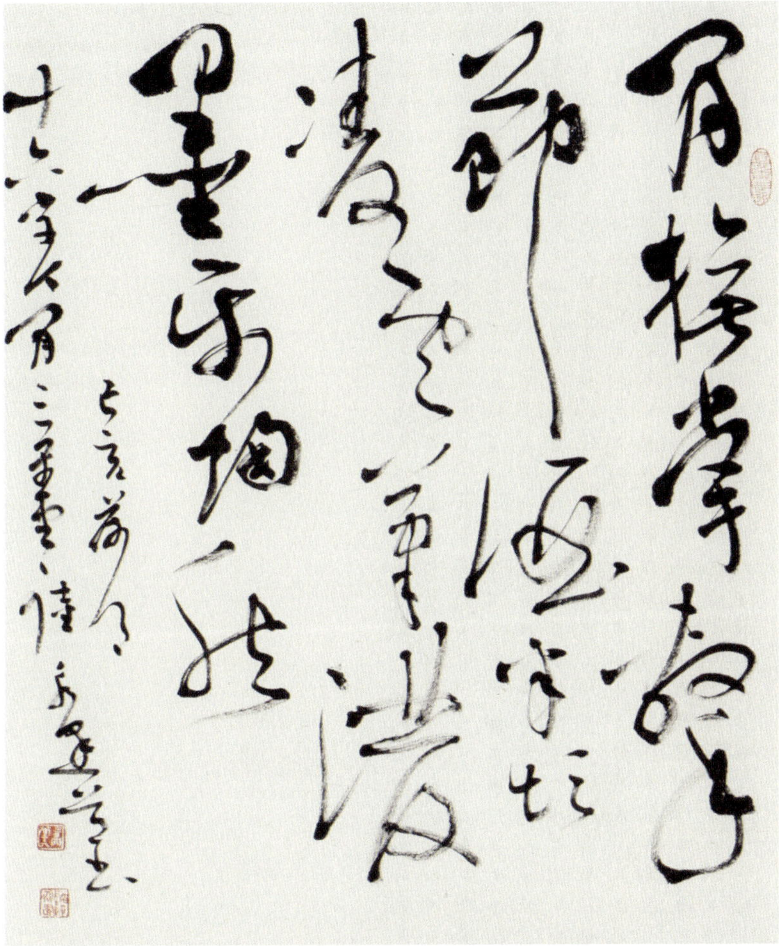

草书中堂《十六字令·闲》
57×70 cm　2019 年

小楷条幅《青竹碑林赋》

35×135 cm　2008 年

第二辑　书坛钩沉

通交流，以至于人们常说福建的方言是“十里不同风，一乡有一俗”。方言的复杂和独特，造成了交流的困难和障碍，古代许多福建人求学进仕入京从政后，常常因为语言表达等问题而产生社会交往困难，所以自古以来，福建人特别重视文字书写作为交往交流的重要方式，而中国汉字象形表意的特征，也十分符合福建人交流表达的强烈需求。因此，纵观历代，福建的学者大儒，多以著述闻名，很少看到因口才出众、讲学精彩而盛名于世，正如清代文学家周亮工记述的：“八闽士人咸能作小楷，而会城人尤工。此两浙三吴所未有，勿论江以北也。”[①]八闽之所以“咸能作小楷”的原因，很大程度上就是因为福建方言芜杂、语言交流不畅而导致的一种特殊文化现象，这就为闽籍古代书法名家的产生奠定了基础。

依山傍海的地理环境不仅造成了福建人擅书的倾向，更直接影响了书家的创作理念。在中国传统书法理论里，“书法自然”不仅是一种审美意向和创作方法，更是一个重要的美学理念，反映了古人认知和理解人与自然关系的生命哲学。象形表意的汉字往往被当成俯仰天地、观物取象的产物：“仰则观象于天，俯则观法于地，视鸟兽之文与地之宜，近取诸身，远取诸物。”[②]姜亮夫在《中国古文字学》中曾对此做过深刻的分析：“整个汉字的精神，是从人出发的，一切物质的存在，是从人的眼所见，耳所闻，手所触，鼻所嗅，舌所尝出发的，故表声以般（同磐），以箫管，表闻以耳，表高为上视，表低以下视，画一个物也以与人所感受的大小轻重为判，牛羊虎以头，人所易知也，龙凤最祥，人所崇敬也。总之，它是从人看事物；从人的官能看事物。”[③]

① 〔清〕周亮工：《因树屋书影》卷一，清康熙六年（1667）刻本。
② 〔东汉〕许慎：《说文解字》，杭州：浙江古籍出版社2016年版。
③ 姜亮夫：《姜亮夫全集》17卷《古文字学、甲骨学通论、诗骚聊绵字考》，昆明：云南人民出版社2001年版，第66页。

在中国古代，人与自然的呼应创造出汉字，以线条轨迹和墨韵流动表现这种呼应，就是书法。在亦静亦动的形迹运行中，感悟生命的义理，体会宇宙的奥秘，追求“天人合一”的至臻至美境界，正是书法创作的核心本义。而只有放下自我，敞开怀抱，沉浸身心去体验浩瀚的自然天地，才有可能真正掌握汉字的精髓，领会书法的美感。

在这方面，福建可谓具有得天独厚的优势。福建境内峰岭耸峙，丘陵连绵，河谷、盆地穿插其间，山地、丘陵占全省总面积的80%以上，素有“八山一水一分田”之称。这片灵山秀水，十分适合践行道法自然、天人合一的传统人文哲学理念，也非常适合实现书法艺术“书法自然”的审美理想。福建历代产生了不少尚法自然、倾慕田林、隐居山野的文人雅士。如曾对朱熹哲学思想产生重要影响的“武夷三先生”，个个结庐山林：刘勉之弃科举隐退田园，杜门高卧；刘子翚30岁便归隐屏山，告别官场沉浮；胡宪（籍溪）由太学归居故山，以耕读卖药为生……这些深受山水文化影响的福建人，皆以清高淡泊、读书著述为旨趣理想。表现在书法创作方面，则以崇尚自然、恣肆洒脱、慕真性情为追求。较北方书法名家普遍庄重、肃穆、雄伟的书风而言，古代闽籍书法名家往往表现出潇洒俊逸、流动畅美的风格，尤为别致生动，灵妙精彩。

由此可见，“闽”作为具有独特鲜明风格的地域，是一个包容自然地理、人文风俗、文化传统等复杂而多元内涵的概念，它提供的不仅是一个出生地域，更是文化根脉和思想资源，是关于社会人生、宇宙生命的认知理解的方式与角度。所以，我们选取并研究具有代表性的闽籍古代书法大家，不仅是为了个别的书法鉴赏和批评，更是为了集中考察福建文化的艺术源脉和承传流变，并以一种新的角度探索，进一步理解中国书法象形赋予的美学精神和深邃沉健的人文内涵：“书法史和所有的艺术史遵循同样的逻辑规律，它是时代思潮震荡变动与艺术发展需求共同作用的蜿蜒探索与曲折突破。在漫长的沿继承传与不断的变革创新过程中，会产生具有划时代意义的重要书家和作品……对他们的准确定位和理性认识，应该遵循历史线性纵轴和社会共性横轴共同定位的区间坐标判断标准，通过尽可能还原历史语境的当下性和真实性，客观而辩证地分析艺术内涵与历史价值，这也是书法艺术作为一门成熟的学科所必须具备的理论基础。”①

二、闽籍古代书法大家的气度

“艺术气度”，一般指艺术创作呈现的气魄和风度。书法的气度，是书法作品的风格特征，更是书法艺术的精神气派。如前所述，受福建自然地理和人文文化的影响，闽籍古代书法大家具有独特的精神气度，在中国古代书法艺术长廊中，留下光辉闪耀的篇章。查阅有关历史文献资料可以发现，因远离中原地区和山川江河等地理特征，一方面，福建古代交通往来不便，难得见到传世名家的书法珍品，正如徐𤊹在《红雨楼序跋》的跋中说：“闽地稍僻，来卖者显。”② 清代施鸿保说：“入闽以来，获靓真迹，不下数十幅，无不精妙，石仓固善书者，谅亦为他掩耶？”③ 由此，福建特别重视古法的学习和借鉴，逐渐形成书法艺术“尚古”风气的流传；另一方面，因为人文山水的濡染亲近，闽籍古代书法大家特别尚法自然而萧散自在、不随时风而品格独立，加上闽越地区民俗宗教的影响，其书风往往敢于出常人之法，创新超拔而奇异瑰丽，突破常规而恣意绝媚，形成截然不同于其他区域的气度。

北宋四大家之一的蔡襄，提倡“尚古”之风，正如《中国书法史》指出的：“蔡襄的历史定位应该这样论定：在他之前，北宋没有哪个

① 陆永建：《蔡襄书法在北宋时期的接受与传播》，《书法导报》书法理论版 2018 年 9 月 12 日。

② 徐𤊹撰，沈文倬校点：《红雨楼序跋》卷 2，福州：福建人民出版社 1993 年版，第 67 页。

③ 张毅：《宋代文学思想史》，北京：中华书局 2016 年版，第 260 页。

人能对传统书体做过如此全面和深入的继承，完全可以说，蔡襄的努力，结束了赵宋百年以来书法混沌无序的混乱局面，因而他无疑是个‘继绝世’式的人物。”[①] 可以说，蔡襄在书坛具有承前启后、“继绝世”的重要地位，就在于他在北宋初期书风不振、气氛低迷的情况下，大力提倡重视晋唐以来的法度精神，这也是他能够得到当时的文坛领袖欧阳修高度肯定和大力推举的重要原因。蔡襄认为：“近世篆书，好为奇特，都无古意。唐李监通于斯，气力浑厚，可谓篆中之雄者。学者宜如此说，然后可与论篆矣。”[②] 蔡襄提倡的“尚古”“求法”，并非一味摹古拟古，而是“入古而出新”，即在遵守法度、追求“古意”时，努力寻求书法格式与规范中蕴含的精神风采与格调意趣，彰显神采，坦荡性情，具有由“古意”而“匡时”的意图，所以陈振濂指出：“蔡襄在承唐启宋、承法启意方面的功绩毋庸置疑。”[③]

宋朝著名书家邓肃曾评价：“本朝评书，以君谟为第一，信嘉祐之间可以魁也。苏黄继出，文妙天下，而书又能张其军，于君谟若无甚愧者。然君谟如杜甫诗，无一字无来处，纵横上下皆藏古意，学之力也。”[④] 在这里，邓肃明确指出蔡襄“皆藏古意”的书艺倡导和实践对于后来者的深远影响，其实也暗示了“尚古”书风持续探索开拓的可能。作为理学家的朱熹也十分重视“尚古”，曾严厉批评宋朝中晚期“尚意”书风过于恣肆任性、放纵无度，以至于说“字被苏、黄胡乱写坏了”。[⑤] 但他的“尚古”追求也绝非刻板模仿，而是强调义理规则和道德法度的沉稳深厚和内敛端庄，正如方爱龙在《南宋书法史》里评价朱熹书法时所说的：“自浙东任

① 曹宝麟：《中国书法史·宋辽金卷》，南京：江苏教育出版社 2002 年版，第 78 页。
② 〔宋〕蔡襄：《端明集》卷 34，长春：吉林文史出版社 2005 年版，第 305 页。
③ 陈振濂：《蔡襄》，北京：紫禁城出版社 1988 年版，第 37 页。
④ 曾枣庄、吴洪泽：《宋代编年史 2》，南京：凤凰出版社 2010 年版，第 1222 页。
⑤ 朱熹：《朱文公文集》，成都：四川教育出版社 1996 年版。

上罢归建阳后，朱熹又在八闽之地，先后获观当地世家所藏蔡襄、苏轼、朱敦儒、喻樗、黄庭坚、米芾等人的法书和先贤范仲淹、程颐、杨时的墨迹，详可参见《晦庵集》卷82中相关题跋。也正是在从政六地、出游四方，使得朱熹有机会饱览各地圣境，考察先贤遗踪，结交时代俊彦，极大地丰富了人生阅历和充实了学术内涵，并在此基础上初步完善了自己的书法价值取向：在书法创作上远溯锺、王法书，兼绍北宋硕儒先贤遗迹；在书法观念上提倡‘书字时甚微’，反对‘争出新奇以投世俗之耳目’的时风流弊。”[①]针对其时书坛普遍无视法度而出现的“欹倾侧媚，狂怪怒张”的极端现象，朱熹提出“沉潜温厚”的书学思想，推崇北宋先贤硕儒，崇尚古体，重视法度，主张温良和顺、契合圣人之道的书法风气。这种建立于理学思想基础上的“尚古”书观，是对时风的反拨矫正，也是对艺术精神的理解尊重，是在蔡襄提倡“尚古”而“匡时”的基础上，对古代书法气度与格局的拓展。

两宋之后，闽籍大儒深受朱熹理学思想的影响，重视人格修养的“内圣”之学。如前所述，明朝末年，黄道周作为闽籍书法家的代表人物，就秉持“德成而上，艺成而下”的观点，将书法视为抒情言志、载道述业的一种方式，从而保持对书法艺术相对清醒独立而深切透彻的认识。因此，虽然黄道周对于古拙之风有着强烈的偏好，常常取法魏晋，兼及六朝，远师汉末钟繇，融汇索靖章草，但他能够做到出入内外而不沉湎其中，入古化今而彰显个性，以变幻金文与隶书的笔法，自如运用冷僻生奥的古体字和异体字，为作品带来苍茫朴拙的深邃“古意”，同时也赋予气韵生动的博大气象。可以说，这种舍弃外化钻研线迹的雕琢，内求精神心魄的澄明，在胸怀广宇、思接千古、俯仰天地间，实现心手双畅的物我两忘，通达真情真性的至善至美的艺术追

① 方爱龙：《南宋书法史》，上海：古籍出版社2008年版，第174–175页。

求，彰显了福建书法名家尚古而求自然、特立而显风采的气度，也为我们理解中国书法的“诗性文化”品质内涵提供了有益的借鉴。

黄道周的书学思想和他的生命哲学是浑融相契的，鲜明地印证了一种代表性的传统书艺观点，即“书品如人品”，即书法的品格气度，某种程度上体现了一个人的道德修养。这种审美标准在中国书法艺术的美学理论体系中十分根深蒂固，甚至人们一度通过品书而观人。但事实上，这种传统的书论观点并不严谨，如历史上对“宋四家”的蔡襄的地位屡有争议，质疑其艺术创作的审美性和书法贡献的重要性之间存在一定差距。这种评论在闽籍古代书法家张瑞图身上，表现得尤为矛盾分裂。熟悉张瑞图生平的人都知道，卷入“阉党案”的张瑞图一生小心谨慎，明哲保身，其人虽然未必品节有亏，但谨言慎行乃至虚与委蛇的情况却是不假，这与他书法风格凌厉狷狂、奇崛雄峭形成了鲜明的对比，甚至让不少书家疑惑不解：“最后有一点是我始终困惑的，人格卑下的张瑞图，性格懦弱，委曲求全，明哲保身，圆通机巧，为什么其书法竟然这样刚健生辣。”[①] 对这一问题的理解，正如我在研究蔡襄书法时指出的：“在重视人情义理的中国传统社会中，书法不仅是独特的造型艺术，更是思想交流、文化互动、文明传承的重要方式。因此，批评书法家或书法作品的书论，不仅是纯粹的审美判断，更是复杂的社会行为，它往往会影响书法艺术的文化传播和历史价值。”[②] 与其他文艺批评一样，赏鉴评析书法艺术和书法家，都需要重回历史现场，尽可能还原历史真实语境。如前所述，因为地域环境和人文文化等诸多原因，福建书法名家普遍形成了崇尚古法而追慕自然、背离

① 郑培亮：《人书两面》，转引自徐东树《晚明巨轴行草成熟的转折点——张瑞图书法艺术的历史意义》，《东方收藏》2011 年第 6 期。

② 陆永建：《蔡襄书法在北宋时期的接受与传播》，《书法导报》书法理论版 2018 年 9 月 12 日。

正统而特立独行的气度，这种风格特征在张瑞图身上也得到了发扬。张瑞图出身耕读世家，自幼学习儒学经典而出类拔萃，早期研习《淳化阁帖》等晋唐传统，而后深受孙过庭《书谱》“节笔”启示影响，结字及用笔借鉴怀素《小草千字文》，以及祝允明、文彭等吴派书家风格，堪称书学根基深厚，法度严谨。然而，福建的人文和地理环境对张瑞图的影响是根深蒂固的，他长期濡染研读闽学，往来深交佛禅，使他对“狂禅”思潮产生特别的亲近。“狂禅”思潮以李贽为代表，盛行于晚明，蕴含取万象归之于心而又以修本心返照万象的生命哲学，强调以“心性”融合统摄儒释道三教宗法义理，包含了“求其尽心”“见情见性”的个性解放与张扬以及以锤炼精进“仁义”本体而达匡时治世的追求，十分契合张瑞图欲报君恩而力所不及、牵挂仕途而如履薄冰的进退维艰状态。所以他以酣畅纵酒、洒墨挥毫的方式，保持主体独立而反诸心性、仁义济世而归旨虚寂，试图兼备经世治国的追求和个体自由的清平。表现在书法创作中，便是追求“禅悟证心”、反观自性的敞开与张扬。一方面，重视融会贯通，摆脱规则法度的束缚而求通达汇聚；另一方面，关注主体个性，发挥本真性情的张扬而达超拔创新，从而在“舍圆就方”、方硬直折的线条关系和着重突出传统避忌的露锋形式中，构成了抑闭而奔突、紧张而恣肆、滞涩又跳荡的独特审美意象，形成了矛盾中融合、冲突中协调的艺术陌生化效果，实现了对传统的颠覆和突破，开拓了跌宕震撼而耳目一新的艺术格局。

如果说张瑞图因为个体矛盾纠缠而努力在“尚古”与“特立”之间寻求到了一定的平衡，那么伊秉绶就是主动而自觉地追求融通古意和张扬个性的和谐统一。人们常论伊秉绶的隶书具有古意盎然的“古拙”之气，他本人确实有着“嗜古”之好，但无论是早期的帖学也好，后来的碑学也罢，对于伊秉绶而言，其实都是过程，而非结果。他关注的是选择性吸收、领会式把握和创造性发挥，力求深入其中而自得其外，获取朴茂简远的艺术效果，达到恢宏磅礴的艺术境界。这与他一生以宋儒为宗，并融通道家人文美学和禅宗生命文化有着深刻的关系。在深刻体悟儒学诚朴庄重的美学文化内涵的基础上，他灵活借鉴异体字入书，汲取古体文字的结构之美和笔法变化之情，着意通过字形严谨结构和笔势舒展意趣的有机结合，拓展章法空间的疏密错落层次，在看似素朴简约的审美范式和醇古悠远的意境中，彰显挫入顿出而流畅饱满、筋骨刚劲而洒脱自然的风格，创造了“拙诚”“至善”的通澈澄明的艺术境界，开拓了中国古代书法艺术的新时代。

三、闽籍古代书法大家的艺术主张

我之所以认为闽籍古代书法大家具有研究的价值，除了精彩纷呈、风格各异的书法精品佳作传世之外，还在于闽籍古代书法大家具有深厚严谨的书学思想，他们提出的关于书法艺术形态、创作方法、表现手段和发展趋势等主张，不仅是个人的感受体悟，更以对书法艺术本体认识和审美特征、美学内涵的深刻思考和探索，为中国古代书法艺术的绵延发展奠定了扎实的理论基础。

如前所述，闽籍古代书法大家具有“尚古”的气度，因此，重视书法创作的法度精神，也成为闽籍古代书家的一个普遍共识，这往往不是出于创作个体的兴趣偏好，而是适应时代思潮的趋势选择。无论是蔡襄针对北宋初年书坛萧条、法度浅薄现象提出的“法度”之说，还是朱熹从理学角度提倡的“尚古”之论，都体现了闽籍古代书法家对于书法艺术审美本体、社会功能等问题的深刻认识，具有社会共识性和时代意义。

晚明时期，福建书法艺术人才辈出，创作实践、理论探索尽显风采。清初学者朱彝尊曾高度评价闽籍诗人的特点：“明三百年，诗风屡变……独闽、粤风气，始终不易，闽自十才子后，惟少谷小变，而高、傅之外。寥寥寡和。若曹能始、谢在杭、徐惟和辈，犹然十才子调也……

能始与公安、竟陵往还唱和。而能爝然不滓，尤人所难。”晚明以来的福建书坛蓬勃兴盛，篆、隶、楷、行、草诸体均有名家佳作，书法理论探索也得以不断深入拓展。研究中提到的张瑞图，虽然没有明确成文的书学理论研究，但从他狂放恣肆、凌厉迅疾的笔势气派和奇崛方峭的结体章法以及对历代书家的赏析评论中依然可以清晰发现，他深受晚明“狂禅”思潮影响，主张张扬本真性情，着重于书法笔画形式之外的内在情韵，并将这种舍弃表象而通达意蕴的目标，作为艺术创造的主旨追求。这种观点在当时极具代表性，不仅仅在于传统之外另辟蹊径，更具有历史转折性意义，其影响延至当代。

如前所述，以“书品即人品”的传统书艺观点考察张瑞图是很难成立的，这种“艺术道德化”的审美标准主要服务于政治秩序的建构与运行需要，当伦理道德标准被升举到至高无上的地位时，很有可能妨碍正常的艺术审美判断。如何较好地尊重、理解和判断书法作为中国古代社会交流手段的实用性，以及作为中华传统艺术创造的审美性，是中国书法艺术理论进一步深化和发展需要解决的问题。黄道周提出的“遒媚为宗，加之浑深”的书法艺术主张，就是试图融合主体道德修养和艺术审美创造的理论探索。因为秉持“德成而上，艺成而下”的生命观和价值观，所以他将书法当作“载道述业”的一种方式，当作主体人格的充分表达，当作从心而出的性情挥洒和慕志而成的精神创造。从这个理论基础出发，书法艺术美的关键，不在于流动变幻的外形，而在于本源内核的生命精髓，在于通过对“气”的发挥和“韵”的传达，最终达到“气韵生动”的至臻至善的境界。

明清以来，福建书法艺术已经逐渐出现流派趋势，在艺术主张、创作风格、活动集结等方面都具有比较鲜明的特征，对于书法理论的探索也大大拓展深入。伊秉绶作为这一时期具有划时代意义的书法大家，以“莫可忘拙”的书法艺术主张开启了书法艺术理论崭新的局面，不仅是赏析其隶书创作“气势生乎流便，精魄处于锋芒”非凡气度的核心，更表达了中国传统文化对质朴无华、天然本真审美形态的推崇，体现了中国传统艺术积极寻求儒家伦理道德秩序和个体精神自由之间的协调平衡的不懈努力。

中国书法艺术博大精深，源远流长，福建书坛群星荟萃，代有人才。本文仅甄选蔡襄、朱熹、黄道周、张瑞图、伊秉绶等闽籍古代书法大家为代表进行研究，尚有许多书法名家未能尽入其列。我希望，这只是考察福建书法艺术传承发展的开始，是开启新的角度观照和研究中国古代书法艺术的一种尝试。

（刊于《书法导报》2019 年 2 月 27 日）

认同的焦虑与影响的选择

——蔡襄书法在北宋时期的接受与传播

书法是以汉字为表现对象的艺术，在以毛笔书写汉字作为主要文字记载和流传方式的传统社会中，书法既具有记录传达、沟通互动的实用性，也具有抒发情感、表达意念的艺术性，更具有拟态自然、同应造化、冥合元气的创造性，正如赵构所说："余尝谓，甚哉字法之微妙，功均造化，迹出窈冥，未易以点画工，便为至极。"[①]书法艺术强烈的抽象性和博大的象征性特征，使传统书法评论形成了以鉴赏式感悟为主的主要方式，典型如唐朝张怀瓘《书断》中论及欧阳询时称："飞白冠绝，峻于古人，有龙蛇战斗之象，云雾轻浓之势。风旋电激，掀举若神。"[②]《书断》通篇以生动形象的文学性修辞评论具体的书法创作，风格鲜明，情感浓烈，具有典型的非逻辑性个性化特征，这就是唐代虞世南所说的："书道玄妙，必资神遇，不可以力求也。机巧必须心悟，不可以目取也。"[③]诚然，作为表现情韵哲思的艺术创造，就个别书法作品的品评而言，这种个性化、感悟式的鉴赏是适用且允

① 赵构：《翰墨志》，选自《历代书法论文选》，上海：书法出版社 1979 年版，第 37 页。

② 乔志强编著：《中国古代书法理论解读》，上海：人民美术出版社 2012 年版，第 194 页。

③ 乔志强编著：《中国古代书法理论解读》，上海：人民美术出版社 2012 年版，第 137 页。

许的。但随着社会经济文化等各项事业的发展，书法研究也更加深入，书法理论愈加成熟，书法逐渐从个体艺术创造成长为一门严整的学科。此时，这种强调意会和领悟的“玄妙”鉴赏方式，显然就不够严谨规范，不仅影响人们对书家和作品的辩证分析，更可能由此影响对书法艺术历史发展的系统性考察和整体性观照。

作为宋代著名的“苏、黄、米、蔡”四大书家之一，蔡襄的书法风格浑厚端庄，气质妍丽温雅，以自成一体的范式，开启了宋代书法的独特风气。这本是无可争议的历史事实，也确实成为后世书家的共识。但与此同时，对于蔡襄的书法艺术水平和成就，却存在些许异质杂音。尤其进入当代，不少研究者往往从书法发展的纯艺术审美角度，批评其风格过于拘于严谨，缺乏宋朝“尚意”书风的洒脱俊逸和开拓创新，甚至有人提出“宋四家”的“蔡”应该是蔡京而非蔡襄等质疑。笔者认为，存在争议的主要原因，在于缺乏对历史语境的还原性把握和对历史发展的整体性理解，即对北宋书法艺术发展特征以及书法艺术的接受、传播认识不足。正如启功论蔡襄诗所云：“矜持有态苦难舒，颜告题名逐字摹。可笑东坡饶世故，也随座主誉君谟。”[①] 蔡襄的书法成就固然卓越，但他能够在宋朝书坛占据不可取代的宗师地位，很大程度与同时期欧阳修的认同与支持以及后代苏轼、黄庭坚、米芾等重要书家的艺术接受和文化传播，有着密不可分的关系。更重要的是，这种代际承传与沿革，不仅反映了宋朝书法“尚意”风格的内在发展逻辑，也体现了书法艺术独特的流变过程。因此，本文拟通过考察蔡襄书法艺术在宋朝的接受与传播，正确认识和客观评价蔡襄书法艺术的历史价值，并进一步深入理解书法艺术的发展特征。

---

① 启功：《论书绝句》，北京：三联书店2014年版，第130页。

一、欧阳修对蔡襄的支持与推举

北宋初期，书法艺术呈现整体萧条的状态，书法名家稀少，书法佳作罕见，只有由蜀入宋的李建中和以篆书名世的徐铉、徐楷兄弟以及郭忠恕、王文秉、林逋等几位书法家勉强维持着落寞的书坛。究其原因，一是战乱频繁，导致历代书法精品佳作频受毁灭性破坏，阻碍了书法艺术的良好传承和发展，即宋朝朱长文在《续书断》里所说的："盖经五季之溃乱，而师法罕传，就有得之，秘不相授，故虽志于书者，既无所宗，则复中止，是以然也。"[①] 二是因为汉唐魏晋以来，书法艺术已经发展到了一定高峰，形成了比较稳定的风格范式，北宋书法想在此基础上进一步突破创新，显得尤为艰难。对此，革新文化领袖欧阳修感叹："右武尽礼笔法精劲，当时宜自名家，而唐人未有称之见于文字者。岂其工书如尽礼者，往往皆是，特今人罕及尔？余每得唐人书，未尝不叹今人之废学也。"[②] 智识高远、学术渊深的欧阳修，以文化建设与发展为己任，力求革新鼎故，树立文苑新风，因此他对书法艺术，自然多出一份深切的关怀。他曾在《集古录跋尾》中坦言："圣宋兴百余年间，雄文硕学之士，相继不绝，文章之盛，遂追三代之隆，独字书之法，寂寞不振，未能比踪唐室，余每以为恨。"[③]

文坛"盟主"欧阳修很快将对现实状态的忧虑转化为革新的实践，并在文苑领域努力开垦，创作了大量诗文，以期提振文化风气。《神宗旧史·欧阳修传》对此给予极高的评价："是时，尹洙与修亦皆以古文倡率学者，然洙材下，人莫之与。至修文一出，天下士皆向慕，为之唯恐不及。一时文字，大变从古，庶几乎西汉之盛者，由修发

① 栾保群主编：《书论汇要》（上册），北京：故宫出版社 2014 年版，第 296 页。
② 欧阳修：《集古录跋尾》，北京：人民美术出版社 2010 年版，第 134 页。
③ 欧阳修：《集古录跋尾》，北京：人民美术出版社 2010 年版，第 91 页。

之。”[①] 在欧阳修看来，一个社会的文化建设，是包括诗书画文等各个领域的系统性发展，因此书法艺术也应革新开拓。然而与他在诗词文章方面的斐然风采不同的是，欧阳修的书法修为着实有限，他曾自述：“某亦厌书字，因思学书各有分限，殆天之禀赋，有人力不可强者。往年学弓箭，锐意三四年，不成，遂止。后又见君谟，言学书最乐，又锐意为之。写来写去，转不如旧日，似逆风行船，著尽力气，只在旧处，不能少进。心竭力倦，遂已。身老矣。安能自苦如此耶？”[②] 虽然刻苦勤勉，但欧阳修在书法方面总是难有长进，这种力有不逮，让他产生了“苏子归黄泉，笔法遂中绝。赖有蔡君谟，名声驰晚节。醉翁不最力，每欲追其辙”[③] 的沮丧感。但正是由于这份遗憾的不足，使欧阳修注意到蔡襄，并在此后互动交往的认同中，强而有力地助推蔡襄登上了书坛高峰，使其书法在宋朝得到广泛传播并产生了深远影响。

蔡襄受欧阳修青睐，首先得益于两人相似的仕途经历。蔡襄的为官之路较为坎坷，他于开泰元年(1012)出生在福建仙游，19岁登进士甲科，20岁授漳州军事判官，景祐四年（1037）为西京留守推官，宝元三年（1040）迁调入都，任秘书省著作左郎，从充馆阁校勘开始，最后权知杭州。蔡襄一生三次出入京都，可谓沉浮动荡。而欧阳修的仕途也是风雨飘摇，入京、被贬、起用等曲折经历，几乎贯穿了他的一生。对于心怀广志、效力朝廷的传统文人而言，仕途是人生的主旋律。因此，相似的仕途经历，使欧阳修与蔡襄两人同病相怜、惺惺相惜。两人时以书信交流，互动频繁，欧阳修对蔡襄赞赏有加，溢于言表：“蔡君

① 欧阳修：《欧阳修集编年笺注》8卷附录《神宗旧史·欧阳修传》，成都：巴蜀书社2007年版，第528页。

② 欧阳修：《欧阳修集编年笺注》8卷《与梅圣俞书二六》，成都：巴蜀书社2007年版，第191页。

③ 欧阳修：《欧阳修集编年笺注》3卷《学书二首》，成都：巴蜀书社2007年版，第482页。

谟独步当世，此为至论。君谟行书第一，小楷第二，草书第三。就其所长而求其所短，大字为小疏也。天资既高，辅以笃学，其独步当世，宜哉。”① 他还在《跋永城县学记》中盛赞蔡襄：“及宋一天下，于今百年，儒学称盛矣。唯以翰墨之妙，中间寂寥者久之，岂其忽而不为乎？将俗尚苟简，废而不振乎？抑亦难能而罕至也？盖久而得三人焉，向时苏子美兄弟以行草称，自二子亡，而君谟书特出于世。君谟笔有师法，真草惟意所为，动造精绝。”② 欧阳修甚至自谦蔡襄给予他不少书法艺术的启发和引导：“予非知书者，以接君谟之论久，故亦粗识一二焉。”③ 从欧阳修对蔡襄书法艺术的赞赏，以及对蔡襄书法地位的肯定，可以看出，他是有意将蔡襄塑造成北宋书坛的领军人物，达到革新文坛风气、致力文苑建设的初衷。

因此，欧阳修对蔡襄的赞誉和推崇，既有朋友间互相欣赏的情谊，更有文化理念上彼此扶持的期待。首先，两人对书坛状态的认识是一致的，欧阳修曾说：“然余常与蔡君谟论书，以谓书之盛莫盛于唐，书之废莫废于今。”④ 其次，两人在文艺理解和实践方面也志同道合，皆提倡“入古而出新”，即在遵守法度、追求深茂绵密的“古意”时，尽力彰显神采，坦露性情。蔡襄留下的书论很少，目前学界整理的为数不多的书法品鉴散论中，对晋唐法度的推崇是他书法创作的第一要旨，他认为：“近世篆书，好为奇特，都无古意。唐李监通于斯，气力浑厚，

① 欧阳修：《欧阳修集编年笺注》8卷《论蔡君谟书》，成都：巴蜀书社2007年版，第346页。

② 欧阳修：《欧阳修集编年笺注》4卷《跋永城县学记》，成都：巴蜀书社2007年版，第411页。

③ 欧阳修：《欧阳修集编年笺注》4卷《跋茶录》，成都：巴蜀书社2007年版，第415页。

④ 欧阳修：《集古录跋尾》，北京：人民美术出版社2010年版，第145页。

可谓篆中之雄者。学者宜如此说，然后可与论篆矣。”[①]个别研究认为，蔡襄讲求法度精神，忽视个性创新，因此与宋朝“尚意”书风的联系不大，这种观点显然是有失偏颇的。因为蔡襄在推崇晋唐法度之后，又特别强调：“学书之要，惟取神气为佳。若模象体势，虽形似而无精神，乃不知书者所为耳。”[②]法度固然重要，但一定要杜绝简单机械的刻板模仿，着重追求“法内精神”与“法外之意”：“尝观《石鼓文》，爱其古质，物象形势有遗思焉。及得原叔鼎器铭，又知古之篆文，或多或省，或移之左右上下，唯其意之所欲，然亦有工拙。秦汉以来，裁得一体，故古文所见止此，惜哉！”[③]显然，蔡襄的“求法”并非一味拟古尚古，而是寻求书法格式与规范中蕴含的精神风采与格调意趣。所以他的主要作品如《虹县帖》《山居帖》，才能做到行笔流畅自然，点画瘦劲，布局疏朗；《扈从帖》笔致圆润沉厚、结体宽博大方，神清骨荡，气脉贯通；而《郊燔帖》则运笔飞动自如，笔画浑雄劲实，婉转飞扬……可以说既有法度又不乏神韵，既有规矩又不失个性，更遑论他开创的自由潇洒不失俊逸的“飞草”写法，体现了他重视“法外之意”而“匡时济世”[④]的书艺思想，如陈振濂所说：“蔡襄在承唐启宋、承法启意方面的功绩毋庸置疑。”[⑤]

具有法度而不乏神采的“古意”，同样是欧阳修秉持的一个重要文艺理念。他在《与石推官第一书》中，曾批评石介作书“率然以自异”、轻视古法，因此“不足为来者法”。他甚至花费18年时间汇编《集古录》千卷，集录古碑石和古文字等，并自述：“余初不识书，因《集古》

① 蔡襄：《端明集》卷34，长春：吉林文史出版社2005年版，第305页。
② 乔志强编著：《中国古代书法理论解读》，上海：人民美术出版社2012年版，第139页。
③ 蔡襄：《端明集》卷34，长春：吉林文史出版社2005年版，第304页。
④ 陈振濂：《蔡襄》，北京：紫禁城出版社1988年版，第37页。
⑤ 陈振濂：《蔡襄》，北京：紫禁城出版社1988年版，第37页。

著录，所阅既多，遂稍识之，然则人其可不勉强于学也。”[①] 还说：“余以集录古文，阅书既多，故虽不能书，而稍识字法。”[②] 通过广览遍读，精研深悟，欧阳修体会到遵守晋唐法度的最终目的，是要努力突破追求中和平正、重视统一和谐的“尽善尽美”的审美观，通达“出入有法”而“意态无穷”的至高境界。在“法”“意”融通的艺术观念上，欧阳修与蔡襄可谓是志同道合，因此欧阳修称赞蔡襄：“君谟笔有师法，真草唯意所为，动造精绝，世人多藏以为宅，而予得之尤多。若《荔枝谱》《永城县学记》，笔画尤精有法者。故聊志之。俾世藏之，知余所好而葺家之有此物也。”[③] 在欧阳修看来，正因为遵守法度而又酿造神采，蔡襄才能够达到“动造精绝”的境界。

无论是出于文化革新的需求，还是源于性情经历的相投，或者因为理念观点的相近，欧阳修和蔡襄都结下了不解之缘。欧阳修以自己文坛盟主的地位，高度认同并大力推崇蔡襄成为北宋书坛的领军旗手，而蔡襄自然也积极响应并予以密切配合，他在《答欧阳永叔书》中直言：“蒙书以《集古录序》见托书于石……以永叔之文章与所趣尚，举而行之，极于不泯，岂假书字之工而后传哉？然古之碑铭桓表，亦有以书而传者，观其人莫不勤苦毕世，乃成其艺，襄之所能特浅浅尔……如公之文与所尚，诚得附名篇末，以永其传，兹其幸也，其敢辞焉？”[④] 可见，欧阳修与蔡襄之间的互相欣赏与彼此认同，既有艺术交流的惺惺相惜之情，更有文化事业的携手共进之志，这种感性经验的理性认同，在

① 欧阳修：《欧阳修集编年笺注》7卷《唐兴唐氏石经藏赞》，成都：巴蜀书社2007年版，第472页。

② 欧阳修：《欧阳修集编年笺注》7卷《唐裴公纪德碣铭二》，成都：巴蜀书社2007年版，第501页。

③ 欧阳修：《欧阳修集编年笺注》4卷《跋永城县学记》，成都：巴蜀书社2007年版，第411页。

④ 蔡襄：《蔡襄集·答欧阳永叔书》，上海：上海古籍出版社1996年版，第476页。

互相支持和互相成就中，改变了北宋初期低迷不振的书坛风气，为“尚意”书风的构建和发展奠定了扎实的基础。

二、苏轼、黄庭坚、米芾对蔡襄书法的传承与接受

通过欧阳修和蔡襄等人的努力，北宋开启了“尚意”的书风，即在提倡“师古”“法度”的前提下，追求“法”“意”相融汇通的书法艺术表现。这不仅改变了北宋初期低迷不振的书风格局，让后起之秀们有了明确的师法对象，同时也有了鲜明的超越目标和前进动力。宋朝邓肃评价：“本朝评书，以君谟为第一，信嘉祐之间可以魁也。苏黄继出，文妙天下，而书又能张其军，于君谟若无甚愧者。然君谟如杜甫诗，无一字无来处，纵横上下皆藏古意，学之力也。”[①]

然而，邓肃在充分肯定蔡襄书法对后代书家深刻影响的同时，其实忽略了这种影响可能产生的“一体两面”作用：一方面，蔡襄书法作为北宋翘楚典范，为后代书家研习提供了重要的借鉴价值；另一方面，蔡襄在北宋书坛的“旗手”身份，也往往容易给后代书家的突破、超越和创新带来强大压力。从出生时序来看，蔡襄生于1012年，苏轼生于1037年，黄庭坚生于1045年，米芾则生于1051年，蔡襄可算前辈无疑，而他又受到文坛领袖欧阳修的高度肯定和推崇，乃至成为典范式的“尊奉”：“《阴符经序》，则蔡君谟以为柳书之最精者，云：‘善藏笔锋。’与余之说正相反，然君谟书擅当世，其论必精，故为志之。”[②]当鉴赏观念与蔡襄有所出入时，欧阳修仍然选择奉蔡襄的艺术判断为标准，由此可见蔡襄在北宋书坛不可撼动的权威性。连欧阳修都如此，更不要说正在学习长进中的后辈书家，他们深受蔡襄影响的同时，其压力之大可想而知。

① 曾枣庄、吴洪泽：《宋代编年史2》，南京：凤凰出版社2010年版，第1222页。

② 欧阳修：《唐郑澣阴符经序》，欧阳修《欧阳修全集》，北京：中国书店1986年版，第1199页。

美国批评家哈罗德·布鲁姆曾在《影响的焦虑》中指出，从严格意义上来说，每个作家都会受到前辈大师的影响，前辈的卓绝艺术成就，对于他们而言，不仅是丰厚的馈赠，同时也是巨大的屏障。他们既沿袭承传、参考借鉴，又努力想摆脱突破、超越革新，由此，将或多或少产生压抑、束缚和不安等种种焦虑。当这种复杂的焦虑情绪产生并作用于具有创造力的作家身上，就很有可能转化为一种创新动力，从而推动他们勇于探索，开创新的文学局面。[1]借用布鲁姆的观点，审视蔡襄书法在北宋的接受与传播，无疑是具有一定启发性的。

苏轼对蔡襄的接受与传播就颇具代表性。苏轼对蔡襄是十分尊崇的，他在《东坡题跋》里点评最多的就是蔡襄的书法。他在《东坡集》中说："君谟真、行、草、隶无不如意，其遗力余意变为飞白，可爱不可学。近岁书以君谟为第一。"并表示："仆论书以君谟为当世第一，多以为不然，然仆终守此说也。"[2]不少研究者认为苏轼对于蔡襄的高度肯定，主要是因为"随座主誉君谟"，即出于对自己老师欧阳修的附庸与跟从，这实在低估了苏轼的能力。作为一个才华横溢、个性鲜明并终于璀璨绽放留名千古的一代文学名家，苏轼绝对是一个对艺术拥有极高审美理解并具有独立文化认知和判断的人。他对蔡襄的赞誉，一方面是源于本人对于蔡襄书法艺术的认同，如他说："追配前人者独蔡君谟书，天资既高，积学深至，心手相应，变态无穷遂为本朝第一。"[3]另一方面，是基于对自身艺术创造力的高度自觉和强大自信。比较苏轼和欧阳修对蔡襄的推崇，很容易发现，在苏轼这里，对蔡襄

① 哈罗德·布鲁姆：《影响的焦虑》，徐文博译，南京：江苏人民出版社 2006 年版，第 3 页。

② 苏轼：《苏轼文集·跋君谟书》，孔凡礼点校，北京：中华书局 1986 年版，第 2182 页。

③ 苏轼：《评杨氏所藏欧蔡书》，《苏东坡全集》卷 6，北京：北京燕山出版社 2009 年版，第 3206 页。

的高度肯定，更多不是因为惺惺相惜、携手志业的欣赏与扶持，而是有所选择的认同与接受。如苏轼说："遇天色明暖，笔砚和畅，便宜作草书数纸，非独以适吾意，亦使百年之后，与我同病者有以发之也。张长史、怀素得草书三昧，圣宋文物之盛，未有以嗣之，惟蔡君谟颇有法度，然而未放，止与东坡相上下耳。"[①] 在这里，苏轼毫不谦虚地说自己与蔡襄"相上下耳"，足可见他对自己书法艺术成就的充分自信，这也是他能够在蔡襄提倡"古意"基础上，进一步提出"我书意造本无法，点画信手烦推求"[②] 这样"尚意"书风宣言的根本原因。

然而，像苏轼这样具有强大自信的后辈书家毕竟是少数，大多书家都是亦步亦趋地盲从跟随，能够很好地处理"影响焦虑"而客观理性地对待前辈成就的终究为数不多。与苏轼相比，宋朝的黄庭坚、米芾等后代书家对蔡襄的态度显然要激进得多。如黄庭坚在《题蔡致君家庙堂碑》中曾评论："蔡君谟真行简札，能入永兴之室也。"[③] 然而他转而又说，"蔡君谟行书简札，甚秀丽可爱，至于作草，自云得苏才翁屋漏法，令人不解。近见陈懒散草书数纸，乃真得才翁笔意。"[④] 而后，更严厉地指出，"君谟书如蔡琰《胡笳十八拍》，虽清壮顿挫，时有闺房态度。"[⑤] 一方面赞誉蔡襄书法"秀丽可爱""清壮顿挫"，一方面又批评其书风"时有闺房态度"，这种前后不一致的评价，不

① 苏轼：《苏轼文集·跋君谟书》，孔凡礼点校，北京：中华书局 1986 年版，第 2570 页。

② 毛万宝、黄君编：《中国古代书论类编·石苍舒醉墨堂》，合肥：安徽教育出版社 2009 年版，第 420 页。

③ 黄庭坚：《题蔡致君家庙堂碑》，吴光田编注《黄庭坚书论全辑注》，石家庄：河北教育出版社 2008 年版，第 218 页。

④ 黄庭坚：《跋蔡君谟帖》，吴光田编注《黄庭坚书论全辑注》，石家庄：河北教育出版社 2008 年版，第 104 页。

⑤ 黄庭坚：《题蔡君谟书》，吴光田编注《黄庭坚书论全辑注》，石家庄：河北教育出版社 2008 年版，第 93 页。

免自相矛盾而令人费解。而米芾则更加尖锐，他直言："蔡襄书如少年女子，体态娇娆，行步缓慢，多饰名花。吾友何不易草体？想便到古人也。盖其体已近古，但少为蔡君谟脚手尔！"[①] 显然，黄庭坚和米芾对蔡襄的批评是基于"尚意"书风的成熟和完善程度而言，皆指责蔡襄过于讲究协调统一的布局和精湛的法度精神，缺乏潇洒意境的营造和率真性情的表现。

就蔡襄的主要书法作品来看，无论是他的楷书《万安桥记》，还是行书《思咏贴》《澄心堂纸贴》等，确实鲜明地体现了对于格式的重视和对于规范的讲究。如前所述，这本身就是针对北宋初期书坛风气不振、范式不整等特殊情况的一种艺术实践。但遵守法度，并不妨碍蔡襄对风采神韵的思考和追求，从他对魏晋行草书与唐代草书的品评即可见一斑。他论晋人书法时称"晋人书，虽非名家，亦自奕奕，有一种风流蕴藉之气"，评论王羲之时赞其"投笔处皆有神妙"，评论王献之时说"子敬放肆豪迈"等等。表现在创作实践中，蔡襄力求于严整中有神采，于规矩中显风流，尤其是他为世人称道的楷书作品，力厚骨劲，端严遒丽，行笔沉着婉美，结体明润清朗，"端劲高古，容德兼备"的整体风格中，自有一番俊朗神逸的风采，实属"尚意"书风的雏形。而这种遵守法度、讲求章法的同时，努力思考和探究神采发挥意蕴张扬的艺术实践，对于宋朝乃至中国古代书法艺术的发展，确实具有不可否认的价值。黄庭坚和米芾等后代书家，将这种探索初期的实践，和"尚意"风格发展日渐成熟的丰富相对比，片面重视或强调笔势开张、点画飞动、灵性潇洒的完整性，是苛责而不恰当的。

然而我们应该注意到，黄庭坚和米芾等的苛责，并不意味着他们的无知或无畏，恰恰相反，黄庭坚也好，米芾也罢，这些追求"意足

① 栾保群主编：《书论汇要·海岳名言》，北京：故宫出版社2014年版，第326页。

我自足，放笔一戏空”的杰出书家，他们“自成一家”的风范，都是建立在师法前人的扎实学习的基础上。如黄庭坚深研颜真卿书法，广涉李北海、柳公权、智永、欧阳询、褚遂良、徐浩等作品，可谓博采众长，诚纳百家；而米芾则先习唐楷，由颜而柳，直至欧阳询、褚遂良、沈传师、段季展等，后经苏轼点拨改学晋人，于王献之用功尤深，更经历了遍临天下前人法帖的“集古字”阶段，最终修炼成自己“八面出锋”的恣肆风格。也就是说，黄庭坚、米芾等宋朝书家，并非一叶障目的井底之蛙，也不是横空出世的特立独行，他们长期认真、勤勉而谨慎地学习和汲取前人的艺术成果。正因为如此，前人卓绝的艺术成就，往往容易成为他们艺术创新的障碍，要超越前人形成的鲜明独特的风格，要突破成规占据的一席之地，可能就需要采取某些“决绝”的姿态。对于蔡襄这样的艺术高峰，一味地仰望只能带来模拟的依附，只有翻越的“反叛”才有可能带来突破的创新。因此，黄庭坚和米芾对蔡襄那些看似无意的、不无苛责的批评，其实是在承继前辈的艺术精粹之后，试图以“反叛”的背离姿态，求险逐异、展现自我的一种尝试。不得不说，传承延续而突破创新、谨守尊重而背离超越的艺术精神和实践，正是中国数千年书法传统绵延不绝而不断推陈出新、文脉根深而能各领风骚的深层原因。

三、蔡襄书法的接受与思考

在重视人情义理的中国传统社会中，书法不仅是独特的造型艺术，更是思想交流、文化互动、文明传承的重要方式。因此，品评书法家或书法作品的书论，不仅是纯粹的审美判断，更是复杂的社会行为，它往往会影响书法艺术的文化传播和历史价值。对蔡襄书法的接受与传播，除了之前所说的出于文化建设和发展考量的大力推举，以及源于“影响焦虑”的艺术超越等，还有很重要的一种方式，即“人格化书艺”的影响和传播，这也是书法艺术评论中十分常见的一种文化美学标准。

书法是具有强烈情感意味的象征性艺术，它以点线组合和墨迹流动，构成一个涵纳万千、包容万象的精神世界，不仅表现了创作主体内在的生命意志和生命活力，更是纵浪大化吞吐，俯仰天地自然，探触太玄穹宇。因此，书法艺术鲜明地体现了人格主体精神力量的外显，一笔一画的起伏纵横，并非出自手腕的机械掌控，而是源于主体精气神的灌注与展示，是活泼生命运行的轨迹。传统书论长期以来存在以人品论书艺的评价方式，即以人格品性、性情修养为参照，品评书法艺术水平的高低，论断书法家历史地位的高下，从西汉扬雄的“书，心画也”，[①] 到清朝刘熙载的“书者，如也，如其学，如其才，如其志，总之曰如其人也”，[②] 充分可见人品与书品合一的儒学艺术思想。这是一种非常典型的“艺术道德化”标准，以这种标准鉴赏品评书法艺术，不仅赋予作品鲜明的社会功能价值，更将深刻影响创作者和作品的文化传播。

欧阳修就持有鲜明的“人品论”观点，他说：“古之人皆能书，独其人贤者传遂远。”[③] 在他看来，创作书法并不难，但创作优秀而传播深远的精品，就需要创作主体人格品性的修炼和完善。正是基于这样的理念，欧阳修才会对蔡襄如此高度赞誉和极力推崇，无论是经历相似的惺惺相惜，还是理念相近的志业共进，其实都源于人格品行认同的社会价值考量。出于对蔡襄人格品性的认同肯定，从而欣赏他的艺术创作，并进而推举他为北宋初期的书坛领袖，这就是欧阳修由人格

① 乔志强编著：《中国古代书法理论解读》，上海：人民美术出版社 2012 年版，第 36 页。

② 乔志强编著：《中国古代书法理论解读》，上海：人民美术出版社 2012 年版，第 47 页。

③ 欧阳修：《欧阳修集编年笺注》7 卷《世人作肥字说》，成都：巴蜀书社 2007 年版，第 159 页。

而书法、再由书法至人格的艺术判断逻辑。

以儒学思想为主的中国传统社会，其文化秩序是以“仁”为核心，以“中”为方式，以“和”为目的的道德规范与伦理纲常，即在究天人之际、明修身之道、述治国方略、求天下为公，最终实现天人和谐境界的过程中，注重修身养性，强调道德践履，追求明睿通达。因此，人格高尚与德行端正往往成为最重要也是最关键的艺术标准。可想而知，被欧阳修论断为“文”“质”皆善的蔡襄，在书坛的地位是扎实而稳固的，其影响也必然是深广而久远的，正如南宋的周必大所说：“蔡忠惠公书为本朝第一，苏文忠公言之矣，谁敢改评？”[①] 人格化书艺的独特审美标准，不得不说是蔡襄书法传播广泛的一个重要原因。

苏轼从人格化书艺的角度，把对蔡襄的认同与传播更往前推进了一步，甚至将他从艺术标杆推举到社会道德楷模的地位。他在《跋陈隐居书》中说：“轼闻之，蔡君谟先生之书，如三公被衮冕立玉墀之上。轼亦以为学先生之书，如马文渊所谓学龙伯高之为人也。书法备于正书，溢而为行、草，未能正书而能行、草，犹未尝庄语而辄放言，无是道也。”[②] 在这里，苏轼以学做人比喻学书法，学蔡襄之书，如学立人之本，先要规范端正，法度扎实，而后才能通达性情张扬。显然，苏轼已经不仅是在谈论书法，更是在讨论道德品行的培养和锤炼，蔡襄书法的意义也由此突破了艺术审美范畴，而具有社会道德模范的价值。这样的品评，对于蔡襄书法的社会价值提升和文化品质传播，具有不可忽视的重要作用。

然而，我们必须注意到，书法作为一门独立的艺术，具有自己特殊的艺术语言和技法特征、强烈的社会功能和“人格化”美学标准，更

① 周必大：《跋临江守潘焘所收蔡君谟写韩文三箴》，《周文忠公集》卷1，曾枣庄、吴洪泽《宋代文学编年史3》，南京：凤凰出版社2010年版，第1971页。

② 苏轼：《苏轼文集编年笺注·诗词附9》，成都：巴蜀书社2011年版，第513页。

多是服务于政治秩序的建构与运行需要，当伦理道德标准被升举到至高无上的地位时，很有可能妨碍正常的艺术审美判断。如北宋的李之仪认为，在书法艺术中，人格修养的道德性应该远高于书法创作的艺术性，他说："凡书精神为上，结密次之，位置又次之。杨少师度越前古，而一主于精神。柳诚悬、徐季海纤悉皆本规矩，而不自展拓，故精神有所不足。或谓习字正如习马，步骤驰骋，各有先后，一失其节，御者所愧，至其奔逸绝尘，则乃能见其材。"[①] 像李之仪这样，完全以人格修养的高低品论艺术水平高下的情况，在中国古代书论中非常普遍，尤其鲜明地表现在对蔡襄书法的评论和判断上。明末书法家张丑说："宋人书例称苏黄米蔡者，谓京也，后世恶其为人，乃斥去之而进君谟书焉，君谟在苏黄前，不应列元章后，其为京无疑矣。京笔法姿媚，非君谟可比也。"[②] 从之后的书家书评来看，这一观点并非张丑独论，清代的朱和羹《临池心解》里更进一步详细说明："书学不过一技耳，然立品是第一关头。品高者，一点一画，自有清刚雅正之气；品下者，虽激昂顿挫，俨然可观，耳纵横刚暴，未免流露褚外。故以道德、事功、文章、风节著者，代不乏人，论世者，慕其人，益重其书，书人遂并不朽于千古。欧阳永叔尝以蔡端明比汉儒者，又考端明教闽士以经术，实为晦庵之先声。世称宋人书，必举'苏黄米蔡'，'蔡'者，谓'京'也。京书姿媚，何尝不可传？后人恶其为人，斥去之，而进端明于东坡、山谷、元章之列。然则士君子虽有绝艺，而立身一败，为世所羞，可不为殷鉴哉！"[③] 以人格修养为首要先决条件论断书法艺术，缺乏对书法历史

① 李之仪：《姑溪居士全集》，北京：中华书局1985年版，第324页。

② 张丑：《清河书画舫》，《中国历代书画艺术论著丛编》第41卷，北京：中国大百科全书出版社1997年版。

③ 朱和羹：《临池心解》，水赉佑编《蔡襄书法史料集》，上海：上海书画出版社1983年版，第54页。

尤其是宋朝书法艺术发展的全面了解和深入把握，从而做出宋朝四大家“苏黄米蔡”中的“蔡”应该是蔡京，只是因为蔡京的人格品性不端正，所以后人才将其改换为蔡襄的简单理解，这显然是脱离了历史语境和艺术本体性的道德价值化判断，是十分草率而片面的。

书法史和所有的艺术史遵循同样的逻辑规律，它是时代思潮震荡变动与艺术发展需求共同作用的蜿蜒探索与曲折突破。在漫长的延续承传与不断的变革创新过程中，会产生具有划时代意义的重要书家和作品。他们的出现，既有历史发展的必然性，也有个体选择的偶然性。因此，对他们的准确定位和理性认知，应该遵循历史线性纵轴和社会共性横轴共同定位的区间坐标判断标准，通过尽可能还原历史语境的当下性和真实性，客观而辩证地分析艺术内涵与历史价值，这也是书法艺术作为一门成熟的学科所必须具备的理论基础。从这个意义说，蔡襄在北宋初期风气不振的书坛中，上承晋唐法度，下启宋人意趣，以“丰姿秀媚，气韵温雅”的风格，严谨遵守规范格式，有意探索神采开发，虽然没有苏轼、黄庭坚、米芾抒写襟怀的奔放与宣泄性情的恣肆，却自有一番开拓风气、启发风尚的独特意义，是值得我们客观认识并审慎判断的艺术发展现象。

（刊于《书法导报》书法理论版 2018 年 9 月 12 日，《学术评论》2019 年第 1 期）

沉着典雅　衍裕超然

——朱熹“不与法缚，不求法脱”书法思想的美学还原

朱熹是中国文化史上的一位巨人，是宋代理学思想的集大成者。继程颐之后，朱熹进一步将传统儒家的社会、民族及伦理道德和个人生命信仰理念融通整合，构建完整的概念化及系统化生命哲学和文化信仰体系，并对中国社会产生了深远的影响，具有里程碑意义。马克思主义艺术哲学理论认为，哲学是统领一切艺术文化的根本归旨，哲学思想深刻影响着艺术表现。作为一位中国历史上十分重要的书法理论家，朱熹的书法理论和书学观点中蕴含着丰富的理学色彩和礼法精神，与其说是朱熹人文思想的形式反映，不如说就是朱子理学体系的一个组成部分。本文试图从哲学本体、伦理属性、艺术形态和审美境界等几个方面，探讨并还原其“不与法缚，不求法脱”[①]书法理论的美学基础和哲学本源，从书法美学的角度，进一步理解朱子理学的丰富内涵和深刻意义。

一、“不与法缚，不求法脱”的哲学本体

朱熹认为，“理”是宇宙的最高原则和本体根源，“宇宙之间，一理而已，天得之而为天，地得之而为地，而凡生于天地之间者，又

① 朱熹：《跋十七帖》，《晦庵先生朱文公集》卷84，上海：上海古籍出版社1989年版。

各得之以为性”。[1]作为朱子理学体系的基础，“理”是宇宙万象的最高范畴，是唯一的存在和永恒循环往复的运动，是天地万物以至三纲五常的创造者，而对其的理解、认识和把握，则主要以“格物致知”的方式获得。朱熹认为：“所谓致知在格物者，言欲致吾之知，在即物而穷其理也。”[2]即认识的主体是人，认识的对象是万物之理，认识的方法是格物，认识的目的是穷理，通过这样的认识过程，个体才可以达到探究求索宇宙本体根源最高标准的目的。这一认识论和“理气”思想是浑然一体的。朱熹曾在《近思录》中转载程颢的一段论述：“忧子弟之轻俊者，只教以经学念书，不得令作文字。子弟凡百玩好皆夺志；至于书札，于儒者事最近，然一向好著，亦自丧志。如王、虞、颜、柳辈，诚为好人则有之，曾见有善书者知道否？平生精力，一用于此，非惟徒废时日，于道便有妨处，足知丧志也。”[3]程颢批评当时的年轻后生玩物丧志，指出书法临摹虽然是贴近儒者好学问道的事情，但若一味沉迷于习字而忽略了对“道”的探究和践履，无异于舍本逐末，丧失了书法创造应有的求道之志。所谓文以载道，不仅是指诗歌辞赋不尚虚华，其实也是强调艺术创造必须体现理法精神，必须遵循理法规律，这也是从认识论角度，对于“不求法脱”的本旨回归。

从这个意义上说，朱熹强调书法精神“不与法缚，不求法脱”，也就是强调对“理”的根本遵守，即无论书写形式如何变化，必须遵从具有规范和秩序的法度，这种法度是万事万象变幻的本质核心，是天地宇宙运行的根本规律，是恒定而沉稳的本质。只有遵循法度和向

① 朱熹：《读大纪》，《晦庵先生朱文公集》卷70，上海：上海古籍出版社1989年版，第3376页。

② 朱熹：《四书章句集注》，《朱子全书》第6册，上海：上海古籍出版社2010年版，第20页。

③ 朱熹：《朱子近思录》，上海：上海古籍出版社2000年版，第116页。

上寻求天道的艺术创作，才能在万象变迁和人情浮动中，立得住筋骨，显得出气度，形得成风格。朱熹的代表作《易系辞》（台北故宫博物院藏），便充分显示了这种风格。作品取法晋唐楷则，却又不失个性神采，结体上重下轻，笔势深沉而迅速，筋骨突出，强健有力，墨色黝黑，气质端正而张弛有度，典雅从容而温润大气，形成与宋代苏轼、黄庭坚、米芾等诸家迥然不同的风雅气派。

二、“不与法缚，不求法脱”的伦理属性

朱子理学讲的“理”，主要有两种含义：一是绝对精神，即“太极”和“理”；一是伦理道德观念（“万物起源皆出于理，理生气，气生万物，理又规定了儒家伦理道德的合理性”[①]）。前者是宇宙本体，属生命哲学范畴；后者是道德准则，属社会伦理范畴。朱熹主张“不与法缚，不求法脱”书论思想，强调注重典则秩序，不仅指艺术形式遵循法度规范，更重要的是指出艺术本质要遵从伦理秩序。而他之所以再三强调这一观点，主要针对的是北宋时期悖理法则、放纵恣肆的社会思潮。

宋初，承继唐末五代的书法规范成为书坛主流，然而随着经济社会和艺术文明的发展，一些有个性的书家渐渐不满足于这种似是而非的古法，而前追直取魏晋书法的精髓，由此产生了独特的古法新变、推陈出新的书风并迅速盛行开来，在张扬艺术个性的同时，却也逐渐走向一味追新逐异、过分放纵恣肆的另一种极端。朱熹的“不与法缚，不求法脱”书法思想正是针对当时这种风气应运而生的。对于自苏、黄、米、蔡之后，宋人书法大谈变化，追求放纵而缺乏法度，主张个性而流失典则的现象，朱熹的态度显得开明包容而严谨慎重。一方面，他强调“不与法缚”，尊重艺术创造的个性神采，对苏轼等张扬艺术个性的书法创作给予充分肯定，曾在《跋东坡帖》中说：“东坡笔力雄健，

① 金观涛、刘青峰：《问题与方法集》，上海：上海人民出版社 1986 年版，第 85 页。

不能居人后，故其临帖，物色牝牡，不复可以形似校量，而其英风逸韵，高视古人，未知其孰为后先也。”[①] 又在《跋张以道家藏东坡枯木怪石》中称：“苏公此纸，出于一时滑稽诙笑之余，初不经意，而其傲风霆、阅古今之气，犹足以想见其人也。”[②] 还称：“东坡老人英秀后凋之操，坚确不移之姿，竹君石友，庶几似之。”朱熹赞誉苏东坡的笔风雄健英逸、坚确孤傲，欣赏他略带滑稽诙谐的艺术品格和为人品性。可见朱熹本人并非一个刻板的泥古之人，对于艺术审美的个体性和创造性，他是认同并尊重的。在他看来，艺术创作作为主体情态和意志的凝聚反映，是个性化的体现，也是个体化的经验，彰显生命主体的神采风度是艺术创作的重要辨识，也是艺术创作的本质特征。

然而另一方面，朱熹认为，个性彰显不代表无节制的放纵，更不是无法度的泛滥，艺术还是需要遵从一定的属性和规律，所谓“不求法脱”便是如此。正如音乐讲究和谐节奏的旋律，美文重视生命情感的真实表达，绘画强调色彩线条的搭配，任何艺术创作都具有内在的典则秩序，变化创新固然重要，但不可完全脱离法度任性而为，否则将流于粗糙散漫。朱熹在《跋朱喻二公法帖》中曾说：“道夫问：‘何谓书穷八法？’曰：‘只一点一画，皆有法度。人言永字体具八法。’”[③] 在这里，朱熹以“永”字书写为例，指出一个“永”字虽然简单，然而一笔一画写下来，却具备了书写的“八法”，也就是一般所说的“点为侧，平横为勒，直为努，钩为趯，仰横为策，长撇为掠，短撇为啄，捺为磔也”，简单却规矩井然，平整而规范有序。由此观之，写字当以方正为法度，

① 朱熹：《跋东坡帖》，《晦庵先生朱文公集》卷 84，上海：上海古籍出版社 1989 年版。

② 朱熹：《跋张以道家藏东坡枯木怪石》，《晦庵先生朱文公集》卷 84，上海：上海古籍出版社 1989 年版。

③ 朱熹：《跋朱喻二公法帖》，《朱熹集》卷 82，成都：四川教育出版社 1996 年版，第 4218 页。

以端楷为是非。正是在这个意义上，朱熹严厉批评了北宋以来抛弃古法、一味追求新巧奇技的书法风气，认为这种过分强调“尚意”的书风，不拘形式，不重法度，流于张狂而失之散漫，看似强调个性精神，实则完全没有风格气骨，其实是一种缺乏生命力的创作。

而这种脱离法度的书法创作，更内在地反映出人格主体的涣散缺失。朱熹认为，书法作品就是人格品性的体现。他称：“余少时喜学此表，时刘共父方学颜书鹿脯帖，余以字画古今诮之，共父谓余缺：我所学者唐之忠臣，公所学者汉之篡贼耳。时余嘿然无以应。今观此谓‘天道祸淫，不终厥命’者，益有感于共父之言也。”[①] 在朱熹看来，挥毫泼墨的书法创作不仅是写字，更是“写人”，书法艺术是性情的表达，更是品性的写照。他自己的书法创作就非常重视人生轨迹与笔墨情怀的高度统一，观其代表作《秋深帖》（台北故宫博物院藏）便是如此，整幅作品用笔寓含蓄于矫健，秀丽中存清劲，引而不发，坚实遒劲，结字严谨，典则内含，与朱子本人力正风教、秉性刚直、提倡居敬的立身态度和行事风格正相契合。

可见，在朱熹看来，书法中的横竖撇捺、转折方圆，并非外形技能的刻意经营，而是人格性情的综合体现，是情绪体验的真实流露。以此观之，艺术风气反映的不仅是艺术领域的潮流更迭，更是社会思潮的变动和伦理规范的发展。北宋时期抛弃法度、一味追新逐异的书法创作，不仅是艺术形式的问题，更是深刻反映了当时存在的背离儒家礼法、放浪不羁的社会流俗现象，需引起重视并予以纠正，这才是朱熹关注的根本，也是他一再强调“不与法缚，不求法脱”的原因。

---

① 朱熹：《题曹操帖》，《晦庵先生朱文公文集》卷 82，上海：上海古籍出版社 1989 年版。

三、“不与法缚，不求法脱”的艺术形态

那么，书法创作如何才能做到不脱离法度精神，遵循理法规范而又张扬个性神采，具有鲜明风格呢？这就要回溯朱熹关于“理”和“气”的丰富阐释了。如前所述，朱熹理学思想核心的“理”，是先于自然现象和社会现象的形而上者。万物各有其理，而万物之理终归其一，这个奥秘的创造是通过一个重要的中介——“气”来完成的，即“天地之间，有理有气。理也者，形而上之道也，生物之本也；气也者，形而下之器也，生物之具也”。[①] 所谓“气”，基本上共通于北宋张载的经典论述：“所谓气也者，非待其蒸郁凝聚，接于目而后知之；苟健顺、动止、浩然、湛然之得言，皆可名之象尔。然则象若非气，指何为象？”[②] 不但可感可知的客观物象是“气”，而且无形无色的浩渺也是“气”，不仅“健顺动止”是“气”，而且“浩然湛然”也是“气”，可静止可运动，可博大可深浑。在朱熹看来，“气”聚之于“理”，“理”形之于“气”，“理”先于“气”而又形之于“气”，“理与气，此绝是二物，但在物上看，则二物浑沦，不可分开各在一处”。简单说，即“理”是规范万象万物的规律和准则，是立基固源的根本；而“气”则是运行贯通于万象万物生命内涵中的形态和情状，是具体构造的材料。

因此，艺术创作如果要实现对“理”的遵循和追求，就必须凭借“气”的“流行发见”，所谓气韵生动，气象万千，从来都是衡量艺术美的重要标准，只有对“气”自如运用和生动发挥，才能真正创造完整和谐的审美状态。对于书法艺术而言，这一观点尤为重要。书法作为中华汉字独特的造型艺术，从来不以刻画具体生动、形态逼真的物象为目的，也不以渲染绚丽斑斓、缤纷鲜艳的色彩为手段。在黑白纵横的

① 朱熹：《晦庵先生朱文公文集》卷 70，上海：上海古籍出版社 1989 年版，第 3376 页。

② 张载：《正蒙·神化》，《张载集》，北京：中华书局 1978 年版，第 63 页。

世界中，书法追求的是以线条轨迹和墨韵点染，通过对汉字造型的灵活演绎和变幻阐释，表现创造主体的情绪感受、生命体验和思想旨趣，并进一步诉求深邃的人文情怀和无尽的寰宇奥义。以墨蕴气，以笔行气，在“字法之微妙，功均造化，迹出窈冥，未易以点画工，便为至极”[①]的追求中，沉潜静心思接万象，深研敏悟情感内宇，这才是书法艺术的核心与本质。从这个意义上说，书法正是“运气”的独特艺术。

而“气”的运用和发挥也是有讲究的，不可顿挫收缩，断断续续，也不可纵肆张扬，失之流散。朱熹推崇的是“英风逸韵”的气度。前者是峻健飞动的格力，属于“气”的阳刚形态，如“气力雄壮”“势若飞动”“才雄气刚”等；后者则指平淡含蓄的韵趣，属于“气”的阴柔形态，如“萧散淡然”“平淡简逼，然有出尖之趣”等。阴阳协调，刚柔平衡，才是书法艺术最理想的状态，充分显示了朱熹推重钟繇“平整古雅”的法度秩序，着重提倡艺术审美和谐统一的理想追求，也显示了“不与法缚，不求法脱”书论思想的儒家中庸之本。

四、“不与法缚，不求法脱”的审美境界

既然书法以追求理义为根本，以“气”的发挥为创造，那么“气”的表达就有层次境界的区别。在朱熹看来，最高境界便是通过流通运转形成博大精深的“圣贤气象”，他在《近思录》中，曾专列“圣贤气象”一节，说：“仲尼：天地也；颜子：和风庆云也。”朱熹有诗云：“半亩方塘一鉴开，天光云影共徘徊。问渠那得清如许，为有源头活水来。”[②]这里所描写的“天光云影”之境，便是他对于艺术“气象”的理解，即涵容广大，体露真常，了无滞碍，一任慧心流淌。[③]

① 〔宋〕赵构：《翰墨志》，华东师范大学古籍整理研究室编《历代书法论文选》，上海：上海书画出版社 2012 年版，第 371 页。

② 朱熹：《朱子近思录》，上海：上海古籍出版社 2000 年版，第 127 页。

③ 朱良志：《圣贤的气象》，《光明日报》2005 年 12 月 27 日。

那么，创作者如何才能达到这样的境界呢？对此，朱熹曾在《跋十七帖》中论述："此本马庄甫所刻也，玩其笔意，从容衍裕而气象超然，不与法缚，不求法脱，真所谓一一从自己胸襟流出者，窃意书家者流虽知其美，而未必知其所以美也。"[①]朱熹亦说："笔力到则字皆好。如胸中别样，即动容周旋中礼。"[②]上好的字，如同做人的最高境界一般，无不是从胸中流出的真情实意，这番真情实意不是刻意追求精心营造的，而是生命主体遵从天理道义的修养锤炼自然而然形成的。创作主体必须坚持"以道为本"，即始终保持个体生命的天道常在，做到"我心"纯是一片天理的状态，通过不断的锤炼修养，让本我对应道理，让真我顺应道义，才能自然流于笔端，真情诉诸墨韵，做到"文从道中流出"。

通过对审美风格、艺术形式和哲学本质等问题的思考，朱熹深刻诠释了关于艺术创作遵于法度而不缚法则的特征，并借此进一步强调了社会伦理道德秩序的规范和主体人格品性的修养。在当时过分追求恣肆纵意乃至流于放浪不羁的书风思潮下，朱熹这种重视入法而出法、强调规则法度而不泯灭个性风采的书论思想，不能不说是一种力矫时弊的回拨，充分体现了对于艺术道德属性和审美本体规律的融合协调。

（刊于《书法导报》艺术视点版 2018 年 5 月 2 日，《学术评论》2018 年第 2 期，《艺品》2018 年第 4 期）

① 朱熹：《跋十七帖》，《晦庵先生朱文公集》卷 84，上海：上海古籍出版社 1989 年版。

② 朱熹：《朱子语类》卷 140，北京：中华书局 1986 年版，第 3337 页。

进退维艰与返归本心

——晚明“狂禅”思潮影响下张瑞图的人文思想与书法创作

在中国书法史上，张瑞图是一个十分独特的存在。一方面，他大胆突破唐宋以来以“二王”为核心的帖学束缚，师承法度而另辟蹊径，融汇诸体又自成一派，融合北碑与行草而形成紧峭险峻、顿挫扬抑的书法风格，作为“明代书法四家”之一，在中国书法史上，具有不可忽视的时代意义；另一方面，他又因为戏剧化的人生遭际而处于尴尬的地位：虽然几次告假还乡躲避党争，晚年却仍然因魏忠贤书碑而被牵连阉党逆案，甚至在明史中被列为贰臣传的人物，即使后来得以申冤平反，却始终难以摆脱道德污点。

显然，在讲究“论书如论相，观书如观人”的人格化书艺的传统书法美学理论系统中，这是一个十分敏感的问题，历史上如赵孟頫、蔡京等，都是因为品格气节问题而影响后人对其书法价值的判断。这种美学标准也在一定程度上影响了对张瑞图的书法艺术研究：一方面，研究者普遍认同并肯定张瑞图书法艺术的卓越成就，学界研究因此经久不衰，在日本和中国台湾地区都曾掀起“张瑞图热”的风潮；但另一方面，相关研究绝大部分以形式品评和风格鉴赏为主，对于张瑞图的书学渊源、书风成因、书艺创造等问题，始终缺乏源脉追溯的考察和完整系统的辨析。虽然近年来，随着书法艺术学科建设的日渐成熟，书法理论研究不断完善，已有学者关注并着重于张瑞图人文精神、艺术思想及其书法创作风格关系的考察，但更多仍限于知识谱系的建构和认知，缺乏深层逻辑关系的梳理和深研，从而限制了张瑞图书法艺术研究的深入和拓展。

必须承认，作为生命源流的汇聚和精神意志的灌注，书法艺术确实是创作主体性情品格和审美意趣的抽象展现，是丰富的人生体验和充沛的情感积淀的形迹化表达，人格化书艺的美学标准虽然有苛之过甚的局限，但也在某种程度上具有一定的合理性和可参考性，因此，刘熙载才会说："书者，如也，如其志，如其学，如其才，总之曰如其人也。贤哲之书温醇，骏雄之书沉毅，畸士之书厉落，才子之书秀颖。"[①] 对于张瑞图这样一个"异类"书家，相较于书艺形式的品鉴，深入主体内在生命层次的观照显然更为重要。因为张瑞图虽然不属阉党，也未必品节有亏，但他为官从政的小心谨慎、明哲保身确是毫无疑问的，显然与他书法艺术上的凌厉狷狂、奇崛雄峭形成鲜明的对比，乃至不少书家对此疑惑不解："最后有一点是我始终困惑的，人格卑下的张瑞图，性格懦弱，委曲求全，明哲保身，圆通机巧，为什么其书法竟然这样刚健生辣。"[②] 没有深度考察张瑞图生命哲学和人文精神的本质内涵，完整理解他的生命态度和思想境界，就很难理解其行事为人谨慎细微与艺术创新标新立异之间的矛盾与冲突、融洽与协调，也就难以解释他师法有度而融汇无形、汲取诸体而自成一体，创造"力矫积习，独标气骨"书风的深刻内涵。

因此，本文选择从晚明"狂禅"哲学思潮角度，通过解析儒释道三教调和、内在心体自觉和心治外物等理念思想，考察张瑞图深受"狂禅"

① 〔清〕刘熙载：《艺概·书概》，乔志强编著《中国古代书法理论解读》，上海：上海人民美术出版社 2012 年版，第 47 页。

② 郑培亮：《人书两面》，转引自徐东树《晚明巨轴行草成熟的转折点——张瑞图书法艺术的历史意义》，《东方收藏》2011 年第 6 期。

思潮深刻影响的生命哲学及其由此形成的艺术思想和追求，从而为其超拔独特的书学观念和书艺创造提供更深层次的解读。

一、晚明“狂禅”思潮对张瑞图生命哲学的濡染影响

论及晚明人文哲学思想谱系，不得不提到王阳明及其提倡的“心学”。自北宋程颢开端，南宋陆九渊拓展，至明朝陈白沙首提“心学”概念以来，到王阳明时，“心学”真正建构起一套清晰完整而相对独立的学术脉络，以心即理的人生论、知行合一的认识论和致良知的修养学说，成为明代影响最大的哲学思想，声势浩大，流传甚广。尤其是万历十二年（1854），历经18年三次大规模的朝廷会议，加上内阁大学士申时行的积极运作，王阳明成功地从祀孔庙，正式表明他的学说以及对儒家经典的诠释得到官方认可，成为“正统之学”。从此，“心学”不仅具有诠释经典的理论性，更具有运用发挥于科举应试的实用性，真正成为广大士人崇儒求仕的重要思想理论资源。

至明代后期，“心学”（王学）思潮迅速分化成多个学派，主要有以王轰、王良为代表的左派，以聂豹、罗洪先为代表的右派和以邹守益、欧阳德为代表的正统派等所谓的“王学七派”。其中，左派中以颜钧、何心隐、罗汝芳、李贽等为代表的一批后学，借晚明佛教复兴的契机，汲取禅学智慧，不断深化以儒释禅、以禅证儒的学说，将“心学”理论佛学化，掀起了影响广泛的“狂禅运动”。

“狂禅运动”以心性伦理统摄儒释道三教融合的哲学理念，一度风席整个知识界，对士人产生了不容小觑的冲击。正如葛兆光在《中国哲学史》中直言：这个时期的文人士夫鲜有不受王阳明“心学”和禅宗影响的，诚然如是。王阳明从祀孔庙之时，张瑞图正值14岁，其时，也正是李贽崭露锋芒，著书立说抨击程朱理学、大倡“因乎人者也”观念的时候，天资颖睿而刻苦勤学的张瑞图，显然不可能不受王阳明“心学”及其后学“狂禅”思潮的影响。有研究者指出，他早期

参加殿试时，以“古之用人者，初不设君子小人之名，分别起于仲尼”的大胆言论获万历皇帝欣赏并得到特擢，从而名列一甲第三名而荣登进士。这种质疑权威、强调主体人格的观点，与王阳明反对绝对权威，明德自昭、不假外求的“心性”学说“夫道，天下之公道也，学，天下之公学也，非朱子可得而私也”有着密切的关系。[①]

作为重要的思想理论资源，张瑞图深受王阳明“心学”的濡染，但从他之后的人文思想和书学观念来看，“狂禅”思潮对他的影响恐怕更复杂而深刻，这和张瑞图本人对佛禅的特别亲近有关。1610 年东林党干涉朝政之时，张瑞图告假还乡两年，建造了东湖新居，并迁居于此，开始和佛禅有所接触，此后陆陆续续未曾间断，常与丛林尊宿和宗门禅僧交流往来，参禅论道。至 1620 年，他再次因朝廷政局动荡而告假还乡一年多，礼佛参禅渐入佳境，自号“芥子居士”，即取自禅宗的“纳须弥于芥子”之意，可见对佛禅道义的深悟。崇祯二年（1629），辞官返乡一年有余的张瑞图，由于为魏忠贤生祠书丹而入罪逆案，“论徒三年”，获准纳资赎罪为民，从此更是修佛参禅，寄情书画，不仅将居室命名为“白毫庵”，自号“白毫庵居士”或“道者”，过着“削迹每寻僧做伴，达生应供酒为年”的隐居生活，而且与古航禅宗、慈云长老、彦白上人等博山禅派中人交往密切。在他晚年（崇祯十一年，即 1638 年）汇编的《白毫庵集》中，内篇、外篇、杂篇共收诗作 1131 首，其中大量是关于禅悟证道的，寄托了深切的情思感怀，也蕴含了深刻的启示哲理。

可以说，作为科举出身的庙堂阁臣，张瑞图熟稔儒学经典，可谓一介儒学名士，又因动荡的时局更迭和曲折的人生际遇，对佛禅哲理有着特别的亲近与领会，因此他对儒学与佛禅乃至道家义理，拥有比其他人更深层次、也更包容且多元的体悟和理解。而长期以来，对佛禅

① 盛郁龙：《张瑞图书法研究》，中国美术学院博士学位论文。

道法的精读深研，以及与提倡“百法归禅”的博山禅派中人频繁的交往互动，更是推动张瑞图进一步加强对教、禅、净、律各种宗派法门的融会贯通，从而与主张儒禅互证、释道相参的“狂禅”思潮，在生命哲学的义理阐释和行为价值的法度实践上，达成了契合。他也多次在诗文中承认自己一身“狂气”：“老笔曾登白玉堂，只今双龚已苍浪。盘桓独倚陶家树，奉引频违汉殿香。延满夔龙新制作，部分南北旧炎凉。除非一片寒湖色，何处浩歌学楚狂。”[①] 虽然张瑞图所说的“狂气”之“狂”，与“狂禅”的“狂”并非完全一致，但那种对自在心性的追求以及对生命本体状态的崇尚，在本质上确是相通的。

正如论者指出的：“张瑞图的思想的来源主要是明代中期后的王阳明心学以及其后学狂禅和禅宗。他又以禅宗的视野统摄书画、打通禅与书画关系，形成了他独特的书学思想。”[②]1620 年张瑞图告假还乡亲近佛禅时，正值其书法艺术风格日渐成熟阶段，创作质量和数量都到了一个高峰，尤其是作于福建晋江老家的近 4 米长的行草手卷《感辽事作诗卷》，充分展示了凌厉迅疾的笔势气派和奇崛方峭的结体章法，是张瑞图书法风格的代表作品，标志着其书法艺术的成熟，也彰显了其书学理论的创新。而至晚年归隐，在潜心参禅悟道的影响下，其书法艺术风格逐渐褪去了之前超拔峻峭的气势，以平直简约、无意工拙的点画笔意，表现纯粹率真、萧散淡泊的意蕴。由此可见，无论是成熟期的奇肆纵横，还是后期的自然适意，张瑞图书风的形成、确立与转变，都与佛禅，更确切地说，与“狂禅”思潮有着密不可分的关系。因此，考察“狂禅”生命哲学的文化内涵和情理逻辑，对于理解张瑞图人文思想和艺术理念、鉴赏品析张瑞图书法艺术具有重要意义。

---

① 〔明〕张瑞图：《白毫庵集·杂篇》，山西大学古籍本。

② 盛郁龙：《张瑞图书法研究》，中国美术学院博士学位论文，第 14 页。

二、进退维艰与返归本心：生命理念与人文思想的矛盾冲突

嵇文甫在《晚明思想史论》中考证："当万历以后，有一种似儒非儒似禅非禅的'狂禅'运动风靡一时。这个运动以李卓吾为中心，上溯至泰州派下的颜何一系，而其流波及于明末的一班文人。他们的特色是'狂'，旁人骂他们'狂'，而他们也以'狂'自居。"[①]这个"狂"的核心，其实就是反对程朱理学儒学思想、主张"儒释互证"乃至"三教合一"。"狂禅"的主要内容是以佛言禅意诠儒圣心法的以儒释佛和以佛释儒，更是以"心性"融合统摄儒释道三教宗法义理，其内涵包含了"求其尽心""见情见性"的个性解放与张扬以及以锤炼精进"仁义"本体而达匡时治世的追求，是典型的取万象归之于心而又以修本心返照万象的生命哲学观。

对于"狂禅"儒释道三教合一的理念，尤其是儒释互参互证的内容，张瑞图是十分认同并推崇的，他多次在诗文中表达对儒释一体的理解："儒释本异门，是非互相丑。吾意乃不然，同异亦何有。清净苟不殊，藩篱真可剖。"[②]甚至将"三教合一"的理念定为自己的座右铭："惟寂与寞，爰清爰净。固柢深根，收视返听。上药三品，妙华一乘，渊然不动，廓尔无圣，古镜未磨，空谷未应，三教所同，尽性至命。"[③]张瑞图对儒释道融合一元的认知和理解，鲜明地体现了他对于"狂禅"生命哲学和行为价值的肯定与认同，因此，他必然认同"狂禅"以"心性"统摄儒释道的核心观点。

"狂禅"强调将"心"作为通达万物、同证天地、晓谕道义的本源和归旨，一切认知、判断和选择，都通过求诸本心而达到"豁然畅通"的光明境界。从王学左派代表人物王龙溪提倡以"无念"为宗，强调心

① 嵇文甫：《晚明思想史论》，北京：东方出版社 1996 年版，第 50 页。
② 〔明〕张瑞图：《白毫庵集·杂篇》，山西大学古籍本。
③ 〔明〕张瑞图：《白毫庵集·外篇》，山西大学古籍本。

空外物，无善无恶，以“仁心之自然”而致良知，到王艮进一步主张良知现成：“之心有所向，便是欲；有所见，便是妄。既无所向，又无所见，便是无极而太极。”[①] 都是主张将外在道义命理、秩序规范转化为本体内在的敞亮纯澈心性。直至“狂禅”核心代表人物李贽著名的“童心说”，更是将主观心性提高到至高无上的地位：“夫童心者，真心也……夫童心者，绝假纯真，最初一念之本心也。若失却童心，便失却真心；失却真心，便失却真人。人而非真，全不复有初矣。”同时，他还强调此心具有私利欲求：“夫私者，人之心也。人必有私而后其心乃见，如无私则无心矣。”由此可见，“狂禅”思潮强调的“心”至少具有两个层面的内涵：一是反对一切见闻觉知束缚的主观体验和个性自觉；二是此“心”并非禅宗所言的自性清净心，而是具有私利欲求的常人凡心。

这种对“本心”的追求，其实就是对主体的强调和个性的张扬，其对程朱理学秩序的大胆冲击、对个体生命经验的高度重视，以及对平民大众日常价值的充分肯定，都具有非常鲜明的色彩，以至于有研究者论析：“晚明‘狂禅’的倡导者实际是当时最为清醒的思想启蒙者，为当时笃信程朱理学者目为‘异端’，关键在于其儒学平民化的思想对森严的封建礼教造成了强烈的冲击。”[②] 主张儒释互参的张瑞图，与其说认同的是“三教合一”的世界观，不如说认同的是关注“本心”、重视个性、强调主体的生命哲学。张瑞图早年参加殿试时，以一句“古之用人者，初不设君子小人之名，分别起于仲尼”的言论而引起轩然大波，质疑权威、张扬个性的锋芒受到万历皇帝的赏识，得以擢拔。此外，张瑞图生平最大爱好就是挥毫泼墨和酣畅饮酒，是一个典型的性情洒脱的文人。在他的《白毫庵集》诗集中，关于酒和饮酒的诗文

① 〔明〕王艮：《王心斋先生遗集》，《明刊清重刻本·卷一》。
② 张永刚：《晚明“狂禅”考》，《长江师范学院学报》2008 年第 3 期。

占据大量篇幅。他享受饮酒时“柳叶芦花岸，微风细雨天”的雅致情调，沉醉于浅酌时“鸣弦和涧水，引酌倚庭梧”的微醺情致，追求痛饮时“垒块在胸中，不浇何繇止”的酣畅淋漓，甚至达到嗜酒胜过惜命的地步：“近者得肺疾，喘嗽苦无喜。医师为我言，疗疾缘所起。莫信杜陵言，浊醪有妙理。此物君不断，孽作恐自己。我笑谢医师，君言贻误矣。大运无终穷，人生有涯涘。几见不饮人，长生历年祺。”[①]可见酒对于张瑞图而言，不只是满足口舌的物质形态，更是释放性情、抚慰灵魂的精神寄托，是他得以舒缓抑郁、发泄愤懑、回归本心的重要方式。

一般认为，魏晋时期士大夫饮酒之风盛行的主要原因是为了以杯盏之事忘忧纾怀，借此逃避严酷残忍的社会现实。实际上大多借酒消愁、凭酒遁世的文人，都是真情真性、怀抱“初心”的有识之士，越是具有独立的思想人格和广博的志向情怀，越是会在颓世乱象中深感焦灼痛苦和愤懑不平，也才会愈发压抑而不解，沉郁而难伸。而张瑞图恰恰就是这样一个人格独立而具情怀抱负、追求洒脱而性情纵逸的人，他说：“久被樊笼累，及兹心迹幽。乾坤宽放鹤，沙渚静盟鸥。垂钓月边岛，摊书水上楼。衰年难少酒，此外更无求。”[②]（《拟白》第四十六）更言：“我欲远行游，逍遥驾鹤岭。培楼视五岳，轻举凌倒景。饥餐元气粮，渴饮天浆冷。旱风不可乘，云路信为永。浊质与累俱，有似形必影。秦汉万乘君，多顾无繇骋。不如杯中绿，一醉苦便静。”（《杂诗》其二）[③]

但问题是，张瑞图毕竟出身耕读世家，自幼学习儒学经典，《五经》及诸子等书皆亲手抄写背诵，无论是熟练程度还是作文水平，都出类拔萃，因此，他毫无疑问深受儒家“修身治国平天下”入世思想影响，投身仕途、效力庙堂的观念始终根深蒂固植根于他生命深处。所以在

① 〔明〕张瑞图：《白毫庵集·内篇》，山西大学古籍本。
② 〔明〕张瑞图：《白毫庵集·杂篇》，山西大学古籍本。
③ 〔明〕张瑞图：《白毫庵集·杂篇》，山西大学古籍本。

他为官的21年历程中，虽然四次告假还乡，但终究还是选择“重出江湖”。尤其是天启初年（1621），他的朋友苏士昌从北京到福建，规劝他一同弃官归仙隐林，张瑞图却以“我本孤生士，十年在草泽。遭逢显皇帝，袯濯赐颜色。龙髯去莫攀，马齿日以积。国恩渐未报，不愿生羽翼。于君负汲引，去去各努力”[①]之名婉拒。世人皆言他是因为感念万历皇帝拔擢中榜之恩，但究其深因，恐怕还在于他自己对仕途终究无法放下。而这样的选择，无疑使他陷入了矛盾的尴尬：一方面，既想“图报君恩”在仕途有所谋求；另一方面，朝政混乱和朋党倾轧，又不允许他张扬个性、独善其身。价值追求和个体本性产生了撕裂，张瑞图在进退两难间，只好圆滑周旋，明哲保身。他赠予即将进京从政的侄子“为官之道”的《和拟古七首送杨外孙北上（其三）》中，谈到在朝廷为官：“哲人慎其始，君子虑所终。谈笑藏其衅，有似莽伏戎。应念追驷晚，莫倚舌锋雄。的立恒来射，墙穴必受风。大易贵辞寡，老氏戒数穷。不见金人口，三缄鲁庙中。”[②]这份小心谨慎，实在有投机取巧、回避担当之嫌。显然，强调“为天地立心，为生民立命，为往圣继绝学，为万世开太平”的宋儒理学很难为此提供合理的开解之道，而此时，似乎只有“禅宗”的理念可以提供解决方案了。

如果说纵情饮酒是抑郁的宣泄，那么修禅论道就是焦灼的纾解，所以世人谈到“狂禅”，皆论其是脱离现实的空疏狂论，但实际上，正如研究者指出的：“从狂禅思潮中诸人的出发点和学术旨归来看，狂禅思潮的实质亦是治世的，狂禅思潮中诸人都有鲜明的治世思想与言论，他们对当时弊病层出的社会和国家抱有不可摆脱的责任感。”[③]无论是

① 〔明〕张瑞图：《白毫庵集·杂篇》，山西大学古籍本。

② 〔明〕张瑞图：《白毫庵集·杂篇》，山西大学古籍本。

③ 赵伟、刘黎红：《晚明狂禅思潮的治世思想和文学》，《青岛大学师范学院学报》2008年第2期。

王龙溪提出的“大丈夫为大事因缘出来救世一番，皆吾分内事也”，[①]还是屠隆在《悼溺海将士》中所言“丈夫报国声隆隆，扶桑日出光曈曈。生为壮士，死为鬼雄，何必老死蓬蒿中”，[②]都可见“狂禅”中人自觉的家国责任感和强烈的治世抱负。而被认为“张狂”至极的核心代表人物李贽，也并非如表面所表现的离经叛道，在“反叛”与“张狂”的表象下，他仍然有着忧国忧民、经世治道的担当。如他在《藏书》《续藏书》等论集中，分立“经世名臣传”和“经济名臣传”，从社会治理、秩序规范等角度品评历史人物，并在《焚书》中对著名经世人物有很高的评价，对匡正时弊、经世治国有着一份责任自觉。

与程朱理学通过严格道德伦理法度进行社会治理不同的是，“狂禅”思潮着重通过修炼心性、改变人心达到规范甚至重建社会秩序的目的，因此他们非常强调“仁义”心体。袁中道认为：“心机震撼之后，灵机逼极而通，而知慧生焉。即经世出世之学问，皆由此出。”[③]研究者分析，狂禅思潮所谓的“天机”，就是“仁义”，即“孝弟慈”的心体。这也成为“狂禅”思潮受人诟病批判的主要原因。正如谢廷谅批评汤显祖：“语帝王大略，激昂万乘，而不能说丘巷。足不识城府逵路，而好谈天下厄塞。料人物数千里之外，而常为眉目小儿所绐。”[④]可以说，面对魑魅横行的昏庸乱世，“狂禅”思潮这种返归自我、“修心”治世的方式，着实有退守内心自寻慰藉的嫌疑，但在现实中，却可能更具有“实用性”。如前所述，张瑞图身处庙堂权力斗争中心，如何虚倚魏党而不至沉陷，谋取升迁而周身齐全，是一件十分矛盾而困难的事。耿直不阿的忠谏或激进猛烈的革新显然都是行不通的，而

① 〔明〕王龙溪：《王龙溪全集》卷 8，台湾：台湾华文书局股份有限公司影印本。
② 〔明〕屠隆：《由拳集》，《续修四库全书本》，上海：上海古籍出版社 2002 年版。
③ 袁中道：《柯雪斋集》卷 10，上海：上海古籍出版社 1989 年版，第 478 页。
④ 汤显祖：《汤显祖全集》，北京：北京古籍出版社 2001 年版，第 1682 页。

"狂禅"思潮强调的保持独立而返诸心性、仁义济世而归旨虚寂的方式，却可以兼备经世治国的追求和相对独立的清平。因此，与其说"狂禅"思潮深刻影响了张瑞图的价值观念，不如说张瑞图主动选择了"狂禅"思潮，作为消解自己内在生命冲突、弥合价值分裂的信念支撑。他因此更有理由退居内在精神世界，不仅借饮酒，更以书法艺术创作，作为精神慰藉与情感宣泄、意志表达与个性张扬的重要倚借，从而创造了另一番天地。也正是从这个角度，我们才真正理解了，为什么一个在官场上谨言慎行、明哲保身，甚至投机圆滑的人，可以在艺术创造上如此率性张扬而大胆超越，独标气骨而意气风发。

三、融汇体悟与另辟蹊径：兼具个性特征与大众审美的书法风格创造

"狂禅"思潮强调的是以"心性"统摄儒释道三教的理念，而所谓的"心性"，是通达天地自然、澄明敞亮的仁义本心，要认知和发扬这种与生俱来、圆满自足的"本心"，最好的方式不是外求律法规范，而是反观自身，以"体会""领悟"的方式进行体认和观照："独标良知宗旨的阳明心学，对于宋儒天理论所具有的超越性与本源性的消解或冲击，使阳明后学倾向于诠释生命真境时的自然化、实在化。在心性悟修关系上，以悟废修；在本体工夫关系上，则以本体取代工夫；在人欲与天理问题上，更主张存人欲中之天理。因此而言，晚明狂禅既有对圣贤权威的改写，更有对平民话语的张扬。"①

受此影响，张瑞图在书法艺术活动中，主张的正是这种"禅悟证心"、反观自性的敞开与张扬，他在《果亭翰墨》中坦言："余于草书亦少知使转而已，性情终不近也，观者当自知之。"②这种"体悟"

① 陈永革：《论晚明居士佛学的思想特质及其效应——兼论晚明"狂禅"现象》，《世界宗教研究》2004年第4期。

② 〔明〕张瑞图：《后赤壁赋》，《果亭翰墨》卷2。

状态至少具有两方面的含义：一是重视融会贯通，摆脱规则法度的束缚而求通达汇聚；二是关注主观个性，发挥本真性情的张扬而达超拔创新。他在论及晋人小楷时曾言："晋人楷法平淡玄远，妙处都不在书，非学所可致也。坡公有言，吾虽不善书，晓书莫如我，苟能通其意，常谓不学可。假我数年撇弃旧学，从不学处求之，或稍有近焉耳。"[①] 可见他正是出于对自我本体心性的自觉，着重于书法笔画形式之外的内在情韵，并将这种舍弃表象而通达意蕴的目标，作为自己创造书法的主旨追求。这种不局限于形式、不拘泥于传统的观点，使他可以充分学习借鉴与融合吸收。所以后人在品论张瑞图书法时，往往很难找出他师法的明确渊源谱系。如明末姜绍书在《无声诗史》中论其："书法奇逸，与钟、王外辟一蹊径，亦颠、素之云仍也。"[②] 只是模糊论其为张旭、怀素的衣钵传承，而无法在传统书学系谱中，为其找到精确合适的位置。甚至有研究者疑其用笔可能吸取了民间方士以尖利笔意画符箓的特征。[③] 张瑞图的作品，难以找到师法明证，更是因为他从心而出，以性体悟，不拘于一家一法，更不限于一招一式，从而能够融会诸家而自成一格。

张瑞图早期研习《淳化阁帖》等晋唐传统，而后深受孙过庭《书谱》"节笔"启示影响，结字及用笔借鉴怀素《小草千字文》，以及祝允明、文彭等吴派书家风格，逐渐融会贯通并体会领悟，形成一套异于传统的侧锋笔法，尤其在横卷和册页书写中表现明显。如其行草横画常以顺锋入笔，在线条推进中加重笔力，以"平面"甚至略显"单调"的点线营造平直厚实、果断而爽利的气势；随之在锋毫反转中省减提按或

① 〔明〕张瑞图：《诗评》，《果亭翰墨》卷1。

② 姜绍书：《无声诗史》，《中国书画全书》册4，上海：上海书画出版社1992年版，第857页。

③ 黄惇：《中国书法史》明代卷，南京：江苏教育出版社2002年版，第347页。

顿笔的动作，采取直折笔锋，形成尖利的锐角，在铺毫横穿、坚韧有力的御笔风度中，形成整体劲峭奇崛的效果。观其点画线条，很容易发现，张瑞图对于传统的有意突破和大胆尝试，无论是采用“舍圆就方”方硬直折的线条关系，还是着重突出传统避忌的露锋形式，都构成了抑闭而奔突、紧张而恣肆、滞涩又跳荡的独特审美意象，在矛盾中融合、冲突中协调的艺术陌生化中开拓跌宕震撼而耳目一新的格局。

而相较于用笔上的突破，张瑞图行草书在结构上更富个性、更大胆，结体多上簇而下展，左伏而右沉，纵向压缩，横向撑张，反差强烈，张力充盈；而章法上则字密行疏，力势激烈冲突，行气贯通畅达，在增强纵向时间迫促感和横向空间疏阔感的协调统一中，达成整体融洽的浑然天成。赏析张瑞图的行草书法创作，可以感受到创作者强烈而鲜明的个性的飒爽冲荡，他以自身扎实的书学功底，舍弃点画形式的刻板模仿，着重审美内涵和美学品格的启发领悟，实现了对经典点线程式的颠覆和对帖学正统规则的突破。

值得注意的是，张瑞图的方直凌厉的风格并非一蹴而就。学界普遍关注研究的，大多是其成熟期，即天启年间（1621—1627）以后所作的具有鲜明个性特征的代表性作品，如《草书饮中八仙歌》《醉翁亭记卷》《行草感辽事作诗卷》等。但事实上，张瑞图此前，尤其是万历年间的书法风格，在运笔线条、结体章法等方面，和天启年间的比较，具有明显的不同。万历年间，起笔动作完成后，常常会将笔锋转正，其间也有圆曲笔画的过渡；然而在天启年间，尤其是天启元年（1621）之后，书写横画往往直接以笔尖下笔，省去了起笔后转锋的动作，增加方直折笔的使用，形成线条的锐利感和几何三角构筑形态，从而形成了所谓“放纵奇恣”的风格。这期间的变化，除了自身书艺实践的摸索之外，还有一个重要的原因，就在于他身处官场而始终难以摆脱复杂的人际应酬。明代商业经济快速发展和官员俸禄低下之间的强烈反差是众所周知的，而传统社会宗族体系叶茂根深的庞大芜杂，深刻地影响着每一个人。所谓“学而优则仕”，除了儒学正统的“经世”理念基础之外，很大一部分原因在于官僚等级制度的封建社会中，当官意味着社会地位和经济水平的提升和改善。因此，那些进入仕途的人，往往需要承载强大的家族生计压力，这是他们不可推卸的责任，也成为他们难以摆脱的焦虑。如与张瑞图同为福建泉州人的李贽，困扰于亲朋好友的交往应酬和宗族生计，以至于最后削发为僧，以求彻底摆脱。由此可知，做事谨慎、顾虑周全的张瑞图，在稳步升迁高位的过程中，自然无法洒脱逍遥地置身事外，他所面对的各种人情压力必然不小。不愿贪腐的张瑞图，只能以自身擅长的书法为应酬，而这恰恰对于他的书风转变和成型，产生了不容小觑的影响。

泰昌元年（1620）除夕，张瑞图曾感慨地写道：“月黑雁哀霜满天，君来告我将南旋。长安久客囊羞涩，古国穷途路八千。俗眼人尤憎白璧，放歌汝已逼青莲。送归元是销魂事，况复怜才倍黯然。”[①]可见他所承受的亲族压力之大。为官清廉的张瑞图很清楚，自己可以周济扶助亲友的最好方式就是书法应酬了。对此，林欲楫早已明言：“公早擅书名，蘸发泼墨，奇恣如生龙动蛇，无点尘气。请乞者，与不择人，而以充贫交之米盐者居半。”[②]张之涣进一步论：“夫伯氏自通籍以来，谬负工书之名，又无吝书之僻。凡儿童、走卒，求无不应。”[③]可见求取张瑞图书法之众，已经十分普遍。而大量应酬最直接的影响，就是张瑞图开始加大创作数量，提高创作速度。显然，在求快求量的过程中，水平横

① 〔明〕张瑞图：《都下送陈伯龙下第南还》，《白毫庵集·外篇》前引文，第548页。

② 〔明〕林欲楫：《张瑞图暨王夫人墓志铭》，引自佘良明整理：《张瑞图暨王夫人墓志铭》，福建省国际文化经济交流中心张瑞图书画研究会编《张瑞图学术研讨会论文集》，福州：海风出版社2011年版，第64页。

③ 〔明〕张之涣：《复某直指书稿》，《汗漫吟》卷2，明刊本，据内阁文库影印。

画与方正直折的书写速度，要比上仰圆弧和折肩回转更快捷，而尖锐的横画搭配方折的使用，形成几何形体结构，也更容易产生视觉刺激，从而顺利摆脱纤美绮丽的风格，营造出奇逸生动的陌生化审美效果。

我们在肯定张瑞图书风艺术创作的超拔创新之时，必须清醒地认识到，这种风格的生成，有创作者主体意识的艺术自觉，也有客观条件推动的被动创造。诚如张瑞图之子张潜夫记载："此先人政府时笔也。当年侵星入直上漏方出，则乞字人争磨隃麋以待矣，先人次第挥与，非午夜不得休，日以为常，今四十年矣！"[①] 为了应付源源不绝的求取，张瑞图竟然几十年间，日日挥毫至深夜才能休息，可见这种书法应酬的压力之大、数量之多，尤其天启年间一度激增至高峰。可想而知，在这样的环境和心态下创作的书法作品，不太可能是完全沉潜身心的艺术探索，而恐怕更多是力求便捷的书写习惯。除此之外，这样的书法作品因为需要考量大众接受和市场反应情况，因此实用功能性可能更大于艺术本体性，所以梁巘才会评论："张瑞图书得执法，用力劲健，然一意横撑，少含蓄静穆之意，其品不贵。"[②] 虽然不免保守苛责，却也确实在一定程度上反映了张瑞图在高强度应酬书风下的创作问题。这也是为什么历代书家评析张瑞图时，更倾向于肯定他的大胆突破和探索创新，却很难认同其作品"经典传承"内涵的主要原因。究其本源，正在于张瑞图外向经世和居守内心的生命矛盾与冲突所致。

（刊于《书法导报》书法批评版 2018 年 11 月 21 日）

① 中国古代书画鉴定组编：《中国古代书画图目 8》，北京：文物出版社 1990 年版，第 262 页。

② 〔清〕梁巘：《评书帖》，见邓实"美术丛书"《书画史》，神州国光社复印本。

遒媚为宗　加之浑深

——黄道周书论观的美学内涵与哲学本义

黄道周（1585—1646），字幼玄，号石斋，福建漳浦人，是明朝末年声名显赫的名士大儒。他一生以“行王道、正儒术为己任”，不仅性情刚直不阿，品格忠贞节义，修养端正垂范，而且勤学不倦，知识广博，被世人誉为“闽海才子”。黄道周有深厚的艺术修养，尤以书法造诣最拔萃卓越，以“意气密丽”和“离奇超妙”的鲜明风格独树一帜，被后人称为“漳浦体”，在中国浩浩汤汤书法艺术史上，留下了一道独特耀眼的光芒。他的书法，不仅具有“峭厉方劲”的表现形式，更形成一套以“遒媚为宗，加之浑深”为核心的书论体系，其中蕴含的风骨刚健而气象辽阔、意气骏爽而神采飞扬的审美理念，以及“涵养存永”“经世致用”等深厚的文化思想，展现了人品与书品合一的书家风采，是中国博大精深的书法文化所包含的“功均造化，迹出窃冥”的诗性典范。

学界长期以来不乏对黄道周的研究，尤其对他提出的“书字自以遒媚为宗，加之浑深，不坠佻靡，便是上流矣”的书论观更多有论述。正如各界书家所言，这个理念是黄道周书学思想的核心根本，集中体现了他对书法创作乃至文化艺术的理解与追求。他的书法理论与创作实践，正是遵循这一准则的融会贯通与变革创新。进一步说，黄道周书法艺术成就之所以得到后世极高的评价，被誉为“明季书家，可以夺王铎之席的，只有黄道周”，[1]可以理解为，“遒媚”“浑深”作为一种审美标准的提出，其实践创造和理论内涵对中国传统书法美学的发展具有创新与推动意义。因此，深入解读“遒媚为宗，加之浑深”之说，不仅是充分品鉴和正确认识黄道周人文艺术思想的关键，更是管窥中国传统书法“气韵生动”美学内涵与哲学本义的有效路径。

一、“遒媚”“浑深”书论观形成的文化动因

艺术理念决定和影响着具体艺术创作的呈现方式、价值取向和社会意义，它根源于主体生命的人生观、世界观和价值观，是个体经验世界的表达方式，也是自我情志诉求目的的实践手段。因此，要考察黄道周关于“遒媚”“浑深”书法品论和书学思想的本质内涵，就不能忽视他的生命经历。黄道周生于明神宗万历十三年（1585），死于清顺治三年（1646）。这段时间是明末清初风云动荡的历史阶段，孟森先生《明史讲义》有论：“明亡之征兆，至万历而定……（万历）怠于临政，勇于敛财，不郊不庙者三十年。”[2]可谓一针见血地指出明朝末年的乱象丛生。其时，皇权昏聩刚愎，朝廷奸佞横行，党争激烈，社会积弊深厚而民智难伸，内忧外患而贤达危难，以至于士人获罪入狱数量之多、涉及面之广，竟为历代罕见：“明朝所施行的文化专制统治，是中国历史上，乃至世界历史上绝无仅有的……‘秦鉴在先，明鉴在后’，这是中国文化专制最突出的两个阶段之一。”[3]在这样世运艰难的政治文化生态下，作为明朝官方意识形态的理学权威逐步解体，大批文人士大夫经历了强大的心灵阵痛，开始深刻反思专制皇权，并努力回溯秦代以来的儒家思想正统，以期整治政治乱象、重塑社会形态，儒学经历了一个以政治皇权为中心向以民间教化和历

① 沙孟海编：《沙孟海论书丛稿》，上海：上海书画出版社 1987 年版，第 36 页。
② 孟森：《明史讲义》，长春：时代文艺出版社 2015 年版，第 214 页。
③ 商传：《明代文化史》，上海：东方出版中心 2007 年版，第 41 页。

史本源为中心的位移。在经济上，晚明商业经济的繁荣和市民阶层的崛起，进一步催生了明末提倡个性解放的民本思想萌芽，一度出现所谓“晚明思潮”的蔚然大观。表现在书坛上，便是对明朝长期盛行的帖学流弊的反思，以及对雍容绮丽书风的批判，一大批思想先进、个性鲜明的书家带着摆脱“台阁体”束缚的强烈愿望，崇法魏晋法帖，以抒发个人情感为目的，恣肆率真、风格各异的书风在文人书法中得到兴盛发展。无论是追求“纵放合心之意”的徐渭，还是笔法“剑客龙天”的倪元璐，抑或是书风沉着超迈的王铎，都体现出对明初以来赵孟頫为宗的绮丽柔美之风的弃绝与超越并追求浪漫主义情怀，黄道周无疑是其中最具有鲜明性的一个。

面对明朝末年的时政腐败和社会乱象，黄道周刚直不阿，忠正凛然，曾因直言进谏被万历皇帝连贬三级，再贬再谏，后被罢官回籍 26 年。隆武朝时，面对清兵长驱南下，他毅然返乡筹兵率军抗战，终以身殉志。所以清朝学士方苞由衷感慨：“公三进三逐，廷杖八十，移狱镇抚司，拷掠者四，一朝而脱囚籍，则于政事之得失、君子小人之消长，凡有所闻，无不与同心者思所以挽正；及引身以退，匿迹于磡岩深谷中，而民生之苦病、吏治之烦苛、军事之失图、柄臣之误主，身在局外，犹责友以必言，而冀君之一寤。盖君子所性根于心，而不能自已者如此。”[①] 淋漓尽致地评述了这位身怀经世救国抱负却一生坎坷悲愤的名士大儒。

这样一位忧国忧民的血气志士，既深具传统儒学重德、尚质、重礼的人格修养，又怀有“为天地立志，为生民立道，为去圣继绝学，为万世开太平”的卓越气概。所以他重视的是实用之学和经世治国之道，书法在他看来，更多是抒情言志、通达大道的一种方式，并非人生不可或

① 〔清〕方苞：《方苞文选》，合肥：黄山书社 1987 年版，第 50 页。

缺。他在《书品论》中直言：“作书是学问中第七八乘事，切勿以此关心。王逸少品格在茂弘、安石之间，为雅好临池，声实俱掩。余素不喜此业，只为钓弋余能，少贱所该，投壶骑射反非所宜。若使心手余闲，不妨旁及。”并进一步阐述：“人读书先要问他所学何学，次要定他所志何志，然后渊澜经史，波及百氏。如写字画绢，乃鸿都小生，孟浪所为。”[①]这几段经常被书家引用的文论，充分表明了黄道周对于书法的认识和理解，也为我们欣赏品评他的书法艺术提供了充分的佐证。所谓“字如其人”，在黄道周的书法创作中表现得极为贴切。我们甚至可以理解为，正是由于黄道周对于主体自由精神的高度重视，对于刚正秉直的人格品质和渊博深厚的学问修养的追求精进，才使他对书法艺术有一种更加清醒独立而深切透彻的认识与理解，做到出入内外而不沉湎其中，入古化今而彰显个性，这种审美的适度“陌生化”距离，正是黄道周形成“遒媚为宗，加之浑深”书法美学理论的根本原因。

二、“遒媚”“浑深”作为书法审美标准的美学内涵

回顾黄道周关于“遒媚”“浑深”书论观的经典论述，语出《黄道周与倪鸿宝论书》，原文为：“书字自以遒媚为宗，加之浑深，不坠佻靡，便足上流矣。卫夫人称右军书，亦云‘洞精笔势，遒媚通人’而已。虞、褚而下，逞奇露艳，笔意偏往，屡见蹊径。颜、柳继之，援戈舞椎，千笔一意。自此以还，遂复颓撇，略不堪观。才姿不逮，乃诋前人以为软美，可叹也。宋时不尚右军，今人大轻松雪，俱为淫遁，未得言诠。”[②]可以说，黄道周以“遒媚”为核心，加之以“浑深”，形成了一套相对完整自洽而独立成熟的书法艺术体系，他关于书作的鉴赏与

① 黄道周：《书品论》，刘正成主编《中国书法全集》，第 56 卷《黄道周卷》，北京：荣宝斋出版社 1994 年版，第 329 页。

② 黄道周：《与倪鸿宝论书法》，刘正成主编《中国书法全集》，第 56 卷《黄道周卷》，北京：荣宝斋出版社 1994 年版，第 327 页。

学习、关于书艺的探索和创新、关于书论的建构与实践，都由此而出。因此这段文论，不仅表达了他的艺术理念，更贯彻着他的人生信念。

关于黄道周的“遒媚为宗，加之浑深”的书论观，学界多有关注，但长期以来，研究者对于这个观点的阐释，大多围绕“遒媚为宗”的审美释义和美学特征等负面进行论述，对于黄道周特别提出的“加之浑深”的观点，缺乏分析和研究，在综合考量“遒媚”与“浑深”两种审美标准共通相融之后形成的新的书法审美标准和其所表征的文化内涵、哲学本义等问题，更是罕有涉及。这不仅容易造成对黄道周书法创作美学价值和历史意义理解的片面局限，也很难深入把握明末清初书法艺术发展和演变的潮流趋势，不利于透彻领悟中国书法美学丰富的人文意蕴与哲学内涵。

事实上，“遒媚”作为中国古典文艺美学的一个审美标准，并非黄道周的独创先见。从语词结构和本义来看，“遒”与“媚”分别指示两种不同的形式状态。“遒”字，形声，从“辵”（chuò），从“酋”（qiú）。“酋”的本义为加料时酿制的醇酒，即“劲酒”，引申为“强力”。“辵”与“酋”联合起来，意为“强力进逼”，即快步行走，另有“紧密”之意。由此可见，“遒”的完整本义，是强稳劲健、紧密坚固的意思。它最早被作为一种审美标准使用，主要应用于书艺的赏析与品鉴，指称审美对象刚劲雄健的美学品格，具体通过运笔的恣肆有力、线条的纵横捭阖、结构的开阔敞亮以及笔势的奔放酣畅等形式体现出来。

相较而言，“媚”字可能更为人们熟悉和理解。许慎《说文解字》中说：“媚，说也。从女，形声。”段玉裁在《说文解字注》中进一步阐释：“说，今悦字也。”唐代窦蒙在《语例自格》中干脆直言：“意居形外曰媚。”[①]可见，“媚”一般是用来形容娇艳美好的事物，意思

① 〔唐〕张彦远：《法书要录》，沈阳：辽宁教育出版社 1998 年版，第 109 页。

为婀娜可爱，妩媚动人。当“媚”作为一种审美概念被引入美学评论当中，更多用来指精巧婉转的风貌与绮丽曼妙的趣味。如晋朝羊欣在《采古来能书人名》中品评王献之较之其父王羲之，在书艺上是“骨势不及父，而媚趣过之”。[①]南朝画家谢赫在《古画品录》中论吴暕的画风是“体法雅媚，制置才巧，擅美当年，有声京洛”。[②]作为与“刚强劲健”相对应的审美概念，“媚”的内涵在唐代之后日渐丰富并逐渐发展成为一种社会美学风尚，一度成为文艺创造追求的风格，同样极具代表性。

将“遒”与“媚”这样两个语义所指几乎完全悖反的语词组合为一个词组，重构一个具有全新指象的美学概念，可以说是中华汉字的创造性发挥。参考周汝昌的研究，“遒媚”一词被当作审美概念使用具有悠久的历史。南朝时期陶弘景在《与梁武帝启》中就说：“非但字字注目，乃画画抽心，日觉遒媚，转不可说。”[③]魏晋之后，随着书法艺术创作的繁荣和书法理论发展的成熟，“遒媚”被广泛应用于书艺鉴赏和品评当中，并逐渐从指称某种独特美学风格的概念，发展为具有相对稳定范式的艺术审美标准。如唐代何延之在《兰亭记》中评右军书法为“遒媚劲健，绝代更无”。[④]唐代之后，宋朝的赵彦卫在《云麓漫钞》中评述：“余外舅家，收柳公权亲笔起草二纸，皆小楷，字仅盈分，而结体遒媚，意态舒远，有寻丈之势。”[⑤]清朝刘献廷在《广阳杂记》中特地用“遒媚”一词形容游历所遇的九仙坛巨石奇观：“坛

① 〔南朝宋〕羊欣：《采古来能书人名》，乔志强编《中国古代书法理论解读》，上海：上海人民美术出版社 2012 年版，第 184 页。

② 俞剑华编：《中国历代画论大观》，南京：江苏凤凰美术出版社 2015 年版，第 68 页。

③ 〔梁〕萧衍、陶弘景：《梁武帝、陶隐居论书九首》，栾保群主编《书论汇要》，北京：故宫出版社 2014 年版，第 54 页。

④ 〔唐〕张怀瓘：《书断》，于安澜《书学名著选》，开封书学研究会，1979 年，第 24 页。

⑤ 何世剑：《中国艺术美学与文化诗学论稿》，南昌：江西人民出版社 2013 年版，第 61 页。

面镌六字，字大如屋，曰‘九仙飞升之坛’，作两行东西向，遒媚藏锋，法颜鲁公《麻姑仙坛》体，化极小而为极巨，气势逼人。”[①]纵览书法评论的历史可见，“遒媚”一词大抵形容书法作品雄强刚健与风采神韵兼容并得的风格，具体可表现为笔势节奏劲道顿挫而不乏韵味生动、章法结构疏密有致而开阖张扬，整体格局洒脱恣肆而不失情趣格调等。

正如有研究者指出：“‘遒媚’作为一个完整的美学概念，是中国书法古典美学的重要品格和标准，是书法美的典型体现……‘遒媚’暗示着一种书法美的境界，在审美观念上充满辩证统一的法则，规范着书法创作和鉴赏的一系列活动，其意义未可等闲视之。”[②]作为一种美学标准，“遒媚”的内涵在千百年来书法艺术理论发展的过程中不断丰富，不仅是赏析品鉴书法作品的重要方式，更成为理解和认识中国书法艺术内在品质与创作规律的有效凭借。

相对“遒媚”作为书法美学标准的完整和成熟而言，“浑深”这个词则比较生疏，史见于《埤雅·释鱼》中：“故里语曰：‘洛鲤伊鲂，贵于牛羊。’言洛以浑深宜鲤，伊以清浅宜鲂。”[③]此处“浑深”，可作水深而沉解释。但“浑深”作为审美评断用于艺术品评，尤其是书品书论当中则较为罕见，更多是相似接近之意。如唐代张怀瓘在《书断》中评论：“繇尤善书，于曹喜、蔡邕、刘德升，真书绝世，刚柔备焉。点画之间，多有异趣。可谓幽深无际，古雅有余。秦汉以来，一人而已。”[④]这里使用的是“幽深”，即“深奥无穷”的意思。另有清朝梁巘《评书帖》：“山谷书秀挺伸掩，其摆岩处似苏，而逊其雄伟浑厚。晚年一变结构，

① 〔清〕刘献廷：《广阳杂记》，北京：中华书局1957年版，第56页。

② 耿飞：《从“道媚”看黄道周书法的美学意义兼及对当代书法研究和创作的某种反思》，《齐鲁艺苑》1996年第1期。

③ 〔宋〕陆佃：《埤雅》，杭州：浙江大学出版社2008年版，第2页。

④ 〔唐〕张怀瓘：《书断》，于安澜《书学名著选》，开封书学研究会，1979年，第20-21页。

多本北海。"[①] 这里使用的是"雄伟深厚"，形容整体格局的辽阔风度。其余相似的还有"雄浑""浑拙""浑厚"等，大抵都是品评书风。由此观之，黄道周所说的"浑深"一词，主要是针对书法的整体性，即不仅局限于线条的厚重苍劲，还包含笔势墨韵的深邃沉稳、章法结构的开阔纵横，以及由此形成的气象品质的高远博大。所以，黄道周的书法，尤其是他闻名于世的一些行草巨轴，基本遵循"舍小求大、丢细节而求整体的创作思路"，[②] 笔画的不甚完整、结构的不合常规以及墨势的有失法度，皆统一于整体格局的气势意象，可谓是对"浑深"理念的具体实践。

有论者指出："这种提倡'浑深'唯美的审美观，不以佻靡姿态为美，主张刚健婀娜、质朴厚重、不落时俗。"[③] 诚然，黄道周对"浑深"的特别强调，与他对娇柔绮丽书风的反对和雄强刚健风格的提倡是完全一致的。但除此之外，我们应该更注意到黄道周主体人格的独特性对其艺术理念的深刻影响。一方面，如前所述，黄道周学贯古今，满腹经纶：他精天文、历数、皇极诸书，所著《易本象》《三易洞玑》《易象正》，精深博大，用以推验治乱，切中时弊；他精研儒学，勤于著述，撰写《洪范明义》《春秋揆》《续离骚》《孝经集传》等几十种经典，《明史·艺文志》收录其著作书目有 11 种 64 卷，清乾隆年间编纂的《四库全书》收入其作品多达 14 种 92 卷；他还创办大涤、明诚、邺山等书院，讲学授业，传道解惑，著名理学批评家彭士望、理学家张履祥等皆是他的弟子。正因为具有如此"严谨的治学精神和渊博的学

① 〔清〕梁巘：《评书帖》，华东师范大学古籍整理研究室编《历代书法论文选》，上海：上海书画出版社 2012 年版，第 583 页。

② 王晓光、杨然：《飞鸿舞鹤　意气密丽——明黄道周书法摭析》，《荣宝斋》2014 年第 11 期。

③ 周劲松：《黄道周的书学思想》，《艺林撷英》2013 年 9 月号。

问”（蔡世远语），因此黄道周常常变幻金文与隶书的笔法，并自如运用冷僻生奥的古体字和异体字，从而为作品带来苍茫朴拙的深邃“古意”。另一方面，深厚的学识修养，进一步影响了他本人对于古拙之风的偏好，他在书法创作上，有意取法高古，溯求古源。他曾直言：“凡辨法书，以仓颉大篆第一，籀书次之，小篆为下。隶书《石经》、三经劫灰，今所存者，皆唐人补作，无复古法。”① 并进一步指出：“楷法初带八分，以章草《急就》中者为准，《曹孝女碑》有一二处似《急就》，只此通于古今，余或远于同文耳，真楷只有右军《宣示》《季直》《墓田》，诸俱不可法，但要得其大意，足汰诸所纤靡也。”② 从黄道周对书法典范的论述，以及对书体、名家的品评来看，他欣赏的是浑厚茂然、古拙敦厚的书作，以八分成熟且古今相通者为最佳。因此，他自己的书法创作实践中，便大胆取法魏晋，兼及六朝，远师汉末钟繇，融汇索靖章草，正所谓：“忠端书法，根据晋人，兼涉北朝，刚劲之中，自成精熟，迥非文、董辈所敢望。”③ 其中“波磔多，停蓄少；方笔多，圆笔少”④ 的曲折刚直、棱角鲜明笔法，明显有崇碑的影响，使作品“既有骨势劲健感，又充满真率质朴的古意，这是他取法高古、多向借鉴、自出机杼的结果”。⑤

至此，我们可以这样理解，黄道周以行王道、正儒术为理想，以“修身治国平天下”德行操守为自觉遵守，学识渊博，视野开阔，见解精

---

① 《黄道周书论选注》，刘正成主编《中国书法全集》，第 56 卷《黄道周卷》，北京：荣宝斋出版社 1994 年版，第 330 页。

② 刘正成主编：《中国书法全集》，第 56 卷《黄道周卷》，北京：荣宝斋出版社 1994 年版，第 330 页。

③ 何绍基、夏煜轩：《黄道周书法艺术风格形成的文化因素》，《艺术百家》2013 年第 7 期。

④ 邓绍康：《没有驿站的旅程》，北京：作家出版社 2006 年版，第 113 页。

⑤ 王晓光、杨然：《飞鸿舞鹤　意气密丽——明黄道周书法摭析》，《荣宝斋》2014 年第 11 期。

深，所以他无论在个人旨趣倾向，还是在创作实践等方面，都更能够做到博古通今，融会贯通。因此，“遒媚为宗，加之浑深”的书学思想，不仅是他的个性艺术选择，更是其人文思想彰显，是他载道修志的理想化追求。

三、“遒媚”“浑深”书论观蕴含的中国书法“气韵生动”哲学本义

“遒媚为宗，加之浑深”是黄道周的书论观，但我们不能仅将其视为黄道周个人的艺术选择和文化理念。无论是从黄道周书学思想的时代意义来看，还是从他的书法艺术实践的历史价值来看，“遒媚为宗，加之浑深”作为书法审美的一项标准，都是具有相当艺术代表性和文化共性的，不仅代表了明末清初历史阶段的社会审美思潮，也体现了中国传统书法艺术的内在品质。

回到黄道周本人来看，他提出的这个书论观点，是源于自己“德成而上，艺成而下”的生命观和价值观，是出于将书法当作“载道述业”的一种方式而非生活必需的艺术认识和理解，正如他自己坦言：“然自是著述意倦，讲论期疏，风日气调，笔研具采，属致及之，似有波澜。”[①] 因此“遒媚为宗，加之浑深”的观点包含的深层意思应该是：书法是从心而出的性情挥洒，是慕志而成的精神创造。书法艺术美的关键不在于流动变幻的形式外观，而在于本源内核的生命精髓。可以说，黄道周提出这个观点，表达了自己对于书法艺术精髓的理解：通过对“气”的发挥和“韵”的传达而达到“气韵生动”的至臻至善境界。这其实正是书法艺术的一个重要品质内涵。

如前所述，我们已经明确了“遒媚”作为一种审美范式，形容雄强

① 刘正成主编：《中国书法全集》，第 56 卷《黄道周卷》，北京：荣宝斋出版社 1994 年版，第 329 页。

劲健而不失风采卓越的书风，辅以“加之浑深”，就形成了沉稳而厚重、古拙而新变的书法艺术美学阐释。追溯魏晋法度、兼习六朝风范的黄道周显然十分理解并认同“骨肉丰润，入妙通灵”[①]的书论理念，并着意进行丰富拓展。书法中的“风骨”，指的是与纤巧浮饰的书风相对的一种气质，即要求书家创作时，既要笔力到位，又要妍媚生发。若做深入的进一步思考，其本质就在于对“气”的把握、发挥和运用，以及对“韵”的萃取、传达与升华。

“气”是中国文化的一个关键词，无论是老子的“冲气”、孔子的“血气”，还是孟子的“浩然之气”、庄子的“通天下一气”，直至董仲舒、张衡所说的“元气”以及朱熹谈论的“理本气末”，百花齐放百家争鸣的中国哲学思想体系中，“气”始终是贯穿核心的重要理念，甚至可以说，上下五千年的中国传统文化，形成了博大精深而源脉流长的“气”的思想，对它的理解和阐释，极具代表性地传达了中国人对于人本万物、天地自然的认识，由此衍生而来的一系列范畴，如气象、气势、气魄、气脉、气化等，被广泛运用于艺术美学论析中。而书法作为中华民族绵延千年的传统文化艺术，不以刻画具体生动、形态逼真的物象为目的，也不以斑斓绚丽、缤纷鲜艳的色彩为手段，它追求的是“囊括万殊，裁成一相。或寄以驰纵横之志，或托以散郁结之怀”。[②]即以抽象的线条和虚实的墨渍，在有限的空间范围内，通过对汉字造型的灵活演绎和变幻阐释，表现创造主体的精神气质、思想旨趣和生命追求。因此，对“气”的把握、运用和发挥，便成为书法创作的关键。清朝傅山一

① 〔南朝〕王增虔：《笔意赞》，乔志强编《中国古代书法理论解读》，上海：上海人民美术出版社 2012 年版，第 156 页。

② 〔唐〕张怀瓘：《书断》，于安澜《书学名著选》，开封书学研究会，1979 年，第 25 页。

言以蔽之："凡字、画、诗文，皆天机浩气所发。"[1]锤炼人品修养谓之"养气"，勤学古师宗法谓之"炼气"，下笔前构思谋划谓之"聚气"，凝神聚力形诸笔端谓之"运气"……所谓"气化流行，衍生万物"，在这里，"气"是本体生命的内蕴精华，也是天地宇宙的运行规律；是物质形体的具象方式，也是精神意念的流动轨迹。书法家沉潜静心，领会体悟个体生命气息和宇宙万物气脉的交融汇通，以豪管淋漓的方式，在"字法之微妙，功均造化，迹出窈冥，未易以点画工，便为至极"[2]的追求中，通过有形而变幻的线条构造，探触心灵的律动和精神的幽微，以虚实而无穷的水墨氤氲，寻求生命的真义和宇宙的奥妙。这就是黄道周"遒媚为宗，加之浑深"的一个重要哲学内涵。我们只要认真品鉴黄道周的书法作品，就不难感受到他对"气"的重视与发挥。他的行草重视侧锋取势，转折互用，顿挫明显，节奏鲜明，用笔恣肆疾健，结体奇拗翻腾，具有"孤蓬自振，惊沙坐飞"的独特气势与纵横开阔的博大气象，可谓是将"气"运用到了一个高度。

而"遒媚为宗，加之浑深"所包容的另一个哲学内涵便是对"韵"的萃取、展示和升华。我们已经分析过，"媚"可以简单理解为美好而多姿，作为书法审美概念，不仅指笔画线条或者章法结构这些外在形式，更重要的在于笔墨形式传达出的曼妙趣味和动人情致，也就是所谓的"神韵"。

无论是王僧虔《笔意赞》主张的"书之妙道，神采为上，形质次之"，[3]还是孙过庭论评的"凛之以风神，温之以妍润，鼓之以枯劲，

---

① 〔清〕傅山：《杂记》，陶明君编《中国书论辞典》，长沙：湖南美术出版社2001年版，第281页。

② 赵构：《翰墨志》，《历代书法论文选》，上海：上海书画出版社1979年版，第371页。

③ 〔南朝〕王增虔：《笔意赞》，乔志强编《中国古代书法理论解读》，上海：上海人民美术出版社2012年版，第137页。

和之以闲雅”，[1] 抑或是杨慎直言的“书法惟风韵难及”，都不约而同地指出了“风采神韵”之于书法艺术的独特重要性。书法作为汉字的造型艺术，只有具备了丰富的风韵神采，才能赋予外在形式以鲜活而饱满的审美价值。对此，清朝的于令淓在《方石书画》中有过一段生动的阐释：“书画以韵胜，韵非俗所谓光亮润泽也。山谷以箭锋所直，人马应弦而倒为韵，与东坡所谓‘笔所未到气已吞’，皆以气势挟远韵也。韵亦不止一端，有古韵，有逸韵，有余韵。古韵如周秦古器，弃置尘土，经数千年，精光不没，一旦出土，愈拙愈古，几不辨为何时典物；逸韵如深山高士，俱道适往，萧散自如，不受人羁；余韵如‘看花归去马蹄香’，‘蝉曳残声过别枝’，岂皆出于有意？到心手相忘，若用力，若不用力，各抒胸怀，妙不自寻。”[2] 由此可见，书法的“韵”，其实是点画线条与结构布局中透出的精神、格调、气质、情趣和意味，是书家主体人格与外在万象碰撞汇聚、交汇融通而提炼、萃取和升华的一种审美格调。黄道周提出的“遒媚为宗，加之浑深”，显然是基于对书法“神采风韵”的深刻理解，而他自己的书法创作也确实践行了这一理念。如他的楷书用笔，时而棱角分明冷峻凌厉，时而顿折上挑简洁明快，时而顺势平出清净俊逸，方圆兼备，结字奇拙，章法浑融充实，格调不失姿媚。而他的行草点画形态则“或枯或润、或厚或薄、或猛烈生辣、或流便遒丽，表现出极为丰富的笔墨多态性”，充分体现了他个性鲜明而率真纯粹的人格风采与书家气质。

林语堂曾说：“只有在书法艺术上，我们才能够看到中国人艺术心灵的极致。”[3] 中国书法艺术源远流长，具有旺盛不息的强大生命力，

① 〔唐〕孙过庭：《书谱》，北京：中国古籍出版社 2013 年版，第 233 页。

② 〔清〕于令淓：《方石书话》，毛万宝、黄君编《中国古代书论类编》，合肥：安徽教育出版社 2009 年版，第 435 页。

③ 林语堂：《中国人》，上海：学林出版社 2007 年版，第 218 页。

就在于它以抽象的点画线条及虚实的墨韵水色追求和谐的艺术境界，抒写个体性灵，探求天地万象，叩问生命哲思。因此，中国书法，从来不依靠外化钻研线迹的雕琢，而是内求精神心魄的澄明，在胸怀广宇、思接千古、俯仰天地间，实现心手双畅的物我两忘，通达真情真性的至善至美。黄道周虽然将书法视为人生“七八乘事”，但他提出的“遒媚为宗，加之浑深”的书论观，其实体现的不仅是他对书法美学的独特认识，也表达了自己对于艺术审美的深刻理解。其中所包容的丰富文化内涵，也不仅彰显了主体人格品行与学问修为，更进一步论证与丰富了中国书法“气韵生动”的哲学本义，为我们理解中国书法这种“诗性文化”提供了有益的借鉴。

（刊于《书法导报》专题版 2018 年 8 月 29 日）

拙诚至卓境

——伊秉绶隶书创作的“莫可忘拙”艺术理念论析

伊秉绶（清乾隆十九年——嘉庆二十年，1754—1815），字组似，号墨卿，福建宁化县人，曾任广东惠州知府、扬州太守等职。作为一代名士，他诗文兼达，四体俱能。康有为在《广艺舟双揖》中，尊他为碑学之首，与邓石如、刘墉和张裕钊并举为“集古大成”者的典范。而世人皆论伊秉绶的隶书最妙，其“超绝古格，在清季书坛放一异彩”的最妙之处，就在于一个“拙”字。清马宗霍在《书林藻鉴》中说：“汀州分书，有静穆之致，妙处在拙，故当胜完白之作态。”[①]对于中国古文化的“拙诚”和“至善”理念，伊秉绶有独到的见解和具体的实践，他将先秦篆籀、汉魏砖瓦和颜体气象熔于一炉，舍弃姿媚，执守朴拙，追求“大巧若拙”“大智若愚”的艺术至臻境界。他晚年总结自己的书法创作要诀时提出：“方正，奇肆，咨纵，更而，减省，虚实，肥瘦，毫端变幻，出乎腕下，应知凝神造意，莫可忘拙。”可以说，“莫可忘拙”四个字，不仅表达了伊秉绶对艺术创作的深刻理解，更体现了他生命信念的修养践行，是赏析和把握他的隶书创作“气势生乎流便，精魄处于锋芒”非凡气度的根本核心。

伊秉绶毕生提倡和追求的“莫可忘拙”艺术理念，不仅具有深邃的

---

① 〔清〕马宗霍辑：《书林藻鉴》，〔台湾〕周骏富编《清代传记丛刊》第86册，台北：台湾明文书局1985年版，第183页。

思想渊源，更具有丰富的个性风采；不仅拥有纯粹的审美形式，更包容生动的美学意蕴。本文以伊秉绶隶书创作为主要考察对象，从思想渊源、艺术承传与嬗变、创作形式及美学意蕴等方面，解析伊秉绶“莫可忘拙”艺术理念的文化内涵，以此深入理解伊秉绶隶书创作划时代的文化意义和思想价值，并借此管窥中国书法艺术气象万千、涵纳无穷的人文精神。

一、“莫可忘拙”的思想渊源

在伊秉绶的隶书作品中，匾额与楹联是极具代表性的一类创作，无论是“散邑盘铭”，还是《隶书五言联》等，书风都以浑朴苍劲、静穆威严为主，气势恢宏，格局雄阔，梁章钜在《退庵随笔》中说的“能拓汉隶而大之，愈大愈壮”[①]便是此意。这股力透纸背的庙堂之气，便是源于儒学静穆敦实的深刻影响。伊秉绶出生于福建宁化，伊氏为当地诗书盛族，家世儒宦，卷帙平生。伊秉绶自小家风严谨，祖父伊经邦亲授儒学经典，父亲伊朝栋督教严厉，平日名儒相交耳濡目染，因此“墨卿太守幼禀尊人光禄公庭训，又获闻乡先正李文正公、蔡文勤公及雷翠庭先生之绪论，固于立心行己之学，有志讲求，而文章词翰，亦皆精能”。[②]青年时期赴京赶考，举中正榜，留居京城，受刘墉耳提面命，与翁方纲、桂复、孙星衍等鸿儒往来甚密，理学经典研习益精，儒学思想濡染益深。阮元在伊秉绶的墓志铭中称他“学宗儒，多善政，心精敏，能任事，扶节义，抑豪右”，[③]这是伊秉绶人生的写照。

宋儒理学是典型的内圣之学，注重修身养性，强调道德践履和人

① 〔清〕梁章钜：《退庵随笔》，清道光十六年（1836）刻本，扬州：江苏广陵古籍刻印社1997年版。

② 〔清〕张维屏编撰：《国朝诗人征略》，广州：中山大学出版社2004年版，第718页。

③ 陈吉：《心慕手追伊汀州》，《公关世界》2017年第16期。

格自我完善。伊秉绶以宋儒为宗，尤其注重守敦行笃的道德规范。学业上，他承继闽学，著书立说，弘道育人，梁章钜论其“君政事、文学皆卓有表见，独服膺宋五子之学”。[①]生活上，他自警“人生也，直即天地之性，无少回邪，行则正”。[②]1813年，子侄要为伊秉绶筹办60寿庆，他予以拒绝，并将祝寿之款捐给龙门桥建设。工作上，他“问民疾苦，裁汰陋规，行法不避豪右。故练刑名，大吏屡以重狱委之，多所矜恤”。[③]廉政上，他以忠信为核心，“守以敦笃，出为循廉”。他还致力于地方文化建设，创办丰湖书院等，聘请名师讲学。伊秉绶去世后，当地百姓将其与欧阳修、苏东坡和王士祯并奉为“四贤”，建祠奉祀。

以修身成圣而通达天理人情的义理道统为核心的儒家学说，不仅是一系列外在的行为规范，更是一种内化的生命理念，它在对人本主体世界观、人生观和价值观的形塑过程中，必然深刻影响其文化理解、审美选择和艺术实践。因此，伊秉绶的书法艺术创作，从一开始就打下了鲜明的“儒学”范式印记。而宋儒理学作为一种“明体心”“致良知”的生命本体哲学，表现在具体美学形式上，就是轻“文质”而重“情性”，轻“精巧”而重“宏大”，正如程颐在《二程遗书》中一段经典问答所示：“问：‘作文害道否？’曰：‘害也。凡为文不专意则不工，若专意则志局于此，又安能与天地同其大也？’《书》云‘玩物丧志’，为文亦玩物也……古之学者，惟务养情性，其他则不学。今为文者，专务章句，悦人耳目。既务悦人，非俳优而何？”[④]对于宋儒理学这种诚朴庄重的

① 谭平国：《伊秉绶年谱》，上海：东方出版中心2017年版，第370页。

② 陈吉：《心慕手追伊汀州》，《公关世界》2017年第16期。

③ 《清史稿》卷478本传，谭平国《伊秉绶年谱》，上海：东方出版中心2017年版，第189页。

④ 〔宋〕程颐、程颢撰，王孝鱼点校：《二程集·河南程氏遗书》，北京：中华书局1981年版，第239页。

美学文化内涵，伊秉绶深得要领。在为丰湖书院题字时，他选择“敦重”二字，并作跋曰：“人需厚重也，重则威仪整，学问固。所以《语》云：君子不重则不威，学问固。是之谓乎？”[①] 可以说，“敦重”是伊秉绶为人处世的信条，也是他对艺术创作的理解，因此他的隶书创作果断舍弃外表形式的巧饰雕琢，用笔不急不躁、气韵沉稳，线条圆润率直、凝重朴实，章法平整充实、方严整饬，形成了大气磅礴而不失端庄静穆、雄浑健壮而不失从容温雅、古朴浑厚而不失俊然超拔的书风，是宋儒理学“克己复礼”性情涵养和“中正仁和”德行操守的彰显。

如果说伊秉绶隶书创作方正严整的格式和静穆博大的气度是源自宋儒理学的濡染，那么其“大巧若拙”纯粹天然的神韵，以及“拙诚”“至善”的神游造化境界，则更多得益于道家人文美学和禅宗生命文化的影响。事实上，“尚拙”原本就是道家文化的一个重要概念，自老子《道德经》第 45 章提出“大直若屈，大巧若拙，大辩若讷”[②] 以来，“巧拙”就作为一对辩证美学概念在中国艺术思想史上流传广泛。在道家文化体系中，所谓“巧”，便是“毁绝钩绳而弃规矩，工倕之指，而天下始人有其巧矣”。而与之相对的“拙”，则是“任其自然，天也，有心为之，人也”。[③] 因此，道家美学思想认为，有意而作的人工雕琢和精妙伪造，有违自然规律，扭曲人性发展，只有“天下之至拙，能胜天下之至巧”[④] 的本真淳朴，才能在合乎自然的天理顺应中，自在张扬本性，获取无尽美感，并通达“无为而无不为”的至臻境界。伊秉绶一生学识广博，博采众长，“于儒释道三家广为涉猎”，重涵养轻

① 谭平国：《伊秉绶年谱》，上海：东方出版中心 2017 年版，第 211 页。

② 〔汉〕河上公、〔唐〕杜光庭注：《道德经集释·上》，北京：中国书店 2015 年版，第 321 页。

③ 刘克明：《中国技术思想研究·古代机械设计与方法》，成都：巴蜀书社 2004 年版，第 135 页。

④ 〔清〕曾国藩：《曾国藩全书》，北京：中国华侨出版社 2013 年版，第 7 页。

外质的人文理念，使他特别亲近道家崇尚自然、张扬本真的美学思想。他欣赏冲淡自然的意境悠远，题石涛《夏石欲雨卷》跋曰：“是卷泼墨淋漓，而题句乃云山淡、石淡、松淡。盖石涛奇人也，其心眼与人异，故奇情横溢二百年，如将见之画。”[①]他渴慕“心固无物役”的自在张扬，书赠楹帖“由来意气合，直取性情真”[②]以抒发纯粹自然的意趣追求。这一切体现在他的书法创作中，便是追求素朴简约的审美范式。其隶书乍看之下笔画平直，方严整饬，变化不大，但细品之中，却有着挫入顿出而流畅饱满、筋骨刚劲而洒脱自然的格调。尤其是他50岁之后的隶书创作，愈发内外融通，整体和谐，达到了严正而不刻板、凝重而有韵致、夸张而有情韵的高度，一番清悠高远的境界，是道家文化“藏巧于拙”“纳精于朴”的生动演绎。

伊秉绶“至中年以后则谢浮念，与僧为友，喜谈神学，晚年致力于心性之学”。[③]禅宗文化对他晚年日渐成熟精进的隶书创作影响深远。禅宗讲求“拈花微笑”的顿悟，即通过清宁平静的个体修炼，达到心虑澄清、万象俱寂、天人合一的境界，在超越俗尘法度中，获取生命本体的无限自由。伊秉绶晚年深受这种文化理念的影响，他在《自画山水》中题诗并识曰：“论诗欲参禅，作书可通画……神与造化游，笔落风雨快。”[④]将参禅悟道的生命体验融入他的诗书画论。看他晚年的隶书创作，完全舍弃一切华而不实的外相，追求性灵自由表达的“心神合一”，笔画健硕粗壮、饱满充实，空间疏密有度、错落列阵，章法从容大气、恢宏博广。沙孟海说他：“无体不佳，落笔就和别人分出仙凡的境界。”[⑤]

① 谭平国：《伊秉绶年谱》，上海：东方出版中心2017年版，第280页。
② 谭平国：《伊秉绶年谱》，上海：东方出版中心2017年版，第288页。
③ 王美怡：《伊秉绶》，福建省文化厅主编《伊秉绶书法艺术展学术研讨会论文选编》，第43页。
④ 谭平国：《伊秉绶年谱》，上海：东方出版中心2017年版，第280—281页。
⑤ 沙孟海：《沙孟海论书丛稿》，上海：上海书画出版社1987年版，第48页。

他又对《郙阁》《衡方》《张迁》等几方东汉成熟时期的隶书代表作品用工最深，吸收借鉴最多。此外，他还大胆借鉴秦汉碑额瓦当砖文这些常被人遗忘的古体文字。王昶记曰：“墨卿能诗工篆隶，因其耽奇嗜古之心，进而稽七经之古义，考六书之古法，可喜、可愕、可它宝，必有十百于是者矣。”[①] 纪晓岚更大方转赠汉未央宫旧瓦：“柬以铜而琢为砚，余既为铭之矣，墨卿拓摹其文，将求博稚君子咏歌之。”[②] 秦汉碑额瓦当砖文给予伊秉绶领悟和创作的充沛灵感。一方面，他灵活借鉴异体字入书，丰富了作品整体的装饰效果；另一方面，他汲取古体文字的结构之美和笔法变化之情，有效实现了字形方正严谨和笔势舒展意趣的有机结合，赋予作品沉静悠远、古意盎然的“古拙”意境。

伊秉绶之所以成为一代宗师，在于他能广纳百川而博采众长，师法多方而融会贯通，探索并创新既符合时代风尚又具有个性风采的艺术形式。早期的帖学也好，后来的碑学也罢，对于他而言，都是过程，而非结果。他关注的是选择性吸收、领会式把握和创造性发挥，力求深入其中而自得其外，获取朴茂简远的艺术效果，达到恢宏磅礴的艺术境界。

三、“莫可忘拙”的创作形式及美学意蕴

“外师造化，中得心源”是中国艺术理论的一个重要命题，蕴含两层基本意思：一是艺术师法自然外物的本质不是拘泥于沉固形态，而是要深刻把握其中生生不息、无往不复的内在精神，如董其昌提出的著名画论：“画家以天地为师，其次以山川为师，其次以古人为师。故有不读万卷书，不行千里路，不可为画之语。”[③] 二是艺术发展的核

① 《春融堂集》卷44，谭平国：《伊秉绶年谱》，上海：东方出版中心2017年版，第41页。

② 〔清〕纪晓岚：《纪晓岚诗文集》卷4，扬州：江苏广陵古籍刻印社，第204页。

③ 〔明〕汪珂玉：《珊瑚网》卷18，《董玄宰自题画幅》，成都：成都古籍书店1985年版，第1190页。

心是创造，正如郭若虚所说："如其气韵，必在生知。"[①]个性的情思发挥和主体的性灵张扬能够衍生丰富的智慧，这是艺术创造的独特魅力。"外师造化，中得心源"的观点在中国传统艺术理念中是极具代表性的，也为我们研究伊秉绶"莫可忘拙"提供了有益的启发：无论是"守拙"，还是"求拙"，都不是因循守旧的一成不变，而是顺应变化、遵循规律的生动创造，正如伊秉绶自言："嘉庆九年，自粤罢官来京师，出诗草属序余，无华玉、孟阳才安能序吾墨卿诗？黾勉卒业，大抵少作多幽洁之篇，官西曹多雍容之计，居粤多峭厉之词。溯源于温柔敦厚，讬意于忠孝节廉。境屡变，诗亦屡变，而有不与之俱变者，所谓道也。"[②]境遇变化，诗风与书风随之变化，唯一不变的"道"，就是内心所秉持的信义理念，对主体自由意志和个性自在的坚守。正是取法深邃而创意革新，博采众长而锐意进取，伊秉绶才能以独特的书体形式，涵容丰富的美学意蕴，表达丰沛的生命哲学，从而开启了"遥接汉隶，行以天机"[③]的一代蔚然书风。

中国汉字特征重在构形，以汉字为主要表现对象的书法艺术讲究线条。而线条的不可逆性和互相承接性，要求创作者一方面必须熟练掌控笔法，做到无所反顾而"一气呵成"，另一方面通过对线条转折联结的良好处理，达到"飞鸟出林，惊蛇入草"的艺术效果。一般认为，伊秉绶的隶书线条粗细相近，波澜不大，似乎没有太大讲究，实则他对于笔法用墨是十分重视的。他从小受教于书法大家刘墉，勤学苦练用笔方法和书写姿态，曾自言："吾师授法曰：指不死则画不活"，"其法置管于大指、食指、中指之尖尖，略以爪佐管外，使大指与食指作

① 〔宋〕郭若虚：《图画见闻志》，北京：人民美术出版社2003年版，第14页。

② 谭平国：《伊秉绶年谱》，上海：东方出版中心2017年版，第267页。

③ 阴胜国：《遥接汉隶 行以天机——伊秉绶的隶书风格及其审美理念》，福建省文化厅主编《伊秉绶书法艺术展学术研讨会论文选编》，第142页。

圆圈，即古龙晴之法也。”[1] 扎实的练笔，为伊秉绶用笔的自如发挥奠定了坚实的基础，他在师法多家的基础上，巧妙化用并糅合唐楷雍容大度、汉隶淳朴浑厚以及篆书古朴凝重等多种字体风格，开创隶书审美新范式，即采取中锋用笔，挫入顿出，顺畅坦荡，尤其在长横与捺画的处理上，省去隶书常见的横画波挑燕尾，力求浑穆蕴藉的简洁明晰。其简约处更接近于篆书笔法，粗看平直单一变化不多，实则化繁为简，归返本真，意趣盎然，从而表达了自己独特的书法艺术理解：“毫端变幻，出乎腕下，应知凝神造意，莫可忘拙。”即线条无论如何曲折顿挫，轻重浓淡，变化多端，都是为了反映创作主体的精神意念，因此端正本我，返璞归真，方是艺术追求的根本要旨。

线条之外，中国汉字的另一个重要特征就是结构。从甲骨文演变的汉字结构蕴含对称和谐、四维立体等空间概念，成为一种独特的造型艺术而延绵千年。汉字书法尤其重视空间结构，不仅关注每个字点画布白形成的内部结构，也关注字与字之间乃至字与留白的空间关系，由此形成所谓的“字法”和“章法”。真正优秀的书法作品，其章法结构是独具风格的，这正是伊秉绶隶书创作的一大亮点，也是他“守拙”理念的出彩彰显。在结体上，他改变了汉隶结体扁平的特点，横竖穿插极尽均匀对称，结构中正质朴无华，擅取《西狭颂》用笔方起方收的特点，对空间进行方正的分割，看似粗木搭屋般方正笨拙，实则以运笔的坦荡从容掌控线条质感的饱满匀润，达到虽然平整，却方而不据、丰而不侈的效果。陈振濂评价说：“伊秉绶才是地道的建筑家，但他的建筑却不只在于构形，且还在其中参透入一种妙合阴阳的哲理意蕴。”在章法布局上，他更具有“丰富的空间想象力，以及出色的章法语言

① 《艺舟双楫》论书二，《安吴四种》卷13，谭平国《伊秉绶年谱》，上海：东方出版中心2017年版，第267页。

表达能力，使他的隶书横幅在表现书法意境方面成了一个范本”。[①] 典型如《松泉迳》《遂性草堂》《三世明经》等作品，横幅行列三两相杂变化丰富，手法伸缩扩张松紧疏密，体现了伊秉绶“守拙”理念在空间上的发挥：“古人作书，未有不讲结构者，然而汉隶中金乡曜奴等七人所作，已化去结构之迹也。此下晋、唐、宋诸家，则皆不敢言化去结构也。惟米与董却自命在千古以上耳。”[②] 以“虚实”和“减省”达到布白恰当而疏密有致，纵横错落而虚实相生，这是自觉的空间意识，更是本体的精神追求：“伊秉绶的空间不是一个空洞的空间，不只是一形式上的安排与变化，重要的是他的空间里有一种精神预见，至今读起来还是情境相连。”[③]

其实，无论是线条笔画也好，章法结构也罢，都是从心而出，由情而发。赏析伊秉绶的隶书作品，总能让人感受到“意境悠远”的妙趣，这是因为他的书法创作是源自主体本真情性的挥洒，是生命自由意志的表达，是谦和内敛、修身正心的生命哲学的落实和彰显。“莫可忘拙”的书法理念是社会发展进程中文化审美思潮的一种文艺观，表达了数千年来农耕文明对质朴无华、天然本真的审美形态的推崇，这就是其具有强大生命力和时代意义的主要原因。其中，创作主体德行品性的锤炼修养，顺乎天理、随应自然的生活态度和处世方法，宁静致远、冲淡平和的精神追求和坚忍执着、厚积薄发的胸怀气度，至今仍然值得我们学习借鉴。

（刊于《书法导报》专题版 2018 年 7 月 4 日）

① 董水荣：《伊秉绶隶书创作的空间》，福建省文化厅主编《伊秉绶书法艺术展学术研讨会论文选编》，第 101 页。

② 谭平国：《伊秉绶年谱》，上海：东方出版中心 2017 年版，第 276 页。

③ 董水荣：《伊秉绶隶书创作的空间》，福建省文化厅主编《伊秉绶书法艺术展学术研讨会论文选编》，第 102 页。

书斋　2001 年刻

1.4×1.4 cm

武夷山水　2005 年刻

6×6 cm

青竹山庄　2006 年刻

3×3 cm

天下为公　2005 年刻

4×4 cm

“石帆”丛书总序

茫茫东海之滨，巍巍君山之麓。

这片古老的麒麟岛礁，正风云际会波澜壮阔。

这片神奇的创业热土，正革故鼎新百舸争流。

北宋大儒张载说：“为天地立心，为生民立命，为往圣继绝学，为万世开太平。”数百年来，无数仁人志士以此为己任，宵衣旰食、筚路蓝缕。

起自高远，指向海洋。作为海峡西岸的国际战略支点，平潭承载着厚重的希望。光阴的故事里，我们不是匆匆过客，盛世的建设中，每个人都是参与者。而“石帆”丛书面世的责任，就是成为浇铸支点的文化支撑，努力与大地、与时代、与生活、与自由生命、与人民对接共生。

这片文化璀璨的沃土，秉承古魏风韵，追随海坛潮涌，薪火正旺、文脉流芳。历史和现实是“石帆”汲取的泉源，足以立一片郁郁葱葱的风景，建一座文采风流的殿堂。

嘤其鸣矣，求其友声。“石帆”丛书将立足平潭、放眼四海，不唯名家、但求名篇，不拘篇幅、唯求美文，不唯形式、文道并重，不分畛域、没有圭臬，不拘一格、雅俗共赏。在未来的岁月中，一切因你而生动，一切因你而精彩！

旦复旦兮，日书其华。历史需要书写，沙尘沉积成岩，才成为厚重的地质纪年；文化需要探寻，江流蚀刻河道，不复是倏忽而过的漫漶。“石帆”将逆物欲横流而上，以坚守的姿态迎接来自灵魂的声音，高扬文学的精神和风骨，给文学一个真正的家园、一份高洁的礼遇，让文学的光芒在这里闪耀、在时空激荡。

衣沾不足惜，但使愿无违。时间仿佛河流，贴着大地行走。在继续行进的时间之旅中，我们的脚步将踩着同样的足点，我们的目光将望着同样的方向。

泮洋石帆，擎天巨柱矗立于海天之间，风已吹起，帆已涨满，且让我们带着初心，汗洒足迹，黾勉耕耘，相聚“石帆”，昂然前行！

（刊于《石帆 1》，海峡文艺出版社 2017 年版）

“海坛文丛”总序

历史文化是一个地区、一座城市的文脉和灵魂，也是一个群体文化自信的根基和底气。我们为平潭拥有源远流长又独具特色的历史文化感到自豪和骄傲。

平潭，古称海坛，别名“东岚”，简称“岚”。地处闽东沿海，港澳纵横，地平如坛，沙明水净，为全省第一大岛， 中国第五大岛，是大陆与台湾本岛距离最近的海岛城市。

眺望古今，平潭承天地之恩泽、得海洋之浸润，承沧桑之古朴、纳日月之精华，置身苍茫海疆之畔，诉说着地灵人杰、人文荟萃的往昔与今朝。山水的对抗与冲撞、人文的渗透与融合、习俗的同化与变化的蔚然大观，最终形成了平潭多元一体、多样共存的文化生态，显示出平潭文化厚重、博大的独特魅力。

这里，有说不完、写不尽的史迹风情。新石器时代的壳丘头文化遗址，讲述着平潭延续7000多年的人类文明史诗。祖先农耕渔织，与中原文化相融共生，唇齿依存，形成了独具特色的海洋文化、饮食文化、婚丧嫁娶文化等文化基因，薪火相传。

这里，有得天独厚的地理区位，曾在东南海防举足轻重。六提督、十总兵的事迹，闻名遐迩；戚继光、郑成功抗倭保国、浴血海坛的故事，盛传不衰，激荡胸怀。

今天，平潭已擎起国家重大战略举措的发展旗帜，迎着海风，烈烈飘扬。海峡西岸经济区战略、自贸区战略、“一带一路”行动纲领、对台工作前沿阵地等，成就了当代平潭奇迹般的成长与发展。正是这份青睐，构成了平潭大开大合、大疏大密的生命场景，锤炼出平潭人敢拼敢闯、热情豁达、开拓开放、不甘人后的精神品格，平潭文化也因此呈现出不可复制的个性和特质。冯骥才曾说：“一个民族不管有多么博大精深的文化，关键是你现在手里还剩下多少，你对自己的文化知道多少，还有你心怀多少文化的自尊与自豪。”言犹在耳，时不我待。否则，祖先遗留的文化精髓将难以厘清，文化遗产将面临窘境……如何保存好、传承好、弘扬好平潭的历史文化，已成为迫在眉睫的重大课题。

基于这一共识，近年来，大批平潭在外的文化界、知识界有识之士对平潭历史文化给予了高度关注和深情注视，进行全面深入的挖掘和研究，体现了文化自觉和责任担当。从 2015 年开始，“海坛文丛”编写工作正式启动，北京平潭联谊会、平潭一中等负责此项工作，王强先生任主编。以平潭区域和平潭人为中心，通过汇编、点校、影印等方式，整理出一套较为规范、统一、权威的文献资料，积极探索平潭历史文化的衍生、演变和发展。目前列入文丛的有 15 部专著:《平潭县志》(8 册)、《山水吟稿》、《平潭谚语选》、《戚继光集》、《海不扬波——平潭舆图辑》、《〈申报〉平潭资料汇编》(12 册)、《民国平潭期刊史料汇编》、《平潭古籍史料汇编》、《海山词笺》、《清代岚台关系档案》、《高名凯先生译文集》(12 册)、《智慧之花——平潭俗语》及《第三只眼——陈星摄影作品集》《自有天真无限乐——陈菊生先生拍摄影集》《东岚毓秀——平潭一中影像集》等。显然，“海坛文丛”是对平潭历史和地方特色文化的一次全景式扫描和全面的梳理、总结，是一套总结历史、盘点遗产、延续文脉、服务现实的地方性文化丛书，能够全方位、多角度、多层面地揭示平潭文化的丰富内涵，在一定程度上就是一个地域的文化史和百科全书。它的出版，展现了世代平潭人最深层的精神追求、最根本的精神基因和最为独特的精神标识，是一部平潭人的精神回家之旅，对于检视平潭文化实力、彰显平潭文化魅力、提升平潭文化影响力具有十分重要的意义，是一项重大的平潭文化工程建设项目。

文章千古事，家国万年情。透过这套丛书，我们真切地感受到编者对平潭文化的热爱，对历史、对后人高度负责的态度和严谨求是的学术精神。正是得益于他们的辛勤奉献，平潭人共有的历史认知和文化体验转化成了生动的书写符号，才有了今天呈现在我们面前的这一部部沉甸甸的专著。

历史的记忆总是闪烁着微茫的灯火，文明的脚步一直在探索中风雨兼程。历史进程改变的是手段和方法，不变的是人类社会对光明大道、对至善目标的追寻。纵观历史长河，时代车轮滚滚向前，始终有一个坚定稳固的内核，散发出永恒的光芒：温故知新，继往开来；以史为鉴，古为今用；前贤后昆，一脉相传。历史与现实，是一条永远割不断的长河。平潭从过去走来，向着明天走去，昨天与今天，看似短暂，但其间的筚路蓝缕、上下求索，又是何等漫长与艰辛。前人的经验与教训，正是后人前行的宝贵财富。以史为鉴、面向未来是一个永恒的话题，它在不同时代有着不同的内涵和解读，但是它所包含的精神境界和精神气质会历久弥新，像璀璨的星光一样熠熠生辉。

先贤前辈们创造了平潭文化，充盈了平潭史实，凝聚了平潭精神，我们有理由相信，当代平潭人一定能找准历史的方位和坐标，让文化深深地扎根在人们的生活中，深刻反映生活、揭示生活、美化生活、激励生活，更加自觉地承担起引领社会进步的责任，更加自觉地承担起弘扬优秀传统文化的责任，更加自觉地承担起满足人民精神文化需求、保障人民基本文化权益的责任，以更深层次、更高境界的追求推动文化的发展繁荣，创造出平潭新的历史、新的文明、新的辉煌。

是为序。

（刊于“海坛文丛”，凤凰出版社2017年版、吉林出版社2017年版、四川大学出版社2017年版、台湾亨利出版社2016年版、香港采薇阁出版社2017年版等）

《正山堂茶经金骏眉》序二

茶者，形似简而意实深。

从表象而言，栽种丘陵高山，根植丰沃土壤，在风霜雨雪中成长，在青云薄雾间繁茂。滋味或甘润悠柔，或醇厚馥郁。从秦汉三国作为药食，到魏晋南北朝渐成佳饮，一盏清茶，就能寻见烟尘俗世的市井人生，品味尘埃飞扬的生活百态。

从内质来看，承纳天地玉露，涵容日月精华，是乾坤之气的酝酿，更是阴阳之道的调和。可聚友会客，可安神清心。从宋代品茶社团兴盛成风，到明清年间茶道文化普及，一间茶室，可作超然物外的精神悠游，感悟天地人融通的法理探义。

“茶”的内涵丰富多彩，包罗万象，绵延无穷，围绕其生发出的千万茶事，更是璀璨纷呈。无论是种茶、采茶、制茶等各种茶业，还是茶器、茶艺和茶理等诸般茶道，都说明了人们对茶的极致追求绝不仅仅是为了享受舌尖愉悦，更是为了体验生命百味。茶香氤氲之间，正是中国千年茶道的悠悠绽放。

然而，茶虽为国饮，且好茶者众，但真正识茶、懂茶的人却不多，多数人对茶的生长习性、研制技法、发展历史和文化含义知之甚少，这对于具有广博深邃的茶国“至精至美”茶道精神的民族而言，确是一件憾事。有感于此，我的挚友徐庆生先生，早年在武夷山市委任职期间，就潜心钻研，不懈探求茶文化的普及与推广，做了大量扎实而富有成效的工作。他编著的“中国名茶”系列丛书，通过对源远流长历史的回顾追溯和琐碎繁复资料的钩沉整理，条分缕析地呈现了中国茶的百态事象和万千道义，至今仍是人们了解和掌握茶文化知识的重要著作。

庆生对茶如痴如醉，源于他早年学农，曾著有《走进三农》赠我，然更与武夷丹山碧水密切相连。千壑竞秀的三十六峰云蒸霞蔚泻飞翠，蜿蜒婉转的九曲溪水碧波涟漪荡流光，生长于斯的万世灵芽，正是武夷山水馈赠当地百姓的瑰宝。如果说，奇秀甲东南的碧水青山孕育了武夷茶“流华净肌骨，疏瀹涤心原”的曼妙生命，那么天地人和谐统一的儒释道文化更赋予了武夷茶“无须攀月桂，不假树庭萱”的明睿精魂。武夷茶不仅品类众多，汇集了大红袍、肉桂、水仙、正山小种红茶、金骏眉等，而且品质独特名扬世界。早在17世纪上半叶，武夷茶就顺着海上丝绸之路南下横穿印度洋远销英国，并几乎于同一时期，沿陆上“万里茶道”北上挺进俄罗斯，从而迅速成为欧洲人尤其是英国皇室生活不可缺少的必备品，由此开启了世界红茶兴盛之源……在这名副其实的“茶都”中生活过的人，如何能不倾心于茶事、醉心于茶艺、执着于茶道？

而在这个风景秀美的茶都，人们口耳相传、念之思之的，除了岩茶之外，就是红茶中的翘楚——金骏眉。这款由正山小种红茶第24代传承人江元勋先生于2005年带领团队在传统工艺基础上精心研制出的红茶，采摘自武夷山国家自然保护区内的高山原生态小种新鲜茶芽，经过一系列复杂的萎凋、摇青、发酵、揉捻等加工步骤而得以完成。其优质的种植环境和严苛的选材条件、全程手工精细制作过程、金汤清雅韵味高贵的品鉴效果，使金骏眉成为难得的茶之珍品。为了让更多人进一步了解和品赏这份珍宝的异彩，庆生携徐希西编著了《正山堂茶经之金骏眉》一书，全面系统地记述了金骏眉的生态风貌、培育特征、加工技法、品饮艺术、风俗礼仪乃至药用价值及存储之法等，内容翔实，图文并茂，细致生动地展现了金骏眉的前世今生，对于促进金骏眉茶文化的进一步繁荣、助推武夷茶产业深入发展壮大具有重要意义。

陆游有诗吟：“矮纸斜行闲作曹，晴窗细乳戏分茶。”品茶是门学问，识茶更是道行，不仅是晓茶事、辨茶器、懂茶艺，更是解茶情。洋洋洒洒一本茶经，看似品鉴金骏眉，实则酝酿着大智慧：溯源红茶历史中有对往来古今的瞭望，考察珍品精心培育间是对世事代谢的洞察，畅谈品饮文化时更有对人情事象的悉心熨帖……正是一杯两盏清茶，三番五轮人生。相信无论是否喜茶爱茶识茶之人，翻阅此书，都将借着“金骏眉”这一机缘，或见山水天地，或见世故人情，或见悠悠古今，或见烟火微尘，各有所得，各领所悟。

虽寥寥数语，然寄盼甚切，是为序。

（刊于《正山堂茶经金骏眉》，中国农业出版社 2017 年版）

《岚岛抒怀》序

《岚岛抒怀》是邱奕荣在平潭挂职期间著的作品集，涵盖了随笔杂文、调查研究、新闻通讯和书法篆刻等数十篇文稿，大部分已发表在中央、省、市的各级刊物上。奕荣其人淳朴、真诚、正直、勤奋，其文感怀人生深情款款、调查研究针砭时弊、观察社会入情入理，书法篆刻厚积薄发，特别是奕荣经过深入调研，写下了大量关于平潭廉政建设的文章，体现着他对本职工作的热爱、专注和希冀。

《老子》曰："见素抱朴。"提倡每一个有修为的人，无论身处顺境还是逆境，无论在什么岗位、干什么工作，总能坚定信念，秉持操守，忠诚履职，与时代、社会同呼吸，从而散发出质朴而率真的气质，用成熟而练达的人格魅力感染他人。这正是《岚岛抒怀》要告诉读者的：物质文明高度发达的同时，需要精神文明的超越；身处喧嚣、浮躁的闹市，需要一处让内心安静、平和的家园；平凡人生的梦想，需要在跌宕的岁月里锲而不舍地坚持。

笔墨抒情，诗文言志。一卷在手，意义深远。我真诚希望奕荣不断砥砺操行、标拔志气，现其本真、守其淳朴，日积跬步、以至千里。

是为序。

（刊于《岚岛抒怀》，中国文史出版社 2015 年版）

《碎语闲言》序

闽北人都知道，黄光炎是个有趣的人，做人办事真诚直率，文章辞赋风采俊逸，就连品茶饮酒也自得情趣，是一个对工作有热情、对生活有温情、对人生有激情的人。我与光炎兄是多年老友，悉知他数十年如一日，笔耕不辍坚持创作，也常在报纸杂志阅读到他的一些佳作。《碎语闲言》是他的第一部杂文集，汇集了20多年来在各类报刊发表的文章，既是他志趣人生的一份记录，也不妨视为他飞扬生命的几许心得。这些文章接地气而有丰富的生活动态，涵品质而有严肃的思考探求，以敏锐的观察针砭时弊，以生动的笔法激浊扬清，旁征博引中关怀民生，说古道今间问询世道，具有质朴的人文精神，更富有稳健的义理内涵。

鲁迅《集外集拾遗补编·做“杂文”也不易》中曾直言：“比起高大的天文台来，‘杂文’有时确很像一种小小的显微镜的工作，也照秽水，也看脓汁。”作为一种直接、迅速反映社会世情和时事动态的文艺性论文，杂文要同时兼备热烈的激情、敏锐的观察、激扬的文采以及深刻的思想，才能在短小篇幅间展示锋利，在锋利劲道中获取隽永，以独特的艺术魅力显示强大的生命能量。其中，思想性是杂文的核心与灵魂，源于创作主体对生活百态的细致观察和独到发现，更深植个体生命对世情人心的深刻体悟和不懈探求。诚如《碎语闲言》所展示的，从街头巷尾到地头田间，从高宇广厦到草舍屋棚，林林总总的琐事，形形色色的人群，选材全部来自最日常的生活和最平凡的工作，却能以小见大，见微知萌。作者无意高谈阔论，而是专注于从平凡处看见不凡，从细碎处发现庞杂，在嬉笑怒骂的洒脱与豁达间，在鞭辟入里的洞见与锋利间，关怀贴近百姓的生活现象，扎根深入基层的工作问题，务实而稳健，真切而中肯，亲近而温暖。

人常说："文如其人。"读黄光炎的文章，能深切感受到他迹深墨浓的字里行间散发的凛然正气和刚直骨气。他的文章，针砭时弊精练而犀利，如手执利刃，切金断玉，干脆利落。他时而情绪饱满铿锵有力，如在《不敢看书》里，通过一系列对比，严厉批判当前经济利益驱使下，出版行业粗制滥造出版物的问题，并怒而发问："有关直接责任者，究竟是对得起作者，对得起社会，对得起广大读者，还是对得起谁呢？"时而讽刺尖锐犀利深刻，如在《"安利"热，让人欢喜让人忧》中，他一针见血地指出链条式推广营销现象产生的深层动因："企望通过加入'安利'直销队伍挣大钱的盲从者们，则当慎而从之。"时而又理性思辨思考深刻，如在《让医疗回归"初心"》中，他透过时事热点"长生疫苗事件"，直指医疗卫生改革症结，并对商业经济下的医疗卫生事业发展进行深思："人一旦失去人性、唯利是图，就无异于动物……由是观之，我们是否应当呼唤医疗初心的回归，呼唤医行灵魂和本质的回归，呼唤其回归到人性的真、善、美上来！"如此提笔行文，贴现实，戳痛点，动人心，启深思，堪称时代之文。

时评杂文，最讲究一个"新"，要么关注时事新奇，要么考察角度新颖。光炎的文章时时有新景，处处有新意，新的独具匠心、新的出其不意。他看问题，往往突破一般的思维常规，发现独特之处，同时也引发深刻思考。他的杂文短小精悍，却拥有充实饱满的生命能量，其原因不仅在于它的新颖和新意，更在于其中丰富而深刻的思想。光炎的文章，巧辩妙证，去伪存真，在微观和宏观的统一、"破坏"与"建设”的和谐中，达到辩证的理论思维和情感形象的审美思维的完整构建。如《“名人”文化与文化名人》中，作者瞄准文化丑陋现象，“真正文化名人的作品，才是能经得起时间检验的艺术……尤其一些并非真正的历史名人的‘名人’们，其‘出名’往往是一时或具有狭隘的地域性。万一到处题词刻石刻碑等，一旦时过境迁或其他原因，他们的‘作品’往往就会被人铲除，从而使得一些原本很美的名山胜石、琼楼名园留下遗憾的疤痕。”让那些虚伪的假名人、伪名人羞愧难当，悔不当初，丢尽脸面。在《找准“1℃”》里，“如同一壶水烧到 99℃还没有沸腾，还没有产生价值。因而，牟其中就是去找准那个‘1℃’，从而使‘99℃ +1℃ = 沸腾’来创造财富。”揭示出 1 与 99 的关系。他用杂文之铁锨，挖出了企业的成败之源。

光炎的杂文，以古查今，以个别鉴类型，以特殊证普遍，在胸怀敞亮、视野开阔的渊博见解中，流露俊逸的儒雅风度和大家气概。他的杂文，议论不刻板，说理不生硬，思考不古奥，全在妙趣横生的形象生动营造间，庄谐并置而收放自如，情理纵横而开阖有度，非有足够的“嚼”劲儿，才能体味出其中的辛辣滋味。如《何不食肉糜》，他先是举出晋朝的惠帝，听说天下闹饥荒，人民没有饭吃，便说：“何不食肉糜？”通过这样的故事，鞭挞映射如今的“政府之于企业管理、上级机关之于下属单位、单位领导之于属下工作人员，如果也是一味包办、代替、迁就、恩宠，久而久之，也会有朝一日造出许多的‘惠帝’来的——‘何不食肉糜’”。苦口婆心，足见作者的“医者仁心”。“智术之子，博雅之人，藻溢于辞，辞盈乎气。苑囿文情，故日新殊致。”光炎兄的杂文，从民间来，到百姓中，稳健踏实，刚柔并济，锋芒直爽，妙意情趣，融个性情感表达与理性逻辑思辨于一体，是不可多得的精神美餐，值得慢读，更值得细品。

我真诚喜欢光炎的文字，更由衷欣赏光炎的为人。

是为序。

（刊于《碎语闲言》，团结出版社 2018 年版）

回归心灵和精神的家园

——《黄经通篆刻》序

从大汶口文化的陶文符号到殷墟甲骨文，从青铜器金文到书法的其他诸体的发展过程来看，人类社会发展的文明程度是以艺术的先进性为代表，是人类心灵和精神由此及彼、由表及里的演变过程，即艺术性——实用性——艺术性，这个过程的起点和终点，它从传统中来回归到传统中去，循环往复，由低向高，以至无穷。不同的时代，人们的审美情趣也不相同，因此，就有了晋尚韵、唐尚法、宋尚意、元明尚态之说。如今的书法家崇尚什么?

丁亥春，“闽派印道”黄经通等一行五人到武夷山问道，我在青竹碑林内与他们进行了一次深入的交流。初识经通，其温文儒雅，有学者风范，尤一见如故。他生长在福建长乐，那里历史悠久，名人荟萃，经济繁荣，体育兴盛，是著名的侨乡，曾哺育出冰心、郑振铎、陈子奋、潘主兰、陈凯歌等名人。经通从小就受到他们精神的感召，少年时即开始学书，尔后兼习篆刻。

经通学书，分五个阶段：初入唐楷，临褚、欧等诸帖；后兼篆隶，篆学《毛公鼎》《散氏盘》《周墙盘》《石鼓文》和邓石如、吴让之、吴昌硕等诸家，隶学《张迁碑》《曹全碑》《礼器碑》等；行草取法“二王”；中国美院读书及“回归”等五阶段。遍临诸家，功底深厚。

经通学书重在“神”，他说：“一笔一画，有阴有阳，有血有肉，有精神气。”后来我才知道，其妻林丹红也是中国书协会员，毕业于福建医科大学，所以，经通对线条的理解多了一份情感，有了生命力。

逝者如斯，生命的特质在于生生不息。书法的魅力，在于每一画都是一个有形的生命，在落笔的一刹那，一个生命的痕迹即刻化为永恒。有人说，书法是“中国文化的核心”，“不懂得中国的书法艺术，就不可能真正懂得中国文化。”难怪，法国前总统希拉克称中国书法是“艺中之艺，是民族的记忆”。

经通学印，从汉印入手到战国古玺，旁参明清诸流派，最后回归古玺。崇尚“印从书出”“印外求印”。

历史上，书法受儒家和道家影响较大。儒家主张“文以载道”，有鲜明的功利性，功利目的的世俗化，妨碍了书法艺术的发展。道家认为，艺术是非功利的，主张“道法自然”，符合书法的纯粹审美属性。经通崇尚道家思想，他在《篆刻笔记》中写道：“篆刻之道，不要计较于一技之精良，应有大道存乎胸中。”他说的“大道”，指的就是道法自然。

书法创作的定位，因审美理想和艺术情趣的差异而手法不同，创作手法的确定则源于知识的积淀和艺术的实践，同时，还受性格、修为、喜好、感觉等诸多因素的影响。

经通说，他学书不分古今，不论南北。他的书风主要来自碑学，中锋运笔，侧锋兼蓄，线条厚重，苍劲稳健，书风严谨，人文气息浓郁。其篆书奔放有法，细微有魄，跌宕有致，古拙有新，穿插有度，妙趣横生。其隶书灵动逸迈，风骨苍然，方圆兼济，气韵流畅，清幽淡远，意象峻伟。

经通的篆刻，有古玺风貌、明清情怀、古典时尚，多姿多彩，线条丽质，新颖别致。印面的空间和视觉表现力强，静中有动，动中有变，变中生韵，韵中传神。刀法精到，冲切并用，不修不复，疏密有度，节奏有序，方寸中见宏大，精微中见精神。

我与经通同道同城，时有往来，每与他联系，他多在书房用功。他说，他平时只有三大喜好：读书、写字和品茶。古人云，“字如其人”，经通不仅书品高，人品尤高，他性格内敛，为人低调，处事平和，生活简朴，深居简出，淡泊名利，大有晋人遗风。

经通于书法篆刻如醉如痴，如鱼似水，他在篆隶和篆刻上下了很大的功夫，长期反复临帖临刻，其书法与篆刻有很强的互补性，书法里有强烈的金石味，篆刻里有浓郁的书卷气，融会贯通，一脉相承，从而在传承上有开拓，在回归上有创新。这一点，从他的书法篆刻作品30多次获奖、入展由中国文联、中国书协主办的各种国家级大展记录中就能得到证明。

前不久，欣闻经通荣获福建省第六届百花文艺奖，又要出版《黄经通篆刻》，于是，我与友连兄等同人在左海大厦为经通庆贺，经通不胜酒力，只顾喝茶，但喝茶也能喝出禅宗佛理和山川日月。我们从秦砖汉瓦说到四书五经，从魏碑古帖调侃到唐诗宋词，天南地北，谈书论印，甚是开心。

书法创作是社会生活和时代背景下的心灵和精神感悟，优秀的书法家始终把自己融入社会，深入体验生活，通过书法表达性情，诠释心灵。我坚信，耐得住寂寞的经通，一定能坚守心中的一方净土，回归到心灵和精神的家园。

〔刊于《福建日报》2012年2月21日，《闽北日报》2013年4月4日，《文化生活报》2017年3月30日，《黄经通篆刻》（福建美术出版社2012年版）〕

个性化写作

——《坛中日月长》序

法国批评家埃莱娜·西苏在《美杜莎的笑声》中，阐述了个性化写作的概念："写吧！写作是属于你的，你是属于你的。"任何一个作家，写作时都离不开他们所处的环境、成长或生存的境遇， 这是他们获取个体经验的渠道。变迁的时代、恍惚的光阴、不同的经历，构成了写作风格上的差异，这种差异带来个性化。个性化的是大众的， 个性化在大众之中才能显得更为独立和自由。

翻阅平潭作家欣桐的《坛中日月长》，欣桐表现出一种充满个性化的随意，一种自然率性的谐谑，她以一种轻松洒脱、收放自如的心态来写作，款款道来无话不说，让人产生悠闲快乐的审美体验。她通过描摹人生社会的林林总总，呈现对自身内外的独立思考，对生活、对平潭的热爱，有着向上、热烈而富有良知的力量。这一方面是由于平潭的地域特色与欣桐个性基因的融合，另一方面也缘于她的知识积淀和过往经历的相互渗透。

欣桐的散文，节制又有效地承载了个人生活和精神历程。 如《他的出生地，我的乡愁所》《平潭世相写生》《海岛的叫卖声》， 回望中她对平潭的热爱是鲜明的、也是立体性的：历尽风吹雨打的石厝、成片的木麻黄、"韩国馒头"的叫卖声、收废品的安徽夫妇、朴素的八婶婆三叔公……她关注着人性与人生、人的命运与生存价值，体现一种内在的超越性。在她明快、爽朗的叙述之外，也让人看到岁月渐渐远走、环境不断改变后难舍的惆怅、失落的乡愁。她让记忆中的平潭发出光来，并让这些光照亮内心世界和现实生命。日常生活的“俗态”在她笔下别有一番韵味，跳动着幽默、闪烁着智慧、浸透着情致，一步一景，九曲十回，桃红李白，景象万千。

每一位远离家乡的人，无论走到哪里、扎根在哪，都会时时回想起自己的故乡、成长的经历。《故乡的云》一辑，其篇幅和文章的气度是充沛和饱满的，欣桐打捞了最具典型意义的人物和事件，难忘的场景和人事的变换、年轻时的磨炼、归乡时的情怯……时间过后的那种刻骨铭心，在记忆里明亮动人：《坐在宽窄巷子听雨》中成都的宽窄巷、雨、芭蕉、访书、小儿和先生、白发苍苍的老父母，这一切，有了游子的感伤，也多了一份回归的温暖情愫。在此，欣桐呼唤人文精神、关注社会人生、表现内在人性，并使之不断深化。

欣桐好读书、爱品鉴，时常漫谈电影、评论文学、记录采风、谈论人生等，《翻阅阳光》《桐花万里》《采撷春光》一系列的文字里飘逸着浓厚的书香意气、文化精神，发散出对生命本质的肯定，对世俗人生的雅赏，诗性的言说以不断的思考给人审美与智性的阅读。《履仙踪·觅仙景·写仙作》《永远的马缨花》《金山路·跨世情》等文章中，有溶解在张贤亮、张翎作品中的思想元素，有立足于来自海峡两岸作家诗人的行踪、作品而呈现出的对人生价值、生活哲理的探索，凝结着渗透于形象、情感之中的人生智慧，读者可以凭借自身的审美，进入一种超越的悟境，获得思考的愉悦。

欣桐是一名记者，与社会接触面广，这给她的写作带来了源源不断的素材，但她的文章能够源于现实又超脱于现实，进行有效的弹跳和穿插，行文畅达，又不失气度。她始终锲而不舍地与这个时代、这座城市进行全面的接触，用记者的敏锐不断思考时代性的生存问题和大众性的精神要求："怎样的人生才是如意的人生？怎样的人生才是辉煌的人生？"她的文章内涵饱满，物象丰腴，有着内在的悲悯，以及一个外来媳妇对平潭的认同感和归属感。《荷锄种花》《秋实家园》《凝》诸文，以平潭岛上的变化为背景，将个人的观察、记忆融合成独特的体验，看到了平潭的一种风俗和命运，写出普通大众生存的真实状态，从他们身上表达对精神的守望。

清朝诗人沈德潜在《说诗晬语》里说"性情面目，人人各具"，意指文学作品应有自己的特征、风格，就像人的性情面目一样，应各有不同。一个作家的胸襟抱负、文学积淀、思想性格，对作品的内容、风格有决定性的作用。他必须真诚地热爱生活、关心社会，撇开时尚和潮流的浮华，抵制烦琐、无聊、浅层次的欲望和心灵的萎缩，做生活的创造者、参与者而不是享受者，抹去对人生、世界、社会同质化的印象、认识和体验，真切地理解所生活的时代和这个时代的人，自觉地承担起文化的守望者、社会的批判者、人类的良心等角色。这样才能从热闹纷繁中形成自己的价值判断、写作个性，用作品向社会提供独特的社会风貌、人生意味和价值理想。

近日，欣桐请我为她的作品集《海坛日月长》题写书名并作序，我以为，有个性的欣桐在作品中已渐渐有了独特的气质，希望她能够坚持下去并进一步提高，真诚地投身现实生活，真正融入整个时代与社会，秉持对人生思考、哲学内涵和情感密度的深度探求，使心灵的开掘达到一个更深的层面，在叙述、描写、抒怀的过程中，做到以盐溶水、如汤沃雪，渗透、融汇进去更加深刻的、思辨的、感悟的意蕴，在作品中发出只属于自己的声音色彩。

是为序。

〔刊于《平潭时报》2016年1月28日，《坛中日月长》（海峡书局2016年版）〕

海岛音乐是有声的胎记

——《校本课程〈平潭童谣〉的深度开发与实施》序

林爱淋从事音乐教育和文学创作30余年，还是平潭综合实验区音乐家协会主席，成果丰硕。近日拟出版《校本课程〈平潭童谣〉的深度开发与实施——林爱淋音乐教育论文选》和《平潭童谣》，请我作序。翻阅这两本书，引起我一些感想。

音乐是理想的风帆，以其特有的魅力，激发人们联想的翅膀，在心海荡起涟漪，潜移默化地将道德、情操、精神品质熏陶渗透，从而达到美好的境界。一部优秀的音乐作品，往往蕴含着丰富的生命哲理、深厚的文化底蕴以及睿智的哲学思想。爱淋深知平潭的风土人情、风光物态、历史沿革，深谙平潭的民间音乐、舞蹈、文学、戏曲等民俗文化，因此，他的词风、曲风、文风散发着浓郁的海岛文化和地方特色，充满美感并不断进步。

音乐是感情的驿站，正如音乐家李斯特说："音乐是不假任何外力，直接沁人心脾、最纯的感情与火焰，它是从口吸入的空气，它是生命血管中流动的血。"音乐以声音作用于人的感情，是最具情感的艺术。《平潭童谣》是爱淋创作的极具平潭风情的作品，他在民间戏曲、排只、词明戏、十番、盘诗、民歌的研究基础上，倾注了个人的淳朴情感，因此作品一经问世便不胫而走，在平潭一再传唱，《平潭童谣》《词明戏》《乡音》《共同家园》等著作还屡屡获奖。

荀子认为，音乐可以“善民心”“移风俗”，中正、和乐的声乐能促进“民和”“民齐”“正身安国”“得天下安”。音乐与人紧密相连，如果生活中没有音乐，就好像天空中没有阳光。优秀的音乐作品是时代的号角，能使人精神得到陶冶，灵魂得以净化，思想得以升华。爱淋对奥尔夫、柯达伊、达尔克罗斯、综合音乐感等教学法有过长达30多年的研究，作品已进入教材，并有不少原创性的理论成果问世。这些，激励着他30多年一直活跃在教学一线，以独特的魅力培养学生美好的心灵，引导学生积极向上、奋发进取。

林爱淋的导师谢嘉幸教授谆谆教诲：你给音乐多少，音乐给你多少！纵览两本专著，深以为是。

是为序。

〔刊于《平潭时报》2018年8月4日，《校本课程〈平潭童谣〉的深度开发与实施》（四川民族出版社2018年版）〕

浮世小悲欢　清明大世界

——《新月似当年》序

读骆锦恋的文字，总体感觉是细碎而简单。

这份细碎，既源于书写题材的广泛，也源于观察感受的细致。锦恋喜欢创作，她写诗、写散文，也写评论，最擅长的还是写古典诗词与散文，这一方面与她文学科班出身、具有较高文学素养有关，另一方面也是她的性情使然。她的创作，从来不向往振臂高呼的激越澎湃，也不追求锋芒毕露的尖锐深刻，诗歌也好，散文也罢，都是一些极其平凡的浮世小悲欢，从山川记行，到名胜观览，从读书阅报随想，到亲朋邻舍往来，甚至第一次领工资、过28岁生日等日常生活，都能吟咏成诗，下笔成文，可谓是随景赋情，随感造境，平淡却有乐趣，琐碎却有情调。

散文创作，行文自由、笔法自如、题材广泛，较适合日常情境的表达。锦恋的散文随性自在、真切生动。充满仪式感的传统祭祀、简单却有趣的童年小游戏、风情万千的五店市老街，以及祖母养的猫、老人的棺材架、父亲的杂货店等，平淡无奇，却别有一番风味。如她写师范学生时代，“上学第一天，全宿舍的人都在哭”的艰难适应，“个个都拼命在补习英语”的勤奋学习，编辑校刊通讯杂志的激情梦想等青春片断，演绎得生动活泼。这些林林总总都得益于她敏感细腻的观察力和舒缓有致的文字功底。锦恋是个擅长捕捉细节的人，她描写老式店铺：“店门不是常见的卷帘防盗门，而是老式的那种用一块一块木板拼接起来的木门。一整排许多木板紧挨着，尽头靠墙的地方有一扇木门，门与木板之间用插销可以锁起来。这门看上去像电视里面老药铺的门，就好像哪个下雨的晚上，你去紧急敲门，一阵‘咚咚’的声音之后，老板会先打开木门，探出头来。”画面形象，情景生动。在她眼里，河水会因为洗衣服的阿姨而“欢快起来”，祭祀的纸扎人，“好像的确就是我们一家，然后，会一刹那觉得在这次祭祀后，灶神真的会保佑我们。”这种细腻的观察和恰到好处的文字把控能力，与她常年学习创作诗词尤其是古典格律诗有较大关系。比起意象新颖跳跃、形式相对自由散漫、具有强烈隐喻性质和象征意味的新诗，古典诗歌音韵平顺、意象清晰而意境隽永等特征，在表现具象化的生活情境和丰沛的情感体验方面独具优势，可以有效地帮助作者更细致地观察生活点滴，更细腻地把握情绪变化，更恰当地营造情境氛围。锦恋深谙此道，她的散文平淡中充满了生活情趣，纯粹而富有意味。

这份简单，源于情感流露的真诚，也源于感怀体验的坦然。曾有论者评锦恋的诗词创作是在“物我交感的情味和时空回环的旋律”中透出“一片素心，万般关切”，说的正是她情感的真切和关怀的真诚。如果说诗歌将生活的理解抽象成符号化，小说以虚构文本呈现人生内在规律，戏剧将生活矛盾聚焦于分明的情节演绎，那么，散文就是以相对灵活自由的叙述构造“真实”的生命体验，正如钟怡雯在《天下散文选Ⅱ》的序言中所说：“我们说的真实，是指当下叙述的真实，从创作者的角度来看，散文是真实的，但它不是现实，所以不是现实的反映。只是从创作者的角度来看，散文是真实的这个认知，其实反而更方便创作者虚构。”散文的“真实”，来自于情感的真实，来自于生命的真切，这也是锦恋散文创作的特征：真实而不造作，真诚而不虚伪。她坦承面对陌生世界的惶惑不安：“在对外面世界的向往中，我收到师范学校的录取通知书。那时候，我竟发现自己是害怕出去的，我害怕那个没有海、没有亲戚、没有母亲的‘三公里’的地方。”她直言生活跌宕里的疲惫无奈：“我缩在角落里，头靠着墙壁，觉得自己像走丢的小孩，没有人会懂的……”在锦恋的文字中，描写较多的是忙碌的庸俗和简单的欢愁，是琐碎的嘈杂和无来由的情绪，正如她自己所说：“我常常觉得像我这样平凡的人，才是社会的大多数。”没有离奇曲折的剧情，没有引吭高歌的旋律，这难道不正是生活的常态吗？所以，锦恋从不回避生活的一地鸡毛，从不忌惮情感的庸人自扰，在她眼中，凡人也有凡人的快活，平淡也有平淡的情趣，“一沙一世界”都有存在的价值，都有独特的意义，每一处风景都值得欣赏，每一段旅程都值得纪念，所谓浮世悲欢看遍，沧桑岁月涤尽，皆有冷暖在心。散文的真实在此，散文的感动也在于此。

当然，如果一味沉湎在琐碎中不能自拔，这样的文字，充其量只能算作心情日记，是无法与人分享，为读者提供精神支持的，正如鲁迅批评一些文艺创作者只顾“咀嚼一己小小的悲欢，并视之为大世界”。只有从自己的个体经历出发，提炼出具有普遍价值的生命体验，进而思考追寻更深刻的存在意义的文学作品，才具有感动人心、触动灵魂的力量。锦恋的文学创作虽然生发于浮世悲欢，描写小儿小女的欢喜愁怨，直白而坦诚地记录生活的点点滴滴，率真而爽快地展现自己的纷乱情绪，但不是为了顾影自怜，而是为了叩问和探寻生命的意义。她从殡葬的棺材架理解了生存的艰辛与死亡的解脱；从家乡祭祀风俗体悟到民生的精神祈盼和仪式化的文化传承；从孩子的童真游戏感受到简单纯粹的情怀……在看似琐碎的日常生活中，有着丰富的人世百态；在状似平庸的情绪里，有着深沉的人文情怀。锦恋试图用文字表达一种理解：俯仰天地不一定要壮丽辽阔，也可以择枝拈花。当虚实交错的掠影冲决出表面的呈现和肤浅的感喟，向着更深入、更深刻的思考和醒觉持续探进时，文字就更能给予人坚实的力量，这是来自岁月守望的沉静，也是来自生命体悟的清明。

文学是社会生活的反映，是灵魂世界的记录，也是精神内宇的象征。因此，无论何种形式的文学创作，首先是一种“个人化”的存在，具有鲜明而强烈的个性色彩，有屈原“亦余心之所善兮，虽九死其犹未悔”的愁怨，有陆游“王朝北定中原日，家祭无忘告乃翁”的悲壮，也有陶渊明“户庭无尘杂，虚室有余闲”的适意。可以说，一部文学作品，就是一次个体直面人生的生命之旅，是以独特的情感记忆和个人体验重塑世界的一种方式。优秀的文学作品，不应该仅仅局限于个人生活记录和个人情绪体验，停留在对现实生活“真实”层面的客观呈现，更需要以独立的理性思辨对这种“真实”注入有力度的审美评判和艺术表现，在展现缤纷的人情物象时，透露多元的人文景观，在表达丰富的情绪感受时，透视错综的浮世微尘。锦恋的文学创作一直向着这个方向努力，也取得一定的成果，但还存在一定程度的局限，要出入自由而放眼天下，要收放自如而敞亮旷达，还有很长的路要走，这是一个艰辛的过程。所幸她对文学有着真诚的热爱和执着的坚持，希望她能继续保持初心，不懈求索，用心灵的眼睛观察生活的表象，用灵魂的温度感受生命的本真，在更加成熟、圆融的表达中，达到涤荡生命、洗去浮华、拥抱大世界的境界。

是为序。

（刊于《新月似当年》，海峡文艺出版社 2017 年版）

《大美平潭——平潭综合实验区书法美术摄影精品展作品集》序

大美在岚岛，是“海天万顷碧玻璃”的云水沧浪，是“荡海千帆破夕阳”的烟波浩渺，是“水何澹澹山岛竦峙”的海天辽阔，更是石头厝色彩斑驳，长江澳风塔林立，跨海大桥驭风飞云……这片生生不息的岚岛热土，流传着海坛水师的戍边事迹，记载着千年丝路的繁华盛景，描画着海峡两岸的瑰丽家园。目之所及，历史悠久，人文璀璨，风光旖旎，前景无限。

大美在艺术，是“铁画银钩藏雅韵”的气运笔行，是“岁久丹青色半销”的挥毫泼墨，是“方寸尽取星霜苒”的意会瞬时，更是线条纵横起伏，乾坤虚实相生，情境融汇通达……这座蓬勃朝气的岚岛新城，繁衍着勤劳耿率的质朴民生，会聚着智慧拔萃的齐楚精英，吸引着卓越远见的青年才俊。心之所感，文化多元，艺术兴崛，激情酝酿，魅力无穷。

“天地有大美而不言，四时有明法而不议，万物有成理而不说。”自然造化蕴藏灵秀性情，四季时序含纳分明规律，万物包容生成变幻道理，天地大美无限，艺术之美无穷，以艺术的方式传达审美内涵，是对美的感受和理解，更是对美的发现与创造。今所选书、画、摄影精品，皆为实验区艺术先锋所作，他们或潜心创作研究数十载的专业人士，或常年习染文墨的业余同好，或稳健沉潜的长者，或创意进取的新锐，虽各怀专擅，各具特色，然创作皆以抒发乡土情怀而不泯生命本源、呈现岚岛腾飞而不失天然真性为主旨，主题突出，风格鲜明，题材丰富。其中，书法作品点捺纵横，气韵生动，或飞鸿腾海展遒劲，或鹤舞游天显轻灵，“蹈先贤之气象，舒自家之胸襟”，于妙师造化中观象得意；绘画作品浓淡相宜，神采翩跹，或眉黛青颦尽婉转，或醉墨淋漓生璨辉，描山水之灵韵，绘人物之风采，在格物尽理中妙趣横生；摄影作品则光影流转，虚实相融，或动静有度开阖辽阔，或意境深远如梦似幻，记共同家园瑰丽美景，录“一岛两窗三区”盛世欢歌。

平潭的大美，是先行先试两岸一家亲的深度融合，是综合实验对外开放的全面拓展，是时代大潮的风起云涌，更是民族进步的家国圆梦。今集书、画、摄影精品荟萃展示，正是凝春秋现澄明之境的天地大美，更是留永恒展潇洒胸襟的风华尽言。文化自信方可厚积薄发，艺术繁荣才能乘势东风，望更多文艺工作者关注平潭，投身平潭，奉献平潭，以文化之势破浪而行，以艺术之翼扬帆而进，携手共绘岚岛壮丽蓝图变成崭新的现实图景。

是为序。

（刊于《大美平潭——平潭综合实验区书法美术摄影精品展作品集》，福建美术出版社 2017 年版）

《翰墨缘　中华情——首届海峡两岸青年书法展作品集》序

汉字，中华民族之根脉；书法，华夏文化的指纹。

习字属古代文人必修课，自然万状、胸中块垒、心性品格，都凝聚于翰墨，寄寓于毫管。甲骨的参差错落、金文的雄美厚重、小篆的遒劲圆润、隶书的开阖宽博、楷字的端庄严谨、行书的畅达流动、草书的疏放洒脱……中国书法艺术可谓无言之诗、无形之舞、无色之画、无声之乐。经过了殷商的萌芽，走过了秦汉的辉煌、魏晋的创新、隋唐的鼎盛、宋元的恣意、明清的发展，其渊远而流长，洋洋乎而大观。

常言道："书势自定时代。"世盛文旺，时盛书兴。今有海峡两岸青年书法家，赞民族之复兴，欣社会之和谐，悦百姓之殷康。追慕先贤，紧跟时代；勤耕善悟，敏思深究；外师造化，内法心源；承传统变化之外，出新意于法度之中。黑白相间，疾徐吞吐，一片胸臆淋漓，佳作频现。或古穆凝重，圆润含蓄；或恣肆畅达，活泼飘逸；或清丽秀美，达颖温醇；或空灵自然，浑融无迹……展示出书法艺术繁荣，赓续中华悠久文明。

海峡两岸山水相连，同根同源，同文同种，书法艺术秉承一脉，是中华文化的重要成就，也是两岸文化交流的纽带。两岸青年书法家虽师承渊源、审美理解和艺术风格各不相同，却能共同秉持崇尚与弘扬中华传统文化之心，做有历史情怀和时代担当的书家，做有文化操守和民族血性的书家，其情可表，其志可嘉。

文以载道，道以书传。精神不老，书艺常青，薪火相传，生生不息。诚如鲁迅先生所言：“石在，火种是不会绝的！”

2017 年 9 月

（刊于《翰墨缘　中华情——首届海峡两岸青年书法展作品集》，福建美术出版社 2018 年版）

《文脉流芳——第三届海峡两岸中青年篆刻大赛作品集》跋

篆刻艺术，方寸之内，藏深浅之妙；凹凸之间，存阴阳之道。上自商周秦汉魏晋，兼容千载中华韵；下逮隋唐宋元明清，汇聚一方金玉魂。

时维戊戌，闽都榕城，举办第三届海峡两岸中青年篆刻大赛，并赴台湾等地巡展，可喜可贺。此两岸文化之盛事也，当持之以恒，发扬光大。假以时日，传统文化魅力必燃熊熊薪火，篆刻艺术旌旗则飘猎猎长空。

中国艺术研究院中国篆刻艺术院、福建省文联、福州市委宣传部、中国寿山石文化发展研究中心、福建博物院、福建省民间文艺家协会、福州市文化广电新闻出版局、福州广播电视台、平潭综合实验区文联 9 家单位主办，《文化生活报》、福州市美术馆承办。观其北京、上海、宁夏、广西、吉林、陕西、海南等 21 个省、3 个自治区、4 个直辖市及台湾、香港、澳门地区 1573 件作品，金石硕果烨然、百件精品荟萃，不乏娴熟壮美之作，或刀法锋锐，或笔意荡漾，或构图悦目，或神韵悠长，笔画、笔势、形体，书法、章法、刀法，结合完美，臻至宝藏，罕见珪璋。更有香港、澳门参赛之作首次入围百件优秀之内，可叹可赞。

名家荟萃，刀法争鸣；翘楚齐聚，日臻化境。此次篆刻大赛邀请了著名篆刻家担任评委，其中，有中国篆刻艺术院名誉院长、西泠印社副社长韩天衡，中国篆刻艺术院院长骆芃芃和林健、赵熊、徐正濂、陈宏勉、蒋敏雪、梁章凯、傅永强、方松峰、叶林心、陈达、尹海龙等印坛名家。流派纷呈，各含机枢；云峰耸峙，各彰风华。

“初疑轻烟淡古松，恰似山开万仞峰”。金石厚味，文脉流芳，当下取名家篆刻精品及100位闽台中青年印人大赛佳作，集结成《文脉流芳——第三届海峡两岸中青年篆刻大赛作品集》，付梓成册，以飨读者。

2018年9月2日

（刊于《文脉流芳——第三届海峡两岸中青年篆刻大赛作品集》，福建美术出版社2018年版）

《海丝寻梦——平潭综合实验区陶瓷画院成立暨作品展》序

海峡如意，岛奇位显；东海麒麟，兆端呈祥。天开美景，叠石层崖；地倾波涛，气象泱泱。

恰逢丙申新岁，榕城孙健青，携书画同人，慕人文之荟萃，徜风光之旖旎，借岚城之一隅，集珠玉之一堂，陶瓷画院肇始，可喜可贺！

其间甄采博取，少长咸集，远造作而自然，近天籁而实际。竹管吞毫，风樯阵马，似龙蛇舞于笔端，集万象跃于纸上。工笔写意，各有千秋。或青绿之葳蕤盎然，或水墨之沉静端然；或层峦叠嶂之雄峻嵯峨，或杏花春雨之温婉柔和；或长卷连绵而接天，或小品独特而拔地。革故鼎新，精品迭出，畅怀观远，身心两悦。

遂取土地之灵，展造化之功。奇峰秀水之云烟淬于窑火之中，赏心悦目之胜境形于瓷板之内。如钟馨蓝田质，同玉环更皎然。璀璨斑斓，匠心独运。其乐无穷也！

莫把丹青等闲看，无声诗里颂千秋。或展示，或教研，或互动，或收藏，凡此种种，不一而足。探艺术之妙，联两岸之谊，扬中华之魂。纳百川以成海，积万仞以成山。此乃海坛之福，岚岛之幸也！

2016 年 3 月 20 日

《共同家园　墨韵海坛——平潭综合实验区首届挂职干部书画联展作品集》序

平潭，是一片美丽而神奇的热土，这里有千年躬耕文明，这里有络绎海事盛景。这个毗邻台湾宝岛的“千礁岛屿”，每天都有开放发展的潮水澎湃，每天都有开发建设的巨浪翻涌，焕发出的勃勃生机和独特魅力，激励着来自全省各地的挂职干部，积极踊跃地投身发展热潮。

挂职干部在紧张忙碌的工作、学习之余，利用闲暇时间，寄情丹青，挥毫写意，与平潭书画爱好者共同精心创作了书法、美术作品 80 多幅，挂职办和社会事业局携手共同举办了“共同家园·墨韵海坛——首届挂职干部书画联展”。此次书画展题材多样，种类丰富，主题突出。楷书端庄娟秀，行书飘逸洒脱，写实逼真形象，写意洒脱豪放，在祖国大好河山的记录和工作生活的聚焦中，讴歌了实验区建设发展的辉煌成就，展现了挂职干部纵横开阔的才情智慧和艺术品格，体现了挂职干部开拓创新的精神风貌和踊跃支持“两岸共同家园”建设的壮志豪情，是挂职干部扎根平潭、奉献平潭的生动写照。

罗曼罗兰说：“艺术的伟大意义，在于它能显示人的真正感情、内心生活的奥秘和热情的世界。”无论是书法、美术还是其他艺术门类，都蕴含着丰富的精神内涵和思想价值，可以调整情感意绪、促进潜能创造、培育道德观念和激发审美想象。当前，在平潭加快经济社会文化发展的形势下，挂职干部不仅应该拥有对事业的热爱，还应该具备对高尚情操的追求，主动将自己培养成具有良好综合素质的多才多艺人才。而加强艺术学习、提高艺术修养，不仅可以调节挂职干部紧张的工作节奏，丰富业余文化生活，还可以培养和锻炼挂职干部对生活观察、体会和思考的能力，提高他们的工作能力，对塑造干部队伍良好的精神面貌与高尚的道德风范具有重要的意义，值得提倡。

值得一提的是，此次展览也从一个侧面展现了平潭书画界的风貌和气象。这些常年生活在岚岛的书画爱好者，对这片土地怀有深切的认知和深厚的情感。他们中，有专业素养较高的书画老师，也有常年习染文墨的业余同好；有沉潜稳重的长者，也有锐意进取的新进。他们用满溢风采的笔墨和充满个性的色彩，绘制了一幅幅讴歌平潭科学发展、跨越发展的美丽画卷，在花鸟虫鱼等传统题材、石厝民居等地方风采和大海礁岩等自然景观的描画中，表达了人与自然和谐共处、传统与现代交融汇通的浑然优美，抒发了热爱生活、热爱平潭的真挚情怀。

“常将不尽还天地，别有无穷待古今。”发展中的平潭是乘风破浪的巨轮，是温暖和煦的家园。在平潭开放开发的优越环境与和谐文明的良好氛围下，书画艺术作为高雅追求，将激励书画爱好者在艺术领域继续攀登，点缀生活，扮靓时代。我们相信，在建设者的青春挥洒中，平潭的碧海蓝天，必将迎来更加灿烂的霞光！

是为序。

2016 年 5 月

《泱泱海峡风——岚台书法美术摄影文创交流展作品集》序

中华文化，潮涌两岸；岚岛宝岛，同根同源。品物流形两百里海峡水隔不断，寖昌寖炽五千年文明两相播传。

岚台俊彦，瑾瑜毕现。遥承古风流韵，近接东西濡染。陈义必高，托意必远；取众之长，弥己之短。烁于芸芸之域，躬于烨烨之间。

观其书法：意气纵横，笔墨沈酣；神形兼备，蔚为大观。横竖之中，矫若惊鸿纡徐婉转；浓淡之际，飘若游龙开合遒健。观其美术：翰墨起烟云，丹青壮河山。无造作之修饰，有妙构之精湛。点点墨迹，化出风正帆悬；寥寥数笔，耸起叠嶂层峦。观其摄影：凝固追美览胜之累月，记录探雅寻奇之经年；留下国之广袤沃野莽原，映出疆之辽阔沧桑荏苒。观其文创：标新立异，气象万千。文秀于内，创形于颜。独辟蹊径七彩生，琳琅满目宏图卷。

夫平潭者，礁岛连绵，地杰人灵焉！欣逢盛世，河清海晏。风云际会聚群贤，蕴泱泱之瀚；精品荟萃开首展，抒远志之瞻。谈笑欢，共凭栏，海之蓝，艺之苑。陶陶然，是为序。

2016 年 8 月

《中国梦　平潭蓝——平潭综合实验区挂职干部摄影展作品集》序

中国梦，乃国家梦、民族梦、人民梦，历史梦、现实梦、未来梦也。

平潭蓝，碧水共长天一色，风光呈画图之萃；先行先试建圆梦之区，综合实验创家园之美。

挂职干部，功崇唯志，为梦想插上翅膀；业广唯勤，促梦想照进现实。潜心钻研，鱼翔浅底；痴心锤炼，鹰击长空。交流情感日常中，切磋技艺闲暇时。择光、影、物，镜里乾坤虚实相生；重情、景、人，镜外世界真实相融。心若苦则无处不苦，心若乐则无处不乐。瞬间凝春秋现澄澈眼界，方寸留永恒映快乐胸襟。

摄影者，留星霜之荏苒、自然之旖旎、民俗之质朴、文明之点滴、人文之璀璨、时代之潮涌也。今挂职干部，闲情而乐，闲适而取。或坛南湾烟波浩渺，或长江澳风塔林立，或石头厝五彩斑斓，或海坛人勤劳淳朴，或跨海长桥驭风飞云，或海上丝路古风今韵。拍不尽两岸共同家园无边瑰丽，摄不完一岛两窗三区盛世欢歌。不息之澎湃，壮阔之华章。呼啸海岛长风，呼唤万众云集。

天地有大美而不言，四时有明法而不语，万物有成理而不说，摄影有长乐而不露。今集影成展，清赏之余，当不难目逆神驰，别有会心。

是为序。

2017 年 4 月 17 日

《新时代　新平潭——平潭综合实验区成立10周年书法美术摄影展作品集》序

戊戌金秋，桂月下浣。风流雅士，相聚海坛。颂盛世中国，咏和风平潭。其情也雅，其兴亦勃，时代之新声，梦想之共圆。

汲岚岛之灵气，承人文之无限；蘸东海之豪情，赞城乡之巨变。泼墨于丹青之中，挥毫于宣纸之上，映照于镜头之间。美术则赤橙黄绿，描绚丽画卷，白描写意现多彩海山；书法则点横竖撇，绘龙飞凤舞，楷行隶草歌共同家园；摄影则旖旎斑斓，拍美景人物，五光十色呈日璀月璨。笔墨所至，气象万千；光影流淌，情溢云天。千里之外，莫不远来仰羡；咫尺之内，无不近趋流连。

山有其根，水有其源。一岛两窗三区，凝人心以遐瞻；文学艺术繁茂，融广众而深研。浩浩乎，一派繁荣景象；洒洒乎，四处笑语扬喧。

是为序。

2018 年 8 月

丹心歌盛世　笔墨庆华诞

——薛由芳书法作品展暨作品集《古稀初心　翰墨抒怀》序

一元复始万象新，春潮澎湃芳华茵。

四十年改革开放惊涛拍岸，九万里风鹏正举长歌未央。向美而行，风落云起处，大江潮涌东方破晓，召唤着追梦人乘风破浪潮头勇立。

七十载新中国披荆斩棘，五千年云鹤长鸣星河流转。逐日而跃，百鸟争鸣时，姹紫嫣红华夏锦绣，激励着奋斗者禹甸风华携手共进。

亲历历史转折的人是幸运的，见证时代崛起的人是光荣的。薛由芳正是幸运而光荣的，他是中华人民共和国的同龄人，是国家兴盛、人民富强、家乡巨变的见证者，他见证了平潭这座向海而生的岛屿，在党中央宏大战略的实施下，获得千年一遇的发展良机；亦见证了“两岸共同家园”这个联通海峡两岸的实验区，在牢记嘱托砥砺奋进的拼搏中，十年实现了灿烂华丽的转身，“一岛两窗三区”建设日新月异。作为土生土长的平潭人，由芳为平潭的蓬勃发展由衷欣喜，更为平潭的攻坚建设无私奉献，几十年如一日深耕书坛画苑，是他且歌且行的志业追求，更是他矢志不渝的恒守初心。

欣逢盛世华诞，举国歌舞欢庆。麒麟献瑞，昔日岚岛以一日千里的开放开发，创新城披彩流神韵，兴百业壮阔展旗旌；老宿贺庆，今朝由芳以书文斐然的翰墨丹青，绘九水春生映笔端，济云帆再挂咏高情。此次展出，他精选了70对经典格言，精心创作了70幅楹联书法，笔势旋回进退而神采飞扬，墨意姿态横生而气象万千，外有果敢磊落之坚毅，内有闲散冲淡之沉着，于往来古今间显从容大度，在通达天地中纵遒劲爽朗，是人生思考的沉淀凝练，更是生命理念的奋斗追求。赏读作品，可观人事参悟的潇洒天真，可感家国情怀的坚实沉广，以修身立志养浩然之气，以明德笃行彰爱国之情，可亲而可爱，可敬亦可尊。

新程又响三更鼓，远梦唯谋四海春。时代精神永远振奋着向上不止的力量，伟大梦想始终鼓舞着拼搏不懈的斗志。久久为功，是回望来路初心如磐；滴水穿石，是展望前程迎难而上。胸有宏图还需持之以恒，凌云壮志更要锲而不舍。愿先生优雅，继续鲜衣怒马，坦坦荡荡，以深邃隽永的情怀，绘日出月沉关山不尽；愿才俊风华，更加锐意进取，意气风发，以丰盛活泼的理想，书风卷云涌绿水长流。

是为序。

2019 年 9 月 12 日

《现代酒店文化》概述

酒店文化，顾名思义，就是“关于酒店的文化”，从宏观而言，是广义“文化”的一个分支。“文化”作为一个常见常用的词，有着丰富的内涵和广阔的外延。在我国，“文化”之说，古已有之。早在先秦时期就曾将“文”与“化”连缀起来使用，如《易·贲卦》的《象传》中有“观乎天文，以察时变；观乎人文，以化成天下”。这里的“天文”，指宇宙自然规律，而“人文”，则指社会人伦秩序，具体指社会生活中人与人之间各种纵横交织的关系。“人文”与“化成天下”相接，内含“以文教化”之义，即古代封建王朝施行的以人文教养规范的行为方式，这是我国较早的关于“文化”的基本含义。

随着现代文明的迅速发展和中西方文化的交流融汇、对接碰撞，“文化”的内涵与外延日益丰富，不仅沿用了传统的“文以教化”概念，而且还吸收了西方“文化”的丰盛内涵，逐渐发展归纳为广义与狭义两种阐释：“从广义来说，指人类社会历史实践过程中所创造的物质财富和精神财富的总和。从狭义来说，指社会的意识形志，以及与之相适应的制度和组织机构。”（《辞海》，上海辞书出版社 1979 年版）

21 世纪，随着信息技术的高速发展，人类社会发生了翻天覆地的变化，“文化”成为一个包容广阔而内涵多元的词语，大到民族文化、制度文化、宗教文化，小到服饰文化、建筑文化、饮食文化，甚至微信文化、电竞文化、抖音文化……任何物态世相，只要有“流量”，有“话题”，有“热度”，都可能被冠以“文化”之名，成为一种“现象”或“界域”。流行文化的传播成为普遍状态，不但反映出现代经济体系的运行机制，也深刻体现了现代生产方式和消费方式对社会组织结构和人类思想观念、生活行为的影响与重塑。

从这个意义上讲，提出“酒店文化”概念并对其进行阐释论析，这符合社会文明发展的需要。随着物质生活水平的提高，人们的精神需求日益增长，对酒店的要求也不断变化提高，不再满足于物质层面的充实，而是更追求精神层次的享受，酒店功能因此日趋完善，从最初提供住宿餐饮的基本消费，逐渐发展到提供休闲、娱乐、养生等更高层次的产品服务，其属性特征也从标准化、规范化发展到多样化、个性化、定制化等。酒店，逐渐从栖居的需求，发展成为享受的体验，其制度管理、产品供应、人文服务、市场运营等文化内涵也更加丰富。

基于上述认识，我从 2005 年底开始以“文化”为轴心，以武夷山青竹山庄为研究对象，先后编著了《现代酒店管理与规范》《酒店质量与服务》《聚焦青竹山庄》《青竹山庄十三景》，并在此基础上完成了《现代酒店文化》，该书共 16 章 117 节 82 万字，是国内较早对酒店进行文化方面研究的一本专著。同时，我把研究成果运用到酒店管理的各方面，并取得较好成绩：青竹山庄荣获 2006 年国家级青年文明号、2007 年全国巾帼文明岗、2008 年武夷山市十佳酒店等荣誉，并通过了 ISO9001:2000 国际质量管理体系认证。

通过对酒店文化的阐释和梳理总结，本书概括酒店文化的定义为：以精神满足和追求为根本动能，依托产品和服务为主要载体，满足员工与顾客的价值需求，实现企业的战略发展目标，包括酒店建筑与经营的思想理念、价值标准、管理模式、组织机构等物质文化、制度文化、服务文化的总和。

酒店物质文化主要体现于有形的表现形式，如建筑物、设备设施、装修标志、员工服饰等工作环境和生活环境，要符合两个基本标准，即标准规范与舒适美观。

酒店制度文化主要指企业的制度结构和组织机构，是企业根据生产运行和市场发展所制定的规章准则与制度规范，一般包括组织制度和运营制度。组织制度是企业权利结构体系，以面向顾客、服务顾客、满足顾客为准则；运营制度是酒店运营程序与标准执行系统，通过严格规范的操作标准和执行准则，保证酒店产业运营质量的一致性、稳定性、发展性，是酒店保持良好稳定健康发展的基础。

服务文化是酒店文化的重要组成部分，主要是酒店员工在生产经营中产生的行为。酒店的服务文化主要通过员工服务而体现，包括服务的语言、态度、姿势以及具体服务项目等，需要统一、规范的训练和培养。

正如经济学家于光远指出的，经济发展的深层次是文化。文化是根，经济是叶，根深才能叶茂。酒店的发展，从表面上看，是市场经济中产业经济的发展，其实质是人类社会精神文化的发展。酒店业的竞争，与其他产业相似，都要经历价格竞争、质量竞争、文化竞争三个阶段，而文化作为产业的核心，则直接影响产业竞争的成败。

随着经济社会的发展和物质生活水平的提高，酒店产业经久不衰，但存在产品雷同、风格相近等机械复制的状况。多元化、特色化、个性化的酒店产品，是时代发展的必然。如何在激烈的市场竞争下，传承经典突出个性，创新突破展现特色，已经成为酒店文化应该深入思考和研究的课题，这是事关酒店产业长效持久、健康发展的根本基础。

对任何一个酒店而言，文化都是“灵魂”，是酒店经营活动的“统帅”，是酒店员工行动的“思想枢纽”，在酒店的生产和发展中具有不可替代的核心作用，酒店文化在酒店产业发展中的作用主要表现在以下几个方面。

酒店文化有助于建构酒店的核心竞争力。它在推动企业竞争力方面，起到导向、激励、凝聚、塑造、资源整合、辐射等作用。酒店产品很容易被模仿复制，但酒店文化却难以被抄袭粘贴。酒店文化可以通过创导 CIS（统一形象识别系统）战略，建立一整套能够广泛而迅速传播的识别符号，将企业文化和企业价值观进行融合，犹如给酒店增添了“心”（理念）、“手”（行为）、“脸”（视觉），顾客对这些满意了，才能对酒店满意；满意的顾客越多，酒店的竞争优势就越明显。因此，酒店文化是酒店独一无二的身份标志，是形象特征，是酒店竞争力构建的核心。

酒店文化有助于产业市场营销。传统的营销方式基本以有形产品为中心，而酒店的市场营销则包含着有形物质和无形精神等方面，这恰恰是文化的附加和增值体现。酒店文化是适应消费时代发展的产物，是通过环境和服务等方式，与消费者建构情感联系，促进情感共识与提升的最佳渠道，也是促进酒店产业市场营销的重要力量。

酒店文化有助于塑造和提升酒店的品牌价值。对于一种商品或服务来说，其价值由两部分构成：一是产品本身价值；二是品牌价值。对于酒店而言，品牌是酒店的标志，更是酒店的门面。一个成功的优秀品牌培育，绝非简单的广告就可以塑造，需要一整套卓越而有效的体系架构，这就需要文化的支撑，需要依靠文化的力量提供补给。

酒店文化有助于企业的良性生存和发展。酒店文化建设的一个重要任务，就是创造和提供员工发挥聪明才智的环境，凝心聚力为企业发展目标而奋斗，这是企业得以良性生存和发展的基本保障。通过酒店文化建设，建立规范标准的行政制度、科学合理的用人制度和高效高能的经营制度，向大众展示酒店良好的管理机制、经营状况和良好的精神风貌，从而为酒店塑造优良健康的整体形象，扩大影响，促进发展。

总之，酒店文化是企业长期形成的精神成果和文化观念，包括企业经营理念、行为准则、道德规范等多方面内容。它伴随着酒店的产生而产生，从建筑风格设计实施，到酒店管理制度规范，从物质产品供应，到优质服务顾客，乃至员工管理和素质培养等，是一个由价值、信念、仪式、符号等多元形态组成的特有文化概念。强大而具有活力的酒店文化，更有着缤纷多彩的样态，内涵丰富的灵魂，是我们关注和研究酒店产业发展的关键。

2007 年 11 月 9 日于武夷山

2019 年 7 月 29 日修定于福州

《一天中午的回忆》自序

应《福建文学》编辑部之邀，编了这本文集。

今年是我的第四个本命年，如果把人的一生用一天来表述，那么，我的生命已经到了中午，因此就有了《一天中午的回忆》。

本书收集了我从2000年到2010年在各种报纸杂志上发表的散文、随笔。其中《福州的三坊七巷》在《美文》发表后，即被选为2006年全国高考语文模拟试卷阅读试题；《朱熹反腐》在《福建通讯》发表后，被选入地方中学语文辅导教材；《山的那边有条河》《一位女人的葬礼》《叹“迎者塞路”》《章惇：潇洒与悲歌》四篇文章被选入浦城县第一中学校本教材。此外，还有多篇文章获国家和省级奖励，并被选编到多种文集当中。为了便于阅读，我把文稿分为四辑：行者无疆、读史札记、印象武夷和往事钩沉。

1987年我在《福建日报》发表第一篇报告文学至今，已有23年。20多年来，我先后发表了100多篇文学作品，除了散文和随笔之外，还有诗歌、报告文学、电视专题片脚本等。为了反映我的作品的基本面貌，我选择了近十年的散文和随笔，共48篇。

感谢中国书协张海主席题写书名。

写作，对于我来说只是一种生活习惯，没有想到我的作品会获得读者广泛的喜爱，这当然给了我很大的鼓励。为此，我将继续写下去。

（刊于《一天中午的回忆》，海风出版社2010年版）

《飞翔的痕迹》自序

人是自然之子，必须遵循自然法则。人生之要，无非生命和灵魂。我们既要热爱生命，又要关注灵魂。行万里路，与大自然赋予的神奇山水拥抱，感悟人生，享受生命的快乐；读万卷书，与人类历史上伟大的灵魂交流，启迪思想，提高灵魂的品质。

人生在世，最终目标无非是快乐，这是人类永恒的话题。为此，我常常让思想沉浸在镜头下的自然中，把它作为审美的寄托，以及传递精神与思想的途径，让心灵复归平和，让灵魂走进自然，在天人合一中感受。

春秋战国时期，文化思想以天人合一为代表。历经 3000 年风雨，至今仍无法超越，它深深地渗透进我们的生活，并以建筑、书法、音乐等艺术形式与古代文明一脉相承，源远流长，不断震撼着我的心灵。

其实，具有灵性的事物之间往往是相通的。从陶渊明的悠然见南山，到李白的明朝散发弄扁舟，到苏轼的千骑卷平冈……我常想，这是自然在缔造文学，还是让生命去贴近自然？把精神寄放于自然，才能让灵魂返璞归真，才能在与自然对望中物我两忘。

天人合一是一种精神境界，人与自然在精神层面上的契合，就如同《栖居鲤鱼溪》的人鱼同乐，《风韵秦淮》的人水和谐，《放歌草原》的天人合一，是消解了功利与肤浅之后灵魂的自然回归，是思想深处与精神理念上人与自然的统一和谐。

走的路越长，思考得越多，就越发感激自然对人类的养育，越发虔诚对待自然的赐予，越发敬畏每一个生命。就能够以慈悲为怀，以仁爱为本，坚持真理、善良、宽容，与天与地与自然与世界和睦相处。

因此，我从灵魂出发，努力探究人类的精神世界，努力进行更深沉的思考，体验更丰富的情感，获得更深刻的体会，感悟更经得起咀嚼的哲理，探寻社会和人生的意义。

庄子说，乘物以游心，独与天地精神往来。人生的意义，就是在和谐社会中找到真正属于自己的位置，找到心向往之逍遥游的境界；同时，将对这个世界的爱留在山水中，留在心灵依偎的人间，在人生的旅途中先独善其身，后兼善天下，并从中享受真正的快乐。

上述是我对这部文稿进行整理时的解读。

（刊于《飞翔的痕迹》，海峡文艺出版社 2011 年版）

从“路索斋”到“三闲堂”

——《思想与性情》自序

勇于追求是一种精神，勇于超越是一种境界。

的确，尘世中有太多的功名利禄，有太多的追求思慕。用什么样的心境看待世界、生活、人生，以什么样的人生观、价值观、世界观去感悟身边发生的一切，决定了一个人一生能否快乐与幸福。

我曾将屈原沉吟泽畔的“路漫漫其修远兮，吾将上下而求索”作为座右铭，以激励自己。求索已成为我生命的常态，那是一种探寻，一种追求，一种对文学、艺术、人生的审视和发现。我孜孜以求，探寻未知的世界，追求美好的理想，审视快乐的人生，坚持永恒的真理……因此曾给书屋取名为“路索斋”。

漫长的求索过程中，我感觉到无论是文学、书法、美术、篆刻、摄影，还是其他的艺术追求，都有三种境界：描摹自然，“清水出芙蓉，天然去雕饰”，此其一；高于自然，走过最初的阶段，必然“见山不是山，见水不是水”，此其二；回归自然，返璞归真，毫无斧凿之痕，天人合一，此其三。

艺术如此，人生亦如是。一个人若要达到真正的成熟、圆融，也必得与尘世合而为一。这不是对尘世的妥协，而是一种自觉，是千帆过尽的淡然与超拔。

这时，拥有达观的人生态度，看淡一切名利得失，宠辱皆忘，平静如水。“不以物喜，不以己悲”，平和地待己待人、待事待物。放下一切俗务，犹如一叶小舟漂在浩渺水面，“纵一苇之所如”，放下目标，放下压力，无为，然后无不为。

这时，拥有安时处顺、自由自在、恬静淡泊的心境和生命情怀，这不仅是为人处世的状态，更是感应自然宇宙的态度，是人生的自由之境。

这时，虽身在尘世，精神却能超脱出来，不离开现实而又超越现实，不将外物当作满足功利欲望的对象，而是审美的对象。远置现实而又不隔离现实，对生活持若即若离的态度，就能于淡然、旷达的境界中品味、享受人生。

读闲书，做闲事，当闲人。读一批经典著作，与先贤进行心灵交流；走几处山水名胜，与自然的天地进行交流；写一些心得文章，与自己的灵魂进行交流；做一点儿慈善事情，与人类社会进行交流。从尘世的羁绊中解脱出来坐看云起，这样的生命安谧又超然、闲适又自由、自然又亲近。

于是，我将书屋更名为“三闲堂”，开始自己的另一种人生。

（刊于《思想与性情》，作家出版社 2014 年版）

《武夷山青竹碑林》后记

如果说我编著的《武夷山书法大观》（海风出版社 2008 年版）是一部全景式的书，是中国书法史上的一个缩影，那么，我编著的另一套《武夷山青竹碑林》（1—4 卷，海潮摄影艺术出版社 2009 年版）则是全景中的精彩篇章，书法长河中的一泓清泉。

中国历来就有刻字的传统。最早出现的是甲骨文，把文字刻在龟甲、兽骨上，记录当时占卜的内容，所以又称卜辞。青铜器出现后，文字被铸在或刻在青铜器上，后人称之为金文。金文在笔法、结字、章法上都为书法的进一步发展做出了贡献。战国时期，当时七国的文字是“六国用古文，秦用籀文”。秦国首先出现了石鼓文。秦始皇统一天下后，丞相李斯主持统一全国文字，又叫小篆。李斯的小篆《泰山刻石》是中国最早的书法碑刻作品，后人称之“画如铁石，字若飞动”“骨气丰韵，方圆妙绝”，文字自此从实用性工具发展成为一种审美艺术。之后，碑刻盛行，碑林林立，著名的有孔庙碑林、西安碑林等。1998 年，法国总统希拉克在巴黎中国书法艺术展览会上写道：“在中国，书法乃艺中之艺。祖祖辈辈，她一直是一个民族的记忆。”中华“民族的记忆”得以传承，碑刻发挥了重要作用。

武夷山被列入世界文化和自然遗产地。武夷文化的博大精深得益于这方山水和一代又一代文化人的不懈努力，青竹碑林的意义亦为这份珍贵的“双遗”锦上添花。

建碑林至少要具备 3 个条件：一是用地，二是资金，三是名作。

2005年，时任武夷山市委副书记黄雄听了我的在武夷山建碑林的构思后，立即拨出1万元资金启动；在武夷山市委、市政府的支持下，李夷主任带领的武夷山度假区管委会对青竹山庄旧大门以外的近100亩土地进行整合。一是调整南平市中医院和一家茶农的20亩用地；二是购买武夷山度假区的8亩用地；三是对其他数十亩“非地”进行清理；四是以4.6万元/亩的价格购买34亩用地，解决了历史上遗留的土地问题。我上任不到半年，青竹山庄用地面积从67亩扩大到160亩，在很大程度上解决了建设碑林用地问题。

2005年7月至12月，我尝试性地碑刻了10多幅作品，得到各界好评。中央组织部原部长张全景参观后留下“立意高远”4个大字。时任福建省委常委、组织部部长李宏对青竹山庄的发展高度重视，拨出128万元专款用于购买武夷山度假区的8亩土地，并亲自到惠安审定仿宋牌楼——碑林大门的建设方案，时任惠安县委副书记吴深生给予鼎力支持。福建省发改委原副主任余军，福建省海洋与渔业厅原副厅长李祥春，南平市政府原副市长杨荣郎，厦航武夷山机场原总经理林剑津，武夷山市委常委、组织部原部长徐庆生等对碑林建设关心备至，给予资金支持30多万元。

在武夷山景区管委会、武夷山庄、闽北革命历史纪念馆、市档案局（馆）、大王山庄、崇阳溪山庄等单位领导的支持下，我们从上述单位收藏的数千件书法作品中遴选出500多幅佳作进行复制。同时，一批德艺双馨的著名书法家也给予了大力支持：中国书协副主席胡抗美不仅亲自创作，还邀请中国书法院的职业书法家为碑林创作；中国书协理事陈羲明在中国书协理事会上动员其他理事为碑林创作；中国书协理事何昌贵一口气写了10米长卷；中国书协理事叶培贵专门赋词1首，对青竹碑林给予高度评价……

青竹碑林占地面积130亩，基本构思是“三突出一结合”：选材上突出地方特色。主要采用天然景石为原材料，从两三吨到四五十吨不等，形态各异，天然成趣，与风光秀丽的武夷山相得益彰。主题上突出文化旗手。收录了 100 多首柳永、朱熹的诗词勒碑。柳永系武夷山人、北宋大词人，宋数百年以来，“凡有井水饮处，皆能歌柳词”；而朱熹在武夷山治学 50 余载，理学思想影响中国社会数百年。因此选取此二人的作品，极具代表性。作品上突出时代风貌。入碑的墨迹除了 3 件是宋代的作品，其他都是中华人民共和国成立后留存在武夷山的书法作品。碑林建设与园林景观有机结合，在形式和内容上力争做到：一石一景，百石百艺，珠联璧合，和谐统一。

青竹碑林建设分为两个阶段进行，即 2005—2009 年完成了大部分石刻；2009 年我调回福建省委组织部机关工作后，利用工作之余，穿梭于福州和武夷山，把原先待刻的景石和 8 个省市及港澳台书法家作品补齐，共碑刻书法作品 80 多幅……就这样日复一日，年复一年，春夏秋冬，酷暑严寒，历时八载，终于 2013 年建成。

言书至此，也许有人会质疑我“不务正业”。其实不然，碑林建设只是我全部工作中的一部分。主持武夷山青竹山庄有限公司（福建省委组织部武夷山干部培训中心）工作 4 年多来，山庄取得的成绩概括起来主要有：一是面积扩大了近 100 亩，建造了一座全国最大的天然景石碑，固定资产增加了 1 亿多元；二是荣获了国家级青年文明号（2006 年）、全国巾帼文明岗（2007 年）和武夷山市十佳酒店（2008 年）称号；三是被中央组织部确定为专家院士休养基地；四是通过了 ISO9001:2000 国际质量管理体系认证。队伍建设、制度建设、文化建设、硬件建设得到了全面发展。

为了这些，为了碑林，我曾多次谢绝了一些在旁人看来更好的发展机会。有人说我清高，也有人说我傻，但我认为，人的一生中能够做成一两件有意义的事情足矣。感谢李宏部长和陈祖辉、李福生副部长及刘贤儒董事长给我这个机会，使我得以立志谋事，使碑林得以独放异彩。

这里我想顺便把建设青竹碑林的费用拿出来“晒一晒”：共计56万元，其中石材10多万元、刻工40多万元、吊车安装4万多元。如此有限的经费，对于建设一座全国最大的天然景石碑林来说，毫无疑问是绝无仅有的。这不仅得益于各级领导及有关部门的关心与支持，还得益于我的朋友们以各种方式帮助碑林建设，他们有：陈先珍、林方、林春松、杨剑、黄经通、梁新颖、余国联、夏晓辉、陈国民、余定亮、谢辉旺、袁建武、刘达友、吴宝云、章希密等。碑林主要由吴宝云镌刻，章希密承担了前期部分作品的镌刻。福建广播影视集团新闻中心的陈孜、邹立、夏浜等朋友专程到武夷山拍摄了《武夷山文化新景观——青竹碑林》的电视专题片，并在东南卫视播出；《福建日报》《闽北日报》和南平电视台等先后对青竹碑林进行了报道。为了配合碑林的建设，我还主编刊发了《青竹碑林》和《青竹论坛》2份报纸近20期。

感谢中国书协原主席张海为本书题写书名；感谢中国书协理事赵学敏、叶培贵、陈羲明和副秘书长潘文海分别为本书作序；感谢中国书协顾问刘艺和副主席何应辉为碑林题签。为了便于参观和阅读，我在《武夷山青竹碑林》（海潮摄影艺术出版社2009年版）的基础上，把青竹碑林划分为武夷、柳永、朱熹3个园，并以此编辑成书，在福建美术出版社再版。

也许有人会问，为何要建碑林？我想，这可能是我对传统文化的一种自觉和坚守吧。我认为，传承和弘扬传统文化的最好方式，不是终日刻板地顶礼膜拜，而是要恢复历史的记忆，使优秀传统文化在现实的图景中复苏、发展。怀着崇敬之心自觉地坚守，才是对传统文化最好的热爱，才能捍卫它的尊严和体现它的价值，使之绵延不断，代代相传。

2017年5月29日写于再版时

（刊于《武夷山青竹碑林》，福建美术出版社2017年版）

寻找自己的艺术语言

——贺福建省国石书画院成立

中华5000年文化，悠久灿烂，源远流长。在这博大精深的历史长河中，中国书画以其独特的艺术形式表现出了天人合一、道法自然、自强不息的人文精神。

自大汶口陶画和殷墟甲骨文出土以来，历史上曾出现过几个书画艺术发展高峰，涌现出许多杰出的书画家，流派纷呈，求善求美，影响深远。就福建而言，起始于唐，兴盛于宋，繁荣于明清乃至近现代。如唐代的林藻、林蕴，宋代的蔡襄、蔡京和惠崇、陈容，明代的张瑞图、黄道周和曾鲸、吴彬，清代的伊秉绶、林则徐和“扬州八怪”黄慎、华嵒等，技艺竞妍，气韵生动，霞光万道，各领时代之风骚。

而今，福建书画走向何方？苏轼在《跋秦少游书》中说：“技进而道不进，则不可。”也就是说，要掌握事物的发展规律，不仅要有科学的方法，还要不断进行创新。我们欣喜地看到，黄经通等同人把书画艺术与寿山石文化进行融合，创建了福建省国石书画院，集书画名家和寿山石工艺美术大师于一堂，立足闽学文化，探寻中华文明之源，弘扬传统人文精神，树立书画艺术的自觉、自信，传承和弘扬书画艺术，加强同国内外书画界的交流与合作，开展创作、研讨、展览、交流、培训、收藏等活动，立意高远。我们完全有理由相信，书法、美术、国石“三艺”通过交融，一定能寻找到属于自己的艺术语言；通过创新，一定能够实现这个艺术之梦。我们期待着。

（刊于《国石书画报》2014年第1期）

“海坛文丛”出版研讨会上的发言

各位领导、来宾，朋友们、同志们：

大家好！

九月秋影雁初飞，岚岛的秋日退去了盛夏的燥热，天朗气清，皓爽怡人，“海坛文丛”选择在这样的日子里举办发布会，尤为别开生面。对于丛书的出版与发布，我由衷地感到欣喜和骄傲。欣喜的是这套以发掘平潭历史文化、记述岚岛人情风物、传承海坛精神为要旨的丛书终于揭去面纱，与大家正式见面了；骄傲的是平潭孕育了这样一群恋土爱乡、胸怀广济的有智有识之士，以孜孜不倦的精神自觉开展文化采掘、保护与传承的工作，使这片沧桑古老的海岛新城风流不减，韵采恒存。

去年王强找我，嘱我为丛书作序。其时我对书籍具体内容和风格特征还不甚了解，仅知道这是一部“以平潭区域和平潭人为中心”的文献资料汇编，并隐约感觉到20多部书的分量。当我一一翻阅、认真品读时，才越来越清晰地体会到丛书分量的厚重与深沉，并在总序中评价：“对平潭历史和地方特色的一次全景式扫描和全面的梳理、总结，是一套总结历史、盘点遗产、延续文脉、服务现实的地方性文化丛书。”实不为过，因为它立意明确，信息丰富，材料翔实，编辑严谨，从披拣古今的资料汇整，到溯源两岸亲缘的史料爬梳，再到图文并茂的点校影印，取得了显著而丰硕的成果。这些显然不是一朝一夕之功，更不是一时一刻之兴，而是凝聚着王强对海坛历史的诚挚尊重，对岚岛文化的深切热爱，以及对后世人高度负责的态度，归根到底，是源于他心系桑梓的乡土情结，诚如王强自己所言：“乡土是中国文化的一个重要概念，出于乡土观念与情感收集地方文献辑为丛书在中国文献学史上有许多光辉的例子。”3000多年农耕文明历史的泱泱中华文化，孕育出了俯仰天地、善亲睦邻的乡土情结，如同文身和烙印般，根植于每一个个体生命，深刻影响着国人的心灵世界。正如作家柯灵在《乡土情结》中所说：“乡土的一山一水，一虫一鸟，一草一木，一星一月，一寒一暑，一时一俗，一丝一缕，一饮一啜，都溶化为童年生活的血肉，不可分割。”鸟恋旧林、鱼思故渊的乡土之情，是千百年来以“人道亲亲”观念为核心的社会集体认同，也是中华民族文化心理的代际承传，是弥足珍贵而值得保守传承的一种民族精神。王强最让人感动的，是他的这份乡土深情不只停留在对故园旧林的牵挂和对父老乡亲的惦念，更转化为树高千丈而落叶归根、雏飞千里而衔食反哺的无私回报，他富有见地地选择以文化传播这样影响广泛、绵延深远的方式，以一己之力集资筹款，协调联络，不辞辛劳锲而不舍地编撰这样一套展现家乡平潭历史风物和人情民俗的文集，正是以绵薄之力兴昌达繁盛的深情大爱。我认为，不可小看这份矢志不渝的坚持和无私奉献的执着，它不仅包含着对生命本源的皈依，更深蕴着文化坚守的自觉和对文明进步的热望，是劳碌辗转依然享受鱼游濠水自在、浮海远游始终怀抱鹏举鸿飞豪情的精神力量。

正因为拥有这样的深广情怀和卓绝见识，“海坛文丛”才能以一种新的风貌区别于一般的地方志或史料汇编脱颖而出。这套丛书有两个显著的特征：一是纵横开阔的文化视野。我曾指出该丛书“能够全方位、多角度、多层面地揭示平潭文化的丰富内涵，在一定程度上就是一个地域的文化史和百科全书”。现在看来，这个评价仍然是切实中肯的。

这套丛书虽然属地方文集，却拥有丰富饱满的内涵和开阖从容的气度。丛书收录了15部专著，其中不仅有区域文献整理如《平潭县志》《平潭古籍史料汇编》《海不扬波——平潭与图辑》，有民俗资料汇编如《平潭谚语选》《智慧之花——平潭俗语》，有古典文献梳理如《民国期刊中的平潭史料》《〈申报〉平潭资料汇编》，还有地方名人史料如《戚继光集》、《高名凯先生译文集》（12册）、《第三只眼——陈星摄影集》、《自有天真无限乐——陈菊先生摄影集》，更有从前罕见的两岸史料采掘如《清代岚台关系档案》等20多部专著，彼此独立却能参差互证，各有风采而又融合统一，既亲近本土，又溯源历史，既观照典故，又意喻人情，可谓是纵横上下而广袤，悠游左右而通达，出入内外而明睿，视野辽阔，胸襟浩然。二是严谨扎实的学术风格。囿于岛域局限，“海坛文丛”的编撰其实是一项较艰巨的工程，诚如王强坦言：“独特的海岛环境和历史文化，是平潭人的骄傲，但是这些事迹，鲜有文献记载。”编撰工作不仅要面对年代久远、文档散落遗失等史料文献收集整理的普遍性困难，还要解决与台湾地域长年区隔、资料零碎错综等特殊问题。在这样复杂情况下，丛书仍能坚持立足区位特征，突出资源禀赋，彰显精神品格，做到尽梳而不遗、纵览而无缺，实属难能可贵，这与编者王强长期从事史料考据和研究的丰富的工作经验有着直接的关系。王强是一个“在商而侠能儒，性复雅好文史，热心文化之传播与保存”的人，他凭着自己对古籍史料的满腔热情创办了采薇阁书社，以整理古典文献为要务，以发掘先儒史辑为主旨，在与北京大学、南开大学、南京师范大学等著名高校及科学研究单位的长期合作中，集成出版了社会史、域外汉籍等资料千余册，为学界做了大量有意义的工作。可想而知，以如此精益求精的治学精神、专业规范的学术风格和充沛完善的学界资源为基础编撰的“海坛文丛”，必然具有严谨求实的风格与细致深刻的内涵，不仅类别完整，条理清晰，而且雅俗共举，兼顾完善，发掘与整理出的许多重要成果，对于研究平潭地方历史、溯源岚城多元文化、查考两岸亲缘关系乃至探掘南岛语族文明，都具有十分重要的价值。

习近平总书记在谈到中华文化时说道：“中华优秀传统文化是中华民族的精神命脉，是涵养社会主义核心价值观的重要源泉，也是我们在世界文化激荡中站稳脚跟的坚实根基。”还特别指出，“要系统梳理传统文化资源，让收藏在禁宫里的文物、陈列在广阔大地上的遗产、书写在古籍里的文字都活起来。”文化是精神的载体，精神是民族的灵魂，发掘、整理和研究历史文化资料，其意义不仅在于地方历史的溯源回顾或者区域文化的考察探究，更在于通过追溯、复原与展示等方式，让蕴含在优秀传统文化中的精神魅力焕发光彩，这对于当前平潭的发展尤为重要。自 2011 年国务院批复《平潭综合实验区总体发展规划》以来，平潭开放开发正式上升为国家战略。在党中央、国务院的高度重视和国家领导人的深切关怀下，昔日的偏远岛县，而今以“综合实验区、自贸试验区和国际旅游岛”的发展格局，肩负着深化两岸交流合作、扩大对外开放等特殊使命，迅速成长为全国瞩目的发展热土。“千年一遇”的发展良机，召唤蓬勃进取的活力和创新发展的动力，此时的平潭，更需要激活文化基因，增强文化自信，提升文化自觉，实现优秀传统文化的创造性转化和创新性发展，以崭新风姿和独特风貌建设两岸共同家园、打造特色国际旅游岛、实现高水平对外开放。我们欣慰地看到，“海坛文从”已经以卓越的远见和诚挚的执着，为此做出了积极的贡献；我们更衷心地希望，有更多像王强这样的平潭人，致力于优秀文化的传承与弘扬，不懈于文化发展的繁荣与兴盛，携手推动平潭在“千年一遇”的发展中取得崭新的辉煌。

2017 年 9 月 22 日

葆初心　勇践行　献智慧

——“平潭挂职干部文丛”座谈会上的发言

各位领导、同志们：

大家好！

今天，我们在这里举行《平潭实验》《牢记嘱托　砥砺奋进》和“平潭挂职干部文丛”9卷本调研成果研讨会，目的是想通过这11本书的出版发行，展示三年来挂职干部服务平潭献计平潭的共同成果，体现挂职干部立足平潭推动发展的信心努力，鼓励挂职干部在今后一段时间更加振奋精神、齐心协力、再接再厉，为平潭开放开发做出更多更大的贡献。在此，我谨代表全体挂职干部向出席这次研讨会的各位领导和同志们表示热烈的欢迎，向长期以来关心和支持挂职干部工作、生活、学习的各位领导和同志们表示衷心的感谢！

借此机会，我向大家简要介绍说明调研成果的相关情况。

一、这是挂职干部的“初心”之作

为支持平潭开放开发，省委启动实施了“四个一千”人才工程，从全省各地陆续抽调了970多位干部到平潭挂职，支援平潭开放开发，有效缓解了平潭开发建设初期人才紧缺的问题，挂职干部主动作为，积极创新，迅速成长为平潭发展建设的一支重要力量。我们始终没有忘记挂职干部服务大局的责任与使命，始终牢记省委省政府坚定平潭开放开发的决心和嘱托，始终坚守奉献平潭、再创辉煌的诚挚“初心”。这些调研成果正是我们的“初心”之作，通过工作调研的发现思考、课题研究的探索突破、散文随笔的记录抒发以及论坛争鸣的建言献策，较全面地展现了挂职干部投身开放大潮的激情、开拓事业进取的信心和勾勒宏伟蓝图的憧憬。

二、这是挂职干部的“践行”之作

将平潭作为自己的“第二故乡”，扎根平潭、服务平潭、奉献平潭，绝不能是一句空话。如何做，怎么做？需要我们脚踏实地地去体验、去发现、去探索。挂职干部是一支具有切实行动力的队伍，立足平潭现实发展与当前需求，开展了一系列学习实践活动：一是依托挂职干部专业技术力量，围绕自贸区体制机制创新、现代产业培育与发展、城市生态文明等问题，成立了 20 多个课题调研组，组织人员赴上海、广东、天津等地进行考察调研，学习借鉴其他先进地区的经验成果；二是举办“挂职干部讲堂”活动，定期安排具有博士学位和副高以上职称的挂职干部开展专题讲座，以自身熟悉的专业知识、群众普遍关心的热点问题和平潭开放开发困难矛盾等为核心，引导挂职干部主动学习、研究交流，不断提升业务能力和综合素质，至今已举办 30 期；三是围绕“为什么来平潭”“来平潭干什么”“离开平潭留下什么”等思考，举办读书征文活动，鼓励挂职干部结合实际、融汇体验、探索创新，营造勤学善思、躬行实践的良好氛围。这 11 本书就是这些成果的集合，是挂职干部躬行实践的成绩展示，体现了挂职干部积极适应发展新常态，始终保持竞进新状态的良好风貌。

三、这是挂职干部的“智慧”之作

平潭开放开发、先行先试、综合实验没有先例可循，需要每一位参与者大胆探索、勇于实践、不断创新。随着开发建设的不断深入，平潭发展改革进入深水区，各种问题和矛盾日益凸显，机遇和挑战并存的现状，急需一批专门人才拓展视野，加强研究，积极思考，把握重点，突破难点，破解难题。区挂职办开展的一系列活动很大程度上就是为了鼓励挂职干部深化工作领域研究，提升履职素质能力，提供富有见地的智力成果，为平潭“一岛两窗三区”科学发展转型跨越提供重要的决策参考。无论是组织课题调研，加快探索一批可复制推广的建设经验，还是组织挂职干部讲堂，打造干部思想碰撞的平台，或者是主动作为，会同区党群工作部在平潭党校举办15期培训班，帮助培训1500名青年干部，做好对平潭干部的“传帮带”工作，都是为了引导挂职干部出实力、献智慧、做服务。通过开展活动形成的一系列富有见地的智力成果，具有很强的现实性、建设性及可操作性，为区党工委、管委会的科学决策提供了宝贵的参考依据。正如张志南常务副省长在《挂职干部专报》（第4期）上批示：“挂职干部是加快平潭开放开发的宝贵资源，他们为平潭的发展做了大量富有成效的工作，同时，还积极建言献策，提出了许多好意见。”

四、这是挂职干部的“深情”之作

挂职干部克服了远离家乡、环境不适等各种困难，满怀深情，拼搏进取，开拓创新，在有效推动各项工作开展的同时，还自觉努力学习，追求高尚情操，提升素养修养。这些调研成果，就是他们以文字的形式，记录和表达在平潭工作、生活、学习的体验、思考和探索的深情之作。这里有严谨真诚的探索研究，有风雨兼程的故事写真，也有飞扬浪漫的情感抒发……或真诚坦率，或浪漫抒怀，或深沉内蕴，是性情的挥洒，更是青春的记录，不仅有理论深度、哲理思考，还蕴含了饱满情绪和丰富意蕴，充分体现了挂职干部全身心投身平潭、奉献平潭，建设“一岛两窗三区”的豪迈情怀。

五、这是挂职干部的“启航”之作

平潭发展任重道远，省委省政府对平潭的支持还将不断加大，新一轮的“四个一千”人才工程已经启动，今后还会有更多的挂职干部来到平潭，献计平潭，奉献平潭，所以这些调研成果仅仅只是一个开端，一次新的“启航”，下一步，我们仍将按照“积极探索、深入思考、创新驱动、科学发展”的思路，坚持“选题价值化、内容深度化、参与广泛化”的原则，继续组织精干力量，立足实际、聚焦问题、广泛调研，为实验区开发建设的深入推进谋思路、想办法、出点子、找对策。希望这套丛书的出版，能够激励广大挂职干部更加履职担责、尽心尽力，为实验区发展提出更多富有建设性的研究成果，为加快平潭综合实验区、自贸区及国际旅游岛的建设，为推动平潭的科学发展跨越发展提供坚强有力的保障。

2017 年 10 月 23 日

（刊于《石帆 4》，海峡文艺出版社 2017 年版）

“石帆”丛书首发式暨座谈会上的发言

各位领导、专家学者、文艺同人：

大家好！

很高兴今天和大家共聚一堂，召开平潭文学丛书“石帆”首发式暨座谈会，目的是想通过“石帆”的出版发行，展示平潭综合实验区成立以来的文学成果，推动平潭文学艺术创作多元繁荣。在这里，我谨代表平潭综合实验区文联和作协，向今天到会的各位领导、专家学者和同人表示热烈欢迎和诚挚感谢，感谢你们对平潭开放开发和文学艺术的关心支持。借此机会，我简要介绍一下“石帆”丛书。

“石帆”是平潭综合实验区作协主编的文学丛书。大家知道，在党中央的高度重视和习近平总书记的深切关怀下，平潭综合实验区的开放开发从区域规划上升为国家战略，迈开了坚实的步伐，发生了翻天覆地的变化，基础设施持续增强，特色产业体系加快培育，对台交流合作不断深化，体制机制改革创新示范作用逐步凸显。在这个过程中，怎么推动物质文明和精神文明建设协调发展，促进文化事业和文化产业双轮驱动，摆上重要议事日程。习近平总书记强调，文化是民族生存和发展的重要力量，要高度重视社会主义文化建设。“坚定文化自信，推动社会主义文化繁荣兴盛”，这是当前平潭实现科学发展跨越发展的一项重要任务。事实上，作为一个拥有7000多年南岛语族文明、曾经是海上丝绸重镇要埠的千年古城，平潭拥有非常丰富的文化资源和深厚的文化底蕴，应该具有充分的文化自觉和文化自信。因此，本着积极传承发扬优秀传统文化，加大力度推动先进文化繁荣的宗旨，在区党工委的关心支持下，2016 年 7 月实验区文联成立，下设 11 个专业协会和 3 个院，填补了平潭文联自 1992 年以来，24 年停滞运转的空白。通过完善机构设置、加强人员配置和充足资金保障，平潭文联各项工作得到有效开展。

在此前提下，平潭作协从展示文学创作成果、鼓励文艺创作和繁荣的角度出发，决定编辑大型文学丛书“石帆”。经过一年多的精心筹备和辛勤努力，“石帆”4 卷本终于正式出版并和大家见面了，里面的作品主要源于《平潭时报》文学副刊上发表的精品佳作。具有几个显著特征：一是作者身份多元。丛书的作者地域不限，年龄不限，或者是业内学者大家，或者是海内外著名作家，还有不少当地文坛新锐，可以说是百花齐放，百家争鸣。二是作品内容丰富。作品题材不拘一格，既有沉潜思辨的文艺论争，也有纪实抒怀的随笔杂谈，还有浪漫恣肆的诗歌词赋；既有关于平潭的心情纪念，也有许多域外的漫游记录；或状物，或记人，或议事，或抒情，视野开阔，格局敞开。三是文章风格多样。或严谨扎实，或真诚坦率，或沉郁顿挫，或深情饱含，都是创作者本真性情的挥洒，也是他们艺术个性的张扬。

总的来说，这是一套具有相当艺术水准的文学丛书。从目前情况来看，这 4 卷本已经基本达到了我们当初编辑出版的预期，展示了平潭多元包容的文化精神，开启了平潭生机活泼的文坛气象。接下去，我们将把这扇文学大门更加敞开，把这条道路更加拓宽，初步构想是与海峡文艺出版社合作，由海峡文艺出版社向海内外广邀精英、征选佳作。目前已和海峡文艺出版社协商洽谈，初步达成合作战略协议。征稿主要遵循三个原则。一是原创性原则。征选条件不限地域、不拘题材，但一定要是原创作品，要具备题材新颖、内容真实、论点明确、数据可靠等条件，具有鲜明的创作特征和突出的个人风格。二是开放性原则。平潭作为全国先行先试的综合实验区，是“闽台合作的窗口、对外开放的窗口”，肩负着深化两岸交流合作、扩大对外开放等特殊使命。因此，平潭的文化建设也应该站在高起点的战略定位上，坚持立足平潭、特殊对台、面向世界的开阔视野和开放胸怀。为了吸引更多优秀作家支持平潭文艺事业发展，鼓励更多文学艺术爱好者积极投稿，踊跃参与，我们将在资金方面加强保障，给予作者较高稿酬。三是文学性原则。“石帆”是一套纯文学丛书，因此，我们坚持纯文学艺术品格，以提高艺术质量为原则，以团结海内外文学爱好者、培养与扶持本地文学新锐为宗旨，只要具有自觉追寻文学的本体意识和文学发展的自觉意识，呈现艺术至上审美特征的文学佳作，我们都致以诚挚的欢迎。

中国作协副主席贾平凹在陕西省作协主编的“文学陕军新梯队作家书系”丛书序言中说：“创作需要个人的实力和努力，创作也需要一个良好的环境和氛围……就像唱戏的台子已经搭起来了，开场的锣鼓已经敲起来了，接下来戏会唱得怎么样？我期待，我有信心。”今天在这里，我想引用这句话表达我们的心愿：“石帆”4 卷本的出版搭起了戏台，敲起了锣鼓，接下去，就是大戏轮番上演的时候了。希望通过我们不懈的努力，使“石帆”成为重要文学丛书，成为沟通平潭与世界的一道艺术桥梁。

谢谢大家！

2017 年 12 月 28 日

《岁月》

2007 年 2 月 22 日摄于福建武夷山

《佛珠》
2010 年 5 月 14 日摄于西藏拉萨

后　记

这是我的第二本文艺评论集。

海峡文艺出版社建议我把1994年以来在《光明日报》《中国艺术报》《小说月报》《美文》《书法导报》《书法报》《福建日报》等各类报纸杂志和“今日头条”上发表的文艺评论等进行整理出版，并给这本集子取名为《审美的印记》。

顾名思义，本书以“审美”为主旨贯穿始终，以“印记”为线索统筹内外，分为“砚边漫笔”“书坛钩沉”“文苑散步”三辑，主要围绕文学艺术进行品鉴赏析和评论研究。研究评论的对象大多是当代艺术领域的名家，来自北京、辽宁、陕西、浙江、湖南、江西、广西、广东、福建乃至美国，涉及小说、诗歌、散文、报告文学等各文学体裁，以及绘画、书法、篆刻、摄影、音乐、剪纸、寿山石雕刻、龙泉宝剑、德化白瓷和龙泉青瓷等多元艺术品类，以文学评论和书法研究为主。

“审美”是一个内涵丰富而广阔的重要问题，无论诗文品读还是书画鉴赏，抑或其他艺术类别的研究论析，都是认知主体对艺术对象认识与理解、体验与思考的表达，是极具个性化的主体介入的生命行为实践。从广义上说，如果说“美”作为相对于主观认识的客观存在，反映出一定历史时期人类思想意志和情感态度的多样化统一，具有跨越时空的稳定特征，那么所谓“审美”，就是典型的主体理智与情感融合的活动，是具有鲜明个体经验与独特个性风采的千差万别，人们常说“一千个读者有一千个哈姆雷特”，正是此意。正如有学者指出：“审美是人类在经验与教化中习得的一种综合能力……它建立在人对世界的肯定性感知之上，它以人的精神与情感交流为目的，指向精神性的心灵愉悦。”不同时代的物质生活条件、社会人文关系、文化美学思潮等深刻影响着审美理想、审美观念和审美趣味，即使同一时代同一区域的同一族群阶层，也可能因为生活经历、情感体会和生命经验的不同，而产生不同的审美感受和审美体验，这正是“审美”独特的趣味，更是其深刻的意义。

当代社会智能信息高速发展，多元文化瞬息万千，审美体验也发生着巨大的变化。面对越来越万象缤纷的世界，我们也许并不缺乏流光溢彩的审美对象，但往往缺乏严肃认真的审美态度，缺乏有温度有深度的审美追求。我想，这大概就是海峡文艺出版社编辑出版这本书的初衷。

长期以来，我坚持“文以修身，书可健神”的理念，认为生活要艺术化，艺术要生活化。工作之余，我把别人用在打牌、品茶、喝酒的时间挤出来用在学习上，坚持文学写作和书画创作，这一“文”一“书”的点滴积累，不觉已经年。为了更好地实现文学创作与书画艺术的融会贯通与促进提升，我查阅并通读了大量中外美学著作和美术史、书法史、艺术史等有关理论书籍，通过创作实践与理论研究的互证互促，努力追求以知促行、以行求知的“知行合一”境界，为敞亮生命内宇打开了一扇新窗。

本书的出版，得益于各界朋友的大力支持和关心帮助。感谢中国美协主席、中央美院院长范迪安先生在百忙中拨冗为本书作序，感谢海峡文艺出版社林玉平社长、林滨副社长和任心宇主任等做的大量工作。

陆永建

2019年7月29日